何度も何度も。重ねられる口付けは八潮が知らなかった世界を暴いていく。
快楽という名のその世界は、八潮をあっという間に夢中にさせた。

瑠璃国正伝 1

谷崎 泉

ILLUSTRATION
澤間蒼子

CONTENTS

瑠璃国正伝 1

瑠璃国正伝 1

海には魔物が棲むと、昔から信じられている。だから、海沿いに国はない。ひとたび荒れ狂えば全てが失われると分かっている地に、誰も国を作ろうとはしなかった。海辺に暮らすのは漁を目的とした僅かな民だけだ。それでも、船は重要な交易手段であり、大地に散らばるそれぞれの国は、河を伝って海へ船を出す。命知らずの者どもが乗る船は海の機嫌を窺いながら進み、目的地を目指す。

　そんな各国の交易船が補給や休息の為に必ず立ち寄るのが、世界に一つだけ海に面した地にある、瑠璃国だ。瑠璃国は独特の地形により、海の魔の手から守られている。長い岩礁と、高い岩壁が大波から国を守る為の防壁となっており、その内側には広い湾がある。湾内は外海とは違い、とても穏やかで、多少の嵐が来たところで影響はない。荒れる海を嫌って湾内に住み着いている魚も多く、瑠璃国では漁業も盛んに行われている。

　しかし、瑠璃国にとって、漁業が主な収入源であるわけではない。小国でありながら、瑠璃国がとても豊かなのは、交易船がもたらす富のお陰だ。大海を渡る船には瑠璃国の存在は必要不可欠である。各国の交易船は停泊する度に瑠璃国へ相応の謝礼を支払う。それ以外にも、補給や船員たちの休憩などが活発な商業活動を誘っている。

　瑠璃国は正面に豊饒の湾を、その背面には強固な岩山を携えている。高く険しい岩山の向こうは広大なイオノプシス平原へと続く。モンステラという大国が中心に栄えるイオノプシス平原は恵まれた大地であるが、瑠璃国へ通じる辺りは果ての地と呼ばれ、不毛の地であるザイラルディアほどではないが、荒涼とした一帯だ。大地から突き出る岩山の向こうに国があろうとは、想像もつかない。

　実際、岩山から瑠璃国へ入れる道は一本だけで、しかも、かなり険しいその道を使って瑠璃国へ入ろうとする者はいない。瑠璃国を訪ねるには船で恐ろしい海を通るしかなく、限られた者しか行くことの出来ぬ瑠璃国は、今も幻の国と呼ばれている。

そして、その瑠璃国を誰もが驚くような方法で訪ねた者があった。

瑠璃国西の高台に建つ白い建物は、瑠璃国王が暮らす、宮殿だ。岩山の高低差を利用した広大な敷地に、幾つもの建物が建てられているので、内部での移動は苦労を伴う。息を切らして駆け足で階段を上がりながら、黒湘君はまだまだある先を見て、途方に暮れたような気分になった。湘君は宮殿で働くようになって三年が経つが、この移動だけは今でも閉口させられる。湾と岩山に挟まれた瑠璃国は何処も坂だらけで、上り下りには慣れているものの、宮殿内部の階段は傾斜と長さが特にきつい。

普通に上がるのには随分慣れたが、駆け上がるのはまだまだだ。しかし、「すぐに」と求められているのだから、足を緩めるわけにはいかない。湘君は気合いを入れ直して、階段を上りきってしまうと、人気のない廊下を駆け、江月の部屋を目指した。

「遅くなってすみません…っ。お呼びでございますか」

慌てる余りにいきなり扉を開け、飛び込んだ湘君を、部屋の主、黒江月は眉を顰めて見た。江月は礼儀作法には厳しい。その表情を見た途端、湘君はしまったと思い、頭を深々と下げる。

「も…申し訳ございません…っ。急ぎと聞きまして…慌てておりましたので…」

「だからと言って、報せもせずに扉を開けるのはいけませんね。湘君。あなたは宮にお仕えするようになってもう三年経つのですよ。そろそろ注意されずに過ごせるよう、気をつけなくてはなりません。もう少し入江を見習うといいでしょう」

「…は…い…」

申し訳ございません…と繰り返し、湘君は益々深く頭を垂れる。この三年、兄である入江を見習えと何度言われたか。ちっとも成長出来ない自分を歯痒く思うと同時に、優秀すぎる兄の存在が重荷にも感じられる。

「扉を閉めなさい。話があります」

「あ…はい」

　開け放したままだった扉を閉め、湘君は窓際に置かれた長椅子に座る江月の許へ近づいた。少し距離を置いて立ち止まり、改めて頭を下げる。「ご用は？」と聞くと、江月は湘君が想像もしなかった指示を下した。

「案内を頼みたいのです」

「…案内…と申しますと？」

「疾風の国から客人が来られています。その方に瑠璃国を案内して欲しいのです。あなたは街にも詳しいでしょう。適任だと思い、推薦したのです」

「疾風の…国…ですか」

　江月が口にした国の名を繰り返し、湘君はそれが何処に位置するどういう国であるかを思い出す。聴いた覚えはあるが、馴染みは薄い国だ。確か…世界を二つに分けると言われる、ビデンス山脈辺りにある国ではなかったか。

　それに…疾風の国と言えば…。

「……っ…!!」

　かの国に関する肝心な情報を湘君が思い出しかけた時だ。江月の背後にある窓の向こうに、突然人影が現れて、息を呑んだ。いや、呑むどころではなく、息が止まりかけた。石崖を利用して作られた建物の中だ。切り立った崖沿いにあるのだから、宙にでも浮いていない限り、窓の向こうに人がいるなんて、有り得ない筈だ。

　目を真ん丸にして驚愕する湘君を見て、江月は自分の背後を振り返る。そこにあった人影を見て、小さく息を吐いてから、立ち上がった。窓を開け、「六陽さま」と呼びかける。

「こんなところからお出ましとは」

「階段を上がるのは面倒だ。飛んではいけないという決まりはないだろう」

「この国に飛べる者はおりませんから」

江月が「六陽」と呼んだ相手と交わす会話を聞きながら、湘君は疾風の国に関する重要事を思い出した。疾風の国を治めるのは風の民で、風の民は「空を飛べる」のだ。聞いたことも、書物で読んだこともあるが、湘君は風の民を目にするのは初めてだった。

窓の外にいたのは「飛んで」来たからか。これが…風の民。驚きを隠せず、目を見開いたまま凝視する湘君に気づき、六陽が苦笑する。

「誰だ？」

「案内をさせます、黒湘君と申します。湘君、驚くのは分かりますが、そのように不躾な態度はよくありません」

「あ…っ…は…はい。すみません。あの、初めて…見たものですから…」

「風の民をか」

「はい」

それに…と言いかけて、湘君は余計なことだと気づき、言葉を呑み込んだ。風の民を見るのはもちろん、初めてだが、六陽の容姿にも興味を引かれた。背が高く、とても逞しい上に、手足が長い。長く伸ばした髪は銀色で、瞳は琥珀色をしている。瑠璃国の者は、皆、黒髪で瞳は黒だ。交易船に乗り、訪れる者の中には、六陽のような髪や瞳の色を持つ者もいるが、彼の容姿は際立って特別に見えた。

「六陽さま。瑠璃国を風の民がお訪ねになるのは本当に久方ぶりなのです。湘君のように驚く者も多いでしょう。無礼な態度を取る者もおるやもしれません。出来るだけ、飛ぶのは控えて頂くと助かります」

「俺はただの旅人だ。気にしないでくれ」

「そうはいきません。六陽さまへの非礼は、疾風の国への非礼にも繋がります。どうかご理解下さい。

…湘君、疾風の国からいらした六陽さまです。くれぐれも失礼のないよう、案内なさい」

「承知致しました」

まだどきどきしている胸を抑(おさ)えながら、江月に頭を下げ、六陽を見る。湘君をしげしげと見ていた六陽は、目が合うと、にやりとした笑みを浮かべた。

「よろしく」

「こちらこそ、不束者(ふつつかもの)ですが、よろしくお願いします」

「不束者か」

深くお辞儀(じぎ)する湘君に笑い、六陽は先に扉を開け、江月の部屋を出た。長い階段へ向かう背の高い後ろ姿を、慌てて追いかけようとすると、江月が声を潜(ひそ)めて呼び止めて来る。

「湘君。あの方はご自分でお認めになられませんが、恐らく、疾風の国の王族です。くれぐれも粗相(そそう)のないよう、気をつけなさい」

「王族…の方なのですか…？」

「あの方が身につけてらっしゃる、青い石のついた首飾りは、疾風の王族しか身につけることを許されぬものです。お供(とも)もいらっしゃらないようですし、旅をして回っているという話ですが、遠い国とはいえ、何処でどういう繋がりが出来るやもしれません。注意なさい」

「…承知致しました」

異国の者を案内するだけならばまだしも、それが王族となれば話が変わって来る。湘君はずしんと重荷が肩に落ちてきたように感じながら、一つ深呼吸して、六陽の後(あと)を追いかけた。


ずっと先まで行ってしまっていたら厄介(やっかい)だと思ったが、幸いにも六陽は階段の途中で待ってくれていた。待たせたのを詫(わ)び、傍(そば)まで駆けつけると、湘君にとっては見慣れない色の瞳を光らせ、尋(たず)ねて来る。

「相手は王族だから粗相のないようにしろとでも言

われてたのか？」

「えっ…」

どうして分かるのですか…と聞き返しそうになった口を慌てて塞ぐ。両手で口元を押さえる湘君を可笑しそうに笑い、六陽は肩に羽織っているマントを避け、鳥の形を象った首飾りを湘君に見せた。

「あの江月というのは目敏いな。すぐ、これに気づいた」

「……」

鳥の目として埋め込まれた青い石は、湘君が見たことのない輝きを放っていた。各国からの交易船が様々な品をもたらす瑠璃国では、宝石は高価でも珍しくはない。しかし、六陽が持つ首飾りについた青い石は、初めて見るものだ。

「……疾風では…王族しか身につけられぬものだと、聞きました」

「形見なんだ」

「形見？」

「父の」

さらりと答える六陽を見て、湘君は首を傾げる。

王族しか持てぬ首飾りを父から形見として受け取ったのであれば……やはり、六陽は王族なのではないかと、思うのだが。不思議に思う湘君の前で、六陽はさっとマントを元に戻し、階段を下り始める。

「疾風の国はスキミア渓谷という険しい谷にあってな。ここと同じように、階段だらけだ。本当に厄介だな」

「そうなのですか。王宮は石崖を利用して建てられていますから、階段が急で長いのです。先ほども江月さまに呼ばれて、慌ててここを上って来たんですが、息が切れました。街も坂が多いのですが、ここほどはきつくありませんから」

「そうか。なら、早くそっちへ行こう」

先を歩いていた六陽が急に足を止めたので、湘君はその背中にぶつかってしまった。失礼のないようにと注意されたばかりの相手だというのに、早速失敗してしまったと青くなる。

「も…申し訳ありません…っ」

焦って頭を下げた湘君だったが、俯いた瞬間、ぐいと腕を掴まれた。どうして…と思い、顔を上げて六陽を見る間もなく、身体が宙に浮いていた。

「う…わっ…！」

長い階段は連なる崖の縁に沿って作られており、横へ逸れればうんと下にある建物の屋根へ落ちることになる。ひゅーっと身体が落下していくような感覚に、息を止めて硬直していた湘君は、それが途中で止まり、ふわりと浮いたのに気づいた。

「っ…な…な……なんで…っ…」

「小さいからもっと軽いかと思ったが…。意外と重いな、お前」

「…!?」

真上から六陽の声がする。顔を上げれば、自分の腕を掴んだ六陽にぶら下がっているような状態で宙に浮かんでいるのが分かった。下を見れば、高低差のある岩壁に沿って建てられた宮殿がある。自分がいる場所が信じられず、湘君は声も出せなかった。

「どっちへ行けばいい？」

「……あ…あ…の…っ…」

「…あっちが港のようだな。行ってみるか」

湘君がまともに口もきけない状態であるのを悟り、六陽は勝手に行き先を決めた。ふわんと大きく揺れたかと思うと、すごい速度で飛び始める。湘君は自分の身に起きている現実が信じられなくて、真下に見える街を口を開けたまま眺めていた。


崖上にある宮殿から、港のある街まで。馬車を使っても結構な時間がかかるのだが、六陽のお陰で、あっという間に着いた。ただ、寿命はかなり縮んだ。人気のない場所に下ろされた湘君は、足の震えを止められず、座り込んでしまった。

「す…す…すみません、ちょっと……足が…」

「なんだ。怖かったか？」

「と…とても！」

呆れたように聞く六陽に、湘君は正直に返す。声を大きくして言い切ってしまってから、はっとした。六陽は親切で連れて来てくれたかもしれないのに、失礼だっただろうか。自分の隣に腰を落とす六陽に、湘君は慌てて言い訳した。

「あ…あの、飛ぶなんて、初めてだったので…」

「そうか。でも子供は喜ぶぞ」

「お…俺は子供じゃありませんから…」

不思議そうに返され、湘君は困った気分で答えた。深呼吸すると、海の前まで来たせいか、微かに潮の香りがする。それで気持ちが落ち着き、隣を見ると、六陽は穏やかな群青色の海を興味深げに眺めていた。

疾風の国は山間にあると聞く。六陽にとって海は珍しいものなのだろうなと思って、声をかける。

「海をご覧になるのは初めてですか？」

「いや。モンステラの…西端から見たことがある。こんな静かな…湖のような海ではなくて、もっと荒荒しかった。さすがの俺も、その上を飛ぼうとは思えなかった」

「瑠璃湾と呼ばれているここは、あちらに見える…あの岩壁とその向こうに続く岩礁によって、外海から守られているのでとても穏やかなんです。嵐が来ても大波が入って来ることもありません。このような湾は世界にここだけだと聞きます」

「上から見た時も外の海から遮られているのがよく分かった。船は何処から入るんだ？」

「…あっちに…海道といいまして、湾に入る道筋があるんです。それを利用して出入りしています。外海から出入り出来る場所は一カ所しかなく、陸地側からも道は一本しかありません。なので、瑠璃国は幻の国と呼ばれているそうです」

「確かに。書物にも船でしか行けぬと書いてあった。魔の海を通る船にはとても乗れないから、どうやったら辿り着けるのか分からなかった」

「六陽さまは……飛んでいらしたんですよね？」

　瑠璃国の背後には高く険しい岩山が聳えている。陸地から瑠璃国に入るには、困難を覚悟で厳しい山道を通らなくてはならない。しかし、六陽のように飛べるならば、その苦もないだろう。六陽は湘君の問いかけに頷いたが、岩山に辿り着くまでが大変だったと話す。

「陸からの行き方を知る者が見つからなくてな。恐らく、イオノプシス平原の端、果ての地の向こうだろうと聞いて、来てみたはいいが、高い岩山で遮られていたから、まさかこんなところに国があるとは思わなかった。山を越えてみて、驚いた。…こんなに美しい海が見られるとは」

　目の前に広がる海を見つめる六陽の横顔は、嬉しそうなもので、湘君は誇らしいような気分になった。湘君にとっては生まれ育った地だ。それに六陽だけでなく、交易船に乗って訪れる客の誰もが、瑠璃湾の美しさには心を奪われる。

「お前は泳げるのか？」

　唐突な問いに感じられたが、六陽の視線の先を見て、納得する。子供たちが岩の上から次々と海へ飛び込んでは歓声を上げていた。子供の頃、同じようにして遊んだのを思い出しながら、湘君は頷く。

「はい、もちろん。瑠璃国で泳げない者はいないでしょう」

「すごいな。風の民は水の中で泳ぐなど有り得ない」

「そうですか？　六陽さまのように空を飛べる方がずっとすごいと思いますが。風の民は皆、あのように飛べるのですか？」

「ああ」

　国中、皆飛べる人間であれば、どんな遠くでもあっという間に行けるし、とても便利そうだ。宮殿内の階段に辟易している湘君がそんなことを呟くと、六陽は笑ってそうでもないのだと言った。

「飛ぶには風の力を利用しているから、無風のところでは飛べないし、それぞれの飛ぶ能力にも開きがある。さっきのように高いところから下りるのは簡単でも、上るのは大変だ。それに、俺のように誰かを抱えて飛べる者は殆どいない」

「そうなのですか。…では、貴重な体験をさせて頂いたのですね」

肝が冷えたが、空を飛ぶなど、一生に一度…いや、瑠璃国の者にとっては、決して味わえない経験だ。改めて、ありがとうございました…と湘君は礼を言った。

海を眺めながら六陽と話している内に、いつしか足の震えは収まっていた。港や街を案内します…と言い、湘君は六陽を促して立ち上がる。

二人が降り立ったのは港の外れで、交易船がずらりと並び、停泊している波止場までは距離があった。六陽が船を間近で見たいと言うので、まず、そちらへ向かい海沿いを歩き始める。荒ぶる海を抜ける為の船は大きく、漁に使うような小舟とは、迫力が違う。

「これだけ離れていても大きいな。交易船は以前、見たことがあるが、あんなに並んでいるのは初めてだ」

「外界はとても荒れますから。小舟ではあっという間に沈んでしまいます。あの規模の船でも、瑠璃国まで辿り着くのは大変なようです」

「あれはモンステラの船だな。ここで補給して、東方へ向かうのか」

「はい。ご存知のように、西方にあるイオノプシス平原から東方へは、陸路の場合、ザイラルディアを抜けなくてはいけない上に、ビデンス山脈も越えなくてはいけません。どれほど海が危険でも、船の方がたくさん物資を運べるという理由からのようです。…六陽さまはザイラルディアをご存知で？」

「ああ、もちろん。疾風の国はザイラルディアの向こうに広がる、トクサ砂漠を抜けた、更なる先にある」

「それは……遠いところからいらしたのですね」

改めて聞くと、六陽の故郷である疾風の国が本当に遠いところにあるのだと実感出来て、湘君は小さく溜め息を吐いた。瑠璃国を出たこともない自分には、未知の世界だ。一体、どのようなところなのか、想像もつかない。

「お前も船に乗って何処かへ行ったりするのか？」

「とんでもありません。瑠璃国から出るには異国の交易船を借りなくてはなりませんから、外へ出られるのは王家や貴族の方だけと決まっています。瑠璃国の者の殆どが国内で一生を終えます」

「そうなのか。…お前たちはどのくらい、生きるんだ？」

国によって種族が違い、種族によって寿命も異なる。湘君は「百五十年ほどです」と答えてから、性別や職種によっては開きがあるとつけ加えた。

「漁に出る者は比較的短いですし、女は逆に長いです」

「…そういえば…さっきから気になっているが、子供はいても、女がいないな？」

話しながら歩いている間に、港近くまで来ていた。交易船の乗組員目当ての商店が多く建ち並ぶ地域ももうすぐで、人通りも多くなって来ている。行き交う者たちを眺めて尋ねる六陽に、湘君は瑠璃国で暮らす民の特徴を説明した。

「瑠璃国の者は、海の民とはまた違い、青の民と呼ばれる種族なのですが、女が産まれる確率がとても低いのです。代わりに、女はとても丈夫で、生涯に何人も子を産み、二百年ほど生きます」

「少ない代わりに長生きなのか。…ああ、あれは女だな？」

小さな子供を何人も連れ、通りかかった者を指して六陽が確認する。湘君は頷き、体型とは別の、簡単な見分け方を教えた。

「はい。女は必ず、髪を二つに分けて結んでおります。一つに結っているのは、男です。異国の方はよく男を女と見間違われますので……一応」

「…ああ。髪の長い男がいるからか…？」

　心当たりを上げながら、六陽は湘君の髪型を見た。湘君も髪が長いようで、一つに結い、丸く纏(まと)めている。湘君はその髪型にも、意味があるのだと伝える。

「男の場合、髪型でその地位や職種が分かります。…まず、漁に出る者や、街で商(あきな)いを営んでいる者は髪を伸ばしておりません。髪が長いのは、宮殿に仕える者で…私のように、後ろで丸く結います。一つに縛(しば)り、垂らしているのは、白(はく)家や赤(せき)家の方々です」

「はく……せき…？」

　聞き慣れない言葉を不思議そうに六陽が繰り返す。湘君は言葉が足りなかったと詫び、瑠璃国では家の名でも職種や立場が別れているのだと告げた。

「瑠璃国には、白、赤、黒、黄(おう)、緑(りょく)…という家柄を表す名があります。白は王家に通じるとても高貴な家柄です。赤はそれに次ぐ家柄。黒は宮殿や執政所で働く家柄です。黄は商人、緑は漁民や農民…というように、名でどういう者か分かるのです」

「お前は……黒か」

「はい。私は黒湘君です。黒家の者は皆、二十の歳を迎えると、国に仕えます」

「なるほど。白と赤はいわゆる、貴族というやつか。疾風も同じような感じだな」

「そうなのですか。…先ほどの髪型の続きですが、髪が長いほど、家柄が高いとされています。赤家の方は肩まで、白家の方は背中の半分まで。腰まであるのは、王家の方です」

「そうか」

　頷く六陽を見ると、彼の銀髪も腰に届くような長さがある。六陽は疾風の王族だと聞いている。疾風でも髪の長さが地位を表すのかと尋ねた湘君に、六陽は派手に笑った。

「違う、違う。俺の髪が長いのはいざという時に売ろうと思っているからだ」

「売る…のでございますか？」

「俺の髪は珍しいらしくてな。前に高く売れたんだ。

だから、伸ばしている」

　にやりと笑う六陽に、湘君は目を丸くして頷いた。髪を売るなど、考えたこともない。自らを旅人だという六陽は、色んなところを見て来ているようだし、自分には想像もつかない世界を目にしているのだろう。湘君は少し羨ましいような気分を抱いて、もう一つ、説明をつけ加えた。

「それと…六陽さまに必要な情報かどうかは分かりませんが、一応、お伝えしておきます。女が少ないという理由から、瑠璃国では春をひさぐのは男です。その者たちは髪を長く伸ばしてはおりますが、結ってはおりませんので、すぐに分かるかと思います。異国の方が男を女と見間違えるというのは、そういうわけなのです」

「ああ…そうか。女は子を産まねばならんからか」

「はい。それと異国の方は、青の民の女よりも一部の男たちの方が、美しく見えるようです。確かに、一定の割合で見目のよい者が産まれますから」

　向こうに…と湘君は街中を指さす。港に続く賑やかな商店街を抜けた先、街の外れに遊郭があると聞き、六陽は興味なさげな顔で「ふうん」と頷いた。

「では、結婚できない男はそこへ行くのか？」

「いえ。瑠璃国では結婚という決まりはありません。女は複数の男の子供を産みます。遊郭を利用するのは交易船の乗組員や、異国からのお客さまが多いです」

　交易船が並ぶ波止場へ着くと、六陽は湘君を連れ、興味深げに大きな船を見て回った。様々な国の交易船からは大勢の乗組員が瑠璃国へ降り立つ。その種族は多岐にわたり、身体つきから、肌、髪、瞳の色まで、多種多様な容貌の者が行き交う辺りでも、やはり六陽は目立った。

　風の民の多くは山間で暮らしており、大国であるモンステラでも余り見かけない。六陽の方は不躾な視線も気にならないようだったが、湘君は面倒を避けて、見晴台へ行かないかと声をかけた。

危ない目に遭うのを承知で、海を渡る船に乗ろうというのは、荒くれ者ばかりだ。交易船の乗組員たちが入れる区域は限られているが、その中でも揉め事が絶えなかった。江月から注意を受けている相手を、危険に晒すわけにはいかない。波止場を離れ、人気が少なくなると、湘君はほっとして溜め息を吐いた。

「どうした？」

「あ…いえ、すみません。あの辺りは賑やかで楽しいのですが…揉め事も多いのです。六陽さまを面倒に巻き込むわけにはいきませんから」

「なんだ、そんな理由だったのか。気にするな。…しまったな。こっそり、一人で回るんだったか」

ぼそりと六陽が呟くのを聞き、湘君は困った気分で首を傾げる。確かに、六陽はどんな困難にも一人で立ち向かえるであろう強さが備わっているように見える。それに、経験も。

「…六陽さまはどうして江月さまに案内を頼まれたんですか？」

「俺が頼んだんじゃない。山を越えて飛んで来た時に宮殿らしきものが見えたから、一応、挨拶しておこうと思って寄ったんだ。うちにもうるさいのがいてな。何処を訪ねてもいいが、疾風の名を汚すような真似はするな、きちんと挨拶して勝手な行動は慎め…と、口うるさく言われてるんだ」

うんざりした口調で言う六陽は、相手の顔でも思い出しているのか、眉を顰めている。

「…で、宮殿に下りて、疾風から来た者で、少し国を見させて貰うと言ったら、あの江月というのが出て来たんだ。そしたら、案内役を用意すると言われた」

「そうでしたか。異国からのお客さまのお相手は江月さまが任せられているのです」

成る程…と頷き、最後の階段を上がると、見晴台に出た。波止場の東に位置する見晴台からは、停泊している船や、街の様子がよく見える。それに岩山を背後にした、白い宮殿も。国の様子を眺めていた六陽は、「そうだ」と思い出したように声を上げた。

「あれは…なんだ？」

六陽が指す先を見た湘君は、微かに顔を強張(こわば)らせた。その様子を窺いながら、六陽は先を続ける。

「国の中央にあり、宮殿よりも高い位置にある。なかなか立派な建物だし、最初はあっちが宮殿かと思ったんだが、それにしては規模が小さい。それに…上から見たところ、街からあそこへ繋がる道がなかった。宮殿からは細い道が延びているようだったが……後宮(こうきゅう)か？」

后(きさき)たちが住む屋敷かと尋ねる六陽に、湘君は困った顔になって首を横に振った。異国からの客は皆、宮殿の一部だろうと考えるのだが、上から見たという六陽には真実を説明しなくては納得しないと思われた。湘君は当然、上から見たことなどないが、道もない崖の上に、あのような立派な建物があるのを、不思議に思うのも無理はない。

「…あれは海子(みこ)さまのお屋敷です」

「海子？」

「海にいる神を鎮(しず)められる役目の方です」

泳ぐなど有り得ないという、異国からやって来た六陽が理解してくれるかどうか、不安だったが、彼は神妙な顔つきで「そうか」と頷いた。疾風にも同じように、守り神がいると聞き、湘君はほっとする。しかし、続けられた六陽の疑問には、うまく答えられなかった。

「宮殿よりも高い位置に屋敷があるということは、海子というのは王よりも地位が高いのか？」

「いえ……そんなことは……」

「あそこに屋敷があるのは意味があるのか？　…道がないのも」

「それは……」

どう答えたらいいのか分からないというよりも、湘君は正直、よく知らなかった。それは瑠璃国の殆どの者がそうだった。海子という存在も、あそこで暮らしているらしいということも、知ってはいるが、具体的な話は聞かない。知っているのは、恐らく、王家や…白家といった、瑠璃国を治める上部の者だけだろう。

そして…。一人、詳しく知っているであろう相手に心当たりはあったが、口に出来なかった。答えられず、迷う湘君から視線を海子の屋敷へ移し、六陽はじっと見つめる。

「…ちょっと覗いて来るか」

「えっ」

まさかという言葉を耳にし、湘君は慌てて六陽の腕を摑んだ。普通であれば、海子の屋敷に近づくなど、有り得ない話だ。宮殿の奥、高貴な家柄の者しか通ることを許されぬ門の向こうに、そこへ続く道があると聞いた。それも噂話で耳にした程度で、湘君は三年宮殿に勤めながらも実際に目にしたこともない。

だから、異国の者には訪ねられる筈のない場所なのだが、六陽には特別な手段がある。飛んで行かれてしまったら困ると思い、力を込めて留めようとする湘君に、六陽はにやりと笑った。

「なんだ。お前も行きたいのか？」

「ち…っ…」

違います…と大きな声で言おうとした時だ。とんと地を蹴る軽い音がした。次の瞬間には身体が浮いており、湘君はあっという間に瑠璃国の中央にある、海子の屋敷へと連れて行かれてしまっていた。

二度目の飛行は、最初よりも僅かに余裕があった。声は出せなかったが、ぐんぐんと海子の屋敷へ近づいて行くのが分かった。

しかし。

「っ…わ…っ!!」

屋敷の目の前まで来たところで六陽は突然失速し、湘君は木の上へ落とされた。ばさばさと音を立て、枝を折りながら、地面に打ちつけられる。それに続いて六陽が真横にどさりと落ち、「しまった」と舌打ちした。

「大丈夫か？」

「は…はい、なんとか…」

「悪い。山から意外と強い風が下りて来ててな。…疲れた」

　はあ…と息を吐き、六陽は湘君の横で大の字になって寝転がる。下りるのは簡単でも、上るのは容易じゃないと聞いた。それに六陽が言うように、瑠璃国では岩山からの風が海へと吹き抜けている。向かい風の中、ここまで自分を連れて飛んでくるのは大変だったのだろうと想像し、湘君は六陽の様子を窺った。

「六陽さま、大丈夫ですか？」

「…腹が減った」

「腹？」

「なんか食わないと、動けん」

　目を閉じたまま六陽が言うのを聞き、湘君は本気で困った。六陽が動けなければ、ここから出る方法がない。海子の屋敷へ通じる道は、宮殿からのそれしかないのだ。それに…もしも、こうして忍び込んでいるのがバレたら…。

　自分は間違いなく、宮仕えを首になるだろう。湘君は慌てて、「六陽さま」と声をかける。

「ほ…本当に動けないのですか？　早くここから出ませんと…もしも、見つかれば…厳しい咎(とが)めを受けます」

「咎め？　なんだ。ここは立ち入りを禁じられているのか」

「当たり前じゃないですか。海子さまのお屋敷ですよ？」

「お前、禁じられているとは言わなかったじゃないか」

　言う前に六陽に連れ去られたのだと、自分の立場も忘れて言い返そうとした時だ。人の声が聞こえた。

自分たちを探しているようだ。

「み…見つかったようです…っ」

「だろうな。さっき、落ちる時、屋敷にいた者と目が合った」

「!!」

　なんてことだ！　湘君は逃げ出したくなったが、六陽を置いていくわけにはいかないし、逃げる先もない。どうしようかと悩んでいる内に、声が近づいて来て、見つかってしまう。

「いたぞ！　ここだ！」

「お前たち、何をしている!?」

　これは…腹を括るしかないだろう。江月の厳しい形相が浮かんできて、目の前が真っ暗になる。消えて失くなりたい気分で、湘君はその場に座り直し、探しに来た使用人たちに頭を下げた。

「怪しい者ではございません。私は……黒湘君。こちらは疾風の国からの客人、六陽さまでございます。これにには色々と事情がございまして……。兄を…こちらにお仕えしております、黒入江を呼んで頂けますでしょうか。兄に説明致します」

　まさか、このような形で兄に迷惑をかけることになろうとは。穴があったら入りたい気分で、湘君はひたすら、頭を下げ続けた。


　何人かいる兄の中でも、入江は幼い頃からとても優秀だった。数ある黒家の中でも飛び抜けて優れており、宮殿ではなく、特別な海子の屋敷へ仕えることとなった。海子の屋敷に勤められる者は限られており、湘君の家でも入江は自慢の息子だ。湘君も上司の江月から入江を見習うよう、いつも言われている。

　しかし、入江と湘君は歳が離れており、入江は湘君が幼い頃に仕え始めたので、年に一度、短い時間顔を合わせる程度の関係でしかない。それも実の兄だというのに、いつも緊張してしまい、聞かれることに返事をするだけで終わる。元気か。勤めはどうだ。お父さんに心配はかけてないか。いつでも「はい」と答えるのが精一杯の相手に、どうやってこの事態を説明すればいいのか。

「なんだ、兄がここにいたのか。早く言え」

「……六陽さま…」

　がちがちに緊張している湘君の横で、六陽は寝そべったまま、小声で呟く。使用人に見張られているからというだけでなく、六陽は本当に力を使い切ってしまったようで、飛んで逃げることも出来なさそうだった。湘君が沈痛な面持ちで兄への謝罪を考えていると、間もなくして使用人に呼ばれた兄の入江が姿を現した。

「湘君！　一体、どうしたんだ？」

「も…申し訳ありません…っ」

　入江が一家の誉れだとしたら、自分は一家の大恥だ。情けない気分で額を地につけたまま、隣で寝そべっている六陽と、こんなところにいる理由を話す。

「こ…こちらは疾風の国からの客人で、六陽さまと仰います。私は江月さまから六陽さまを案内するよう言われ、お連れしていたのですが…色々ありまして、このようなことに……。本当に…本当に、申し訳ありません」

　平身低頭で謝る湘君を横目に見て、六陽はよっと声をかけ、起き上がってあぐらをかいた。湘君の前に跪き、話を聞いている入江に、神妙な顔で詫び、湘君に非はないのだと庇う。

「ここは立ち入り禁止なんだな。申し訳ない。知らなかったんだ。こいつが悪いわけじゃない。悪いのは俺だ」

　湘君と並んで座る六陽は、身体つきといい、髪や瞳の色といい、明らかに異国の者だった。入江は微かに眉を顰め、六陽を見て尋ねる。

「疾風と…いいますと、風の民の国ですね。うちの者が『飛んで来た』と言っておるのですが、本当に…？」

「ああ。下の見晴台から湘君を連れて飛んで来た。向かい風がきつくてな。力が尽きて落ちてしまった。腹が減ると、飛べないんだ。悪いが、何か食うものを分けてくれないか。そしたら、すぐに帰る」

「……飛んで？」

ああ…と頷く六陽が、明らかに悪気がなさそうであるのを見て、入江は大きく溜め息を吐いた。その場にいた使用人たちに屋敷へ戻れと指示を出し、三人になると、湘君に顔を上げるように言う。

恐る恐る上を見た湘君の顔は、今にも泣き出しそうな感じに歪んでおり、入江は苦笑を浮かべて諭(さと)す。

「ここは特別な場所だから、入れないと先に言わなくてはいけないだろう」

「も…申し訳ありません…」

「叱らないでやってくれ。俺が無理をした」

「いえ、六陽さまに先に説明申し上げなかった湘君が悪いのです。それは反省しなくてはなりません。…六陽さま。私から改めて申し上げますが、こちらは海子さまのお屋敷で、限られた者しか入ることを許されておりません。異国の方をご案内出来る場所ではないのです。どうかご理解下さいませ」

「分かった。俺の方こそ、無礼な真似をしてすまなかった。海子というのはどういうものか、興味が湧いてな。湘君は詳しく知らないようだし、ここへ来れば教えてくれる者がいるだろうと思ったんだ」

「左様(さよう)でございますか。お話出来ることにも限りがあるのですが、それでもよろしければ、あちらで食事をしながら…。如何(いかが)でございますか」

「助かる」

六陽が頭を下げると、入江は慌てたように「そんな真似はおやめ下さい」と制した。

「私はただの使用人でございます。六陽さまのような方が頭を下げる相手ではございません」

にっこりと微笑む入江は、何を言わずとも、六陽が疾風の王族であると察しているようだった。跪いたまま、「どうぞ」と六陽を促し、屋敷へ誘う。後に続いた湘君は、兄との出来の差をしみじみ痛感していた。


　海子の屋敷は宮殿と同じ、白桜石で出来ていたが、それもかなり上等なものだった。宮殿で働く湘君でも目にしたことがない立派な建物で、王の暮らす宮よりも豪華なのではないかと思われるほどだった。

　湘君は入江と兄弟といっても、長く話したことはなく、入江は親や他の兄弟にも勤めについての話をしなかったので、海子の屋敷にいるということしか知らなかった。他の使用人たちの様子や、自分の一存だけで屋敷へ招き入れてくれることから、入江は相当の地位にあるのだと分かる。湘君がそんな想像をしていると、前を歩く六陽が、入江に尋ねる。

「お前がここを取り仕切っているのか？」

「はい。屋敷守と申しまして、様々な采配を主である海子さまから任されております。……こちらでございます。用意をさせて参りますので、少々お待ち頂けますか」

　入江が開けた扉の向こうは、天井までの硝子窓から柔らかい陽差しの入る、広い部屋だった。床にも白桜石が張られているので、陽差しが反射し、部屋全体がとても明るい。中央に置かれたテーブルの椅子を引き、六陽に座るよう勧めてから、湘君はその斜め後ろに立った。

「お前は座らないのか？」

「私は使用人でございます」

「……なんか急に行儀がよくなったな？」

「そんなこと……ないですよ？」

　怪訝そうな目で見られ、湘君は神妙な顔で返す。立ち入りを禁じられている海子の屋敷にいるということ自体に緊張もしていたが、何より、湘君にとっては優秀な兄にこれ以上の落ち度は見せられないという気持ちがあった。どうやったら挽回出来るかは、考えもつかないが、せめてちゃんとしているところを見せなくては。

　そう思いながらも、つい、好奇心が先に立って、部屋の中を見回してしまう。それでも遠慮して、目の玉だけを動かす湘君とは違い、六陽は椅子に座ったまま、じろじろと内部を検分していた。

「しかし、立派な屋敷だな。この…白い石はなんていうんだ？」

「白桜石です。疾風の国にはありませんか？」

「ないな。…とても滑らかで美しい。それに高価そうだ」

「確かに高価です。岩山の一部から取れるのですが、これが使われているのは瑠璃国でも、宮殿の一部…王家の方々がお暮らしになっている宮と…ここだけだと思います」

「王家と同等なのか」

　興味深げに相槌を打ち、六陽は調度品にも視線を向ける。テーブルやコンソールなどは、全て交易船が運んで来た異国からの贈り物のようで、どれもが上等だと一目で分かる。

「一体、どんな主なのか…」

　天井に張られた、金糸刺繍の織物を、六陽が興味深げに見上げた時だ。カチャリと扉の開く音がした。六陽と湘君が揃って顔を向けると、そこには入江ではなく、白桜石より光り輝く、美しい者が立っていた。

「……」

　思わず、凝視してしまった湘君の様子に戸惑うように、その者は瞳を揺らす。それから、湘君の手前に座っている六陽に目を移し、小さく息を吸った。

　一つに結った黒髪は長く、左肩から前へと垂らしているそれは、腰丈を優に超えていそうだ。服装も王家や白家といった、高貴な家柄の者のみ許される、上等な着物姿で、使用人などではないのが明らかだった。そもそも、ここまで美しい者が使用人である筈がない。

　黒い瞳はふくよかな月のように光り、白い肌は白桜石よりも滑らかだ。珊瑚色の唇は艶やかで、形のよい鼻は賢さを表している。美しいと言われる男は瑠璃国には多数いるが、その誰よりも群を抜いていると言い切れる。

　美しさだけではない。そこにいるだけで、特別な雰囲気を醸し出している。もしかして、この者は……と湘君が考えを纏めるより先に、六陽が立ち上がっていた。

「失礼。こちらの主であられるか？」

「……」

　声には出さず、扉の間に立ったまま、その者は首を横に振る。六陽をじっと見つめ、肩で息を吐くと、思い切ったように尋ねた。

「……先ほど……飛んで来られたのは…貴兄か？」

　その声までもが、軽やかで、心地のよいものだ。湘君は感心するばかりで、相手に目を奪われたまま、何も考えられなかった。尋ねられた六陽は頷き、自ら名乗る。

「俺は疾風の国から来た、六陽という」

「疾風の国というと……風の民か？」

「ああ」

　さっきは湘君をからかった六陽だが、美しき者を前にして、神妙に態度を改めていた。主ではないと否定したものの、相手が特別な存在であると、姿を見ただけで確信出来る。六陽が殊勝な様子で応えているのを聞き、湘君ははっとして我に返った。

「…あ……も、申し訳ございません…っ。あ…あの、もしかして、海子さまですか？　突然、お訪ねしてしまい、すみません。私は…」

　江月の命で異国からの客である六陽を案内しているのを、湘君が説明しようとすると、「八潮さま」と呼ぶ声が聞こえた。声は入江のもので、すぐに慌てた顔で駆けつけて来る。

「どうして…ここに…」

「すまない、入江。先ほど、窓からこの方が飛んで来るのが見えたのだ。風の民が飛ぶところを初めて

見た。どうしてもお会いしたかった」

「ですが…」

眉を顰める入江の様子は非常に困っているようで、六陽と湘君は顔を見合わせる。庭に落ちて来た珍客を迎えに来た時も、入江はあんな険しい表情はしていなかった。入江がそれほど、困る理由があるのか。

八潮と呼んだ美しき者に対し、何かを言おうとした入江は、六陽と湘君の視線に気づき、すっと表情を改めた。険しさを消した顔で、小さく溜め息を吐く。仕方がない…といった様子で、八潮に部屋へ入るように言い、後に従えて来た使用人たちに食事の用意をするよう命じた。

その間、六陽と湘君は、部屋の端にある寝椅子へ招かれ、そこで八潮を条件つきで紹介された。

「六陽さま、湘君。ここでこの方にお会いしたことは、決して口外なさらないと、約束して頂けますか」

「まずいのか？」

「はい」


何がどう問題なのかは言わず、入江は重々しく頷く。湘君は「もちろんです」と頷き、六陽も約束は守ると告げる。

二人の返事を聞き、八潮はほっとした顔になる。入江の方は硬い表情のまま、六陽と湘君に八潮が何者であるかを告げた。

「こちらは…次の海子になられる、八潮さまです」

「やはり…海子さまだったのですか」

「いや、今の海子は私の父だ。私はまだ海子ではない」

「海子というのは世襲制で受け継がれているのか？」

六陽の問いかけに、入江が「はい」と答える。それから、秘密にしなくてはいけない事情を話した。

「海子さまの後継者は成人されるまではこの屋敷から出てはならない決まりになっているのです。外の方に会うことも殆どありません。その存在自体を、成人までは隠すことが決まりとなっているのです」

「では…あなたはここから一度も出たことがないの

か」

驚いたように尋ねる六陽に、八潮は賢そうな笑みを浮かべ、頷いた。八潮自身、決まりは分かっていたが、どうしても好奇心を抑えきれなかったのだと、入江に詫びる。

「風の民が飛ぶところなど、見た者はそうはおらぬだろう」

「そうでございますね。入江も見たことはございません」

「この者はぶら下がって来たのだぞ」

昂揚(こうよう)した口調で言い、八潮が指すのは湘君だ。入江は六陽の後ろに立つ湘君をちらりと見てから、苦笑しながら八潮に伝えた。

「八潮さま。実は…あの者は私の弟でございます。湘君と申します」

「弟…？」

入江の話を聞き、八潮は驚いた顔になって湘君を見た。湘君は深く頭を下げ、「黒湘君でございます」と名乗る。八潮はにっこりと微笑み、会えて嬉しいと口にした。

「入江には長く、世話になっている。ありがとう」

「いえ…っ。滅相(めっそう)もございません…」

八潮に礼を言われるだけでも、焦ったような気分になった。やはり美しさだけでなく、八潮には特別な何かが備わっているのだろう。感心していると、使用人が食事の用意が出来たと告げに来る。主ではないが、それに近い八潮に対し、六陽は自分が入江に対し、我(わ)が儘(まま)を言ったのだと詫びた。

「腹が減ってしまい、このままでは飛んで帰ることも出来ないので、食事を所望したんだ。申し訳ない」

「貴兄は客だ。遠慮されることなどない。入江」

「は。六陽さま、どうぞお席へ。瑠璃国の料理は魚が中心なのです。お口に合うとよいのですが」

「魚は疾風では滅多(めった)に食べられないんだ。有り難(がた)い」

深く頭を下げ、六陽は席を移る。テーブルには屋敷の格に見合うような、豪華な料理の数々が並べられていた。自ら空腹を訴えた六陽の食べっぷりは豪快で、周囲がびっくりしているのも構わず、次から次へと平らげた。

「六陽さま…本当にお腹が空いてたんですね…」

「温かい食事は…何日ぶりかだ。イオノプシス平原を渡るのに時間がかかったからな」

「イオノプシス平原から来られたのか」

給仕をする湘君が呆れたように言うのに六陽が答えていると、それを聞きつけた八潮が目を輝かせる。屋敷から出たこともない八潮にとって、国外の話はお伽噺に近い。六陽の傍へ席を移し、彼がどうやって瑠璃国へ辿り着いたかを聞いた。

六陽の話は八潮を夢中にさせた。イオノプシス平原や、大国モンステラ。不毛の地、ザイラルディア。六陽が見て来た世界は広く、話題は尽きない。また、六陽は語りもうまかったので、食事が終わっても話を求められていたのだが、ふと見た窓の外が薄暗くなりかけているのに気づき、暇を告げた。

「暗くなると飛べなくなる。飛べないことはないが、こういう急斜面のある、知らない土地では、危険を伴うんだ。湘君も連れて行かなくてはならないしな」

「そうか。残念だ」

また来てくれ…と八潮は言いたげだったのだが、叶わぬ望みだと悟っているのだろう。何も言わずに、見送りに出てもいいかとだけ、入江に許可を求めた。隣に控えていた入江は頷き、皆で屋敷の二階へ上がる。バルコニーから飛ばせて欲しいというのが、六陽の頼みだった。

外へ出ると、日が西の岩山に差しかかり始めていた。風も出て来ている。八潮は緊張した顔の湘君に、真面目な顔で言った。

「湘君が羨ましい。飛べるとは」

「と…とんでもないです…っ。本当に恐ろしくて…寿命が縮みますよ？」

「歩いて帰るか？」

「六陽さま～」

本音を言っただけなのに、真面目な顔の六陽に意地悪を返され、湘君は困り切った顔で泣きつく。そんな湘君を軽くあしらい、六陽は改めて八潮と入江に礼を言った。

「大変ご馳走になった。ありがとう。突然、押しかけたのに、手厚いもてなしを受け、感謝している」

「こちらこそ、楽しい話を聞かせて貰えて嬉しかった」

「六陽さま、どうぞお気をつけて。湘君は至らぬところも多いでしょうが、正直で熱心です。どうか大目に見てやって下さい」

「分かってる。不束者だ」

「六陽さまっ」

自分で言ったこととはいえ、兄の前で繰り返され、慌てる湘君の腕を、六陽はぐいと摑んだ。三度目ともなると、大体の想像はついて、心の準備も出来る。一瞬、瞑った目を開けた時には、宙に浮いていた。

「お…お邪魔しました〜」

バルコニーの内側にいる八潮と入江に挨拶し、湘君は六陽に連れられるまま、舞い上がる。そのまま急降下するのかと思いきや、六陽は風が強いから飛びやすいといい、ふわりと屋敷の上空へ上がった。

「六陽さま〜。帰らないんですか〜?」

「ちょっとぐるりと回ってみよう」

ぶら下がっているだけの湘君にはどうにも出来ない。早く地に下りたいと願いながら、身を任せていると、六陽が屋敷の東端を見て、「あれは…」と呟いた。

「……?」

真上にある六陽の姿を見てから、湘君が屋敷へ視線を移すと、塔の上に作られた小さなバルコニーの上で、何かが動いたように見えた。けれど、それが何かまでは分からず、六陽に尋ねる。

「何かありました?」

「…誰かいた」

「使用人ですか?」

「いや……髪が長くて…。青い瞳だった」

六陽は動きを止めていたので、湘君も具（つぶさ）にバルコニーの方を見ることが出来た。しかし、誰もいないし、そもそも青い瞳というのが有り得ない。

「見間違いでしょう。瑠璃国の者は、皆、黒い瞳です。青い瞳をした者など、いませんよ。それにここからあそこまで結構距離があるんですから…」

「風の民は目がいいんだ。俺が見間違える筈がない」

確かにそうだった…と六陽は言い切るが、既にその姿はない。バルコニーの奥には塔の部屋へ入れる扉があり、そこから中へ入ってしまったのだと思われた。再び出て来そうな気配もなく、六陽は諦めて、移動を始めた。

「帰るか。宮殿へ行った方がいいんだよな？」

「助かります」

また港まで下りられてしまったら、宮殿まで上がるのは一苦労だ。もう日も沈み、夜が来る。案内の続きは明日にした方がいいだろう。

そう判断し、宮殿へと戻りかけた六陽と湘君は、海子の屋敷と宮殿を繋ぐ細道を誰かが歩いているのに、同時に気がついた。相手はまさか空を誰かが飛んでいるなどとは思ってもいないようで、気づく様子はない。

「使用人はああやって宮殿と屋敷を行き来してるのか」

「…いえ、あれは使用人ではありませんよ。あの髪型と着物は…白家の方です」

「白家？」

それが王家に次ぐ、貴族の家柄であるのは聞いている。よくよく見れば、若い男で急いでいる様子だ。使用人ならともかく、白家の者がどうして海子の屋敷へ向かっているのか。

「……謎が多いな」

「六陽さま。とにかく、宮殿へ戻りましょう」

いつまでも空中でぶら下がっているのはかなわない。湘君が情けない声で頼むのを聞き、六陽は小さく息を吐いた。名残惜しげに海子の屋敷を一度振り返ってから、一気に宮殿へと下りて行った。

バルコニーから飛び立った六陽と湘君は、ふわりと屋敷の上へ舞ったかと思うと、すぐに姿が見えなくなった。目の前で起きたことでも信じられなくて、いつまでも空を眺めている八潮に、入江が中へ入るように勧める。

「風も出て参りましたし、身体が冷えます」

「…分かった」

日も刻々と傾き、夕暮れが近づいている。屋敷へ入ると、風に当たっていたせいか、暖かく感じられた。バルコニーの扉を閉める入江を背に、八潮が歩き出そうとすると、声をかけられる。

「八潮さま。間もなく、清栄さまがおいでになられます」

「……」

驚いて振り返った八潮は、微かに眉を顰めて入江を見た。清栄に返事を求められている八潮がどういう思いでいるのか、入江はよく分かっていた。窓に鍵をかけ、カーテンを閉めてから、ゆっくりと八潮に向き直る。

「…明日ではなかったか？」

「一日でも早く返事が聞きたいと、先ほど、ご連絡がありました」

「……」

八潮が顔を強張らせるのを見た入江は、相手に分からぬように小さく息を吐いた。八潮の戸惑いはずっと傍にいる入江が一番理解している。しかし、今までのように八潮の気持ちを第一に考えてはいられない問題だ。出来るだけ、優しげな声で「八潮さま」と呼びかける。

「清栄さまはとてもいいお方です」

「……。分かっている」

「五つある白家の中でも、清栄さまのお家は歴史ある大家ですし、同じ年頃の方で、あのように出来た方は他にいらっしゃいません」

「分かっている」

　声の調子を強め、同じ返答を繰り返す八潮の顔は、苦しげな表情になっており、六陽の話を聞いていた時とは、別人のようだった。入江は心苦しさを覚えながらも、これが自分の務めであると自身に言い聞かせ、八潮を諭した。

「海子には支えが必要です。清栄さまは八潮さまの支えになりたいと、自ら仰って下さっているのです。それに…清栄さまは誰より、八潮さまを大切になさろうと思って下さってます」

「……入江……」

「私には清栄さま以上の支えは見当たらないように思えます」

「……」

　八潮がどんなに躊躇い、避けたいと願ったところで、他に道がないのが現実だった。八潮が海子の後継者である以上、受け入れるしかない運命だ。それを八潮もよく分かっているから、厭だと言えないのを、知っていた。

　自分に出来る最上の手助けは、八潮の不安を取り除き、一番の支えとなってくれるであろう清栄を選ぶように仕向けることだ。入江はそう信じて、「八潮さま」と名前を呼ぶ。

「時間はあります。ゆっくりでいいのです。清栄さまだって、八潮さまを急かすような真似はなさいません」

「……」

「それに……八潮さまが考えているほど、恐ろしいことではありません」

　大丈夫ですから…と言い聞かせ、入江は部屋を出ようと八潮を促した。しかし、八潮は動かず、俯いたまま、ぎゅっと拳を握り締めている。

「八潮さま…？」

「……入江」

私は……と、八潮が言いかけた時だ。扉の向こうから使用人の声が聞こえた。入江が返事をすると、清栄が訪ねて来たと伝えて来る。

「さ、八潮さま。参りましょう」

「……」

「そのようなお顔をされていては、清栄さまが気にされますよ。先ほどの、六陽さまから聞かれたお話をされては如何ですか」

「……いいのか？」

「清栄さまは内密にして下さるでしょう」

にっこりと微笑んで言う入江に、八潮は僅かに表情を緩めた。それから、大きく息を吐き、足を踏み出す。八潮が何を言おうとしていたのか気になったが、今ここで躊躇いに同調してしまっては、時を逃してしまう。次の年、八潮はお披露目を迎える。その前に、力強い支えを得ることが、海子の跡取りである八潮にとっては必要だ。

今は戸惑いに揺れたとしても、八潮はいつか、清栄を選んでよかったと思ってくれるだろう。そう信じ、入江は八潮と共に清栄の許へ向かった。


一階へ下りると、六陽たちと食事をした部屋で清栄が待っていた。食事の用意はすっかり片付けられ、寝椅子に座っていた清栄は、八潮を見ると嬉しそうに破顔して立ち上がる。

「八潮。早く来てしまい、すまない。入江に連絡はしたのだが…」

「聞いております。珍しい客があり、二階へ上がっていたのです」

「客？　ここに客が来るのか？」

不思議そうに尋ねる清栄に、八潮は六陽たちの話をした。本来であれば、海子の屋敷に異国の客を迎えるなど、有り得ない話だ。秘密にして欲しいと頼む八潮に、清栄は二つ返事で頷く。

「清栄さまは風の民が飛ぶところをご覧になったこ

とがありますか？」

「風の民？　いや、風の民そのものに出会ったことがない」

「かの民は本当に飛ぶのですよ」

六陽に出会えたこと、飛ぶ様を見られたこと。彼がしてくれた異国の旅の話。どれもが八潮には特別な体験で、心が昂揚したままだった。お陰で、清栄への躊躇いも忘れ、話に興じられた。

清栄は八潮の話を、一言一句聞き漏らしてはならないというように、熱心に耳を傾ける。その間、入江によって食事が用意され、二人は夕食を共に楽しみながら夜が更けるまで話を続けた。

「…本当に…六陽さまはお話がお上手でした。あれほど、色んな国を回っておられるような方だからでしょうか」

「そうなのか。私も一度会ってみたいな。まだ国におられるのだよな？」

「しばらく滞在されると仰ってました。とても目立つ方ですから、すぐにお分かりになられますよ。背が高く、髪が銀色なのです」

そうか…と清栄が頷くと、入江が八潮の部屋にお茶を用意したと告げに来る。既に食事は済み、使用人によって御膳も片付けられていた。どきりとして顔を強張らせる八潮に気づかないふりをして、入江は清栄に部屋を移るよう、勧めた。

「あちらの方がお話もゆっくり出来ますから」

「そうだな。行こう、八潮」

厭だとは言えない八潮はぎこちなく頷き、清栄の後について二階の自室へ向かった。扉を開けると、入江が用意したお茶の甘い匂いが微かに香る。先に寝椅子へ腰かけた清栄は、八潮に隣へ来るよう、求めた。

「いえ、私は…」

「近くで話したいのだ」

離れた椅子に座ろうとする八潮の腕を取り、清栄は強引に自分の隣へ座らせる。八潮は小柄で華奢な体格をしている。瑠璃国の者としては上背がある方の清栄とは力の差が大きい。均衡を崩した八潮が倒れるように腰を下ろすのを見て、清栄は慌てて謝った。

「すまない。つい……。そんなに力を込めたつもりはないのだが…」

「…いいえ、大丈夫です」

　申し訳なさそうに詫びる清栄を心配させないよう、八潮は微かに笑みを浮かべて顔を上げた。清栄はとても自分を大切に思ってくれている。入江にも言われたが、間近にいると、それがしみじみと感じられる。

　清栄が何を聞きたいのかは分かっていた。本当は明日、訪ねて来る筈だったのに、日を早めてやって来たのは、待ちきれない思いでいるからだろう。急かしているわけではないのだと、清栄は前置きした。

「ただ……いてもたってもいられなくて…。それに八潮の顔がすごく見たかったんだ」

「…清栄さま…」

「八潮。どうか……俺の願いを聞き入れてくれ」

　そっと手を重ねて来る清栄に何も言えず、八潮は目を伏せる。清栄が八潮を支えさせて欲しいと申し入れたのは、十日ほど前のことだ。その少し前、清栄は入江によって海子の屋敷に招かれた客の一人として、八潮と会った。基本的に海子の屋敷は使用人以外の立ち入りが禁じられているが、一部の王族や貴族は出入りを許されている。その他に、屋敷を取り仕切る入江が許可する者も出入り出来る。

　それまで、海子の後継者として八潮が屋敷で会って来たのは、瑠璃国を治める明渚王や、その供、または国の統治に関わるような高官ばかりで、清栄と共に招かれた同年代の者たちと会うのは初めてだった。海子の後継者はお披露目が終わるまで外部と接してはならない。そういう決まりがあるのに、入江が八潮を清栄たちに引き合わせたのには考えがあってのことだった。

そう、間もなく、自分はお披露目を迎えるから。

重ねただけだった清栄の手が、自分のそれをぎゅっと握り締めて来るのを感じて、八潮はふうと息を吐き、閉じていた目を開けた。

「……すみません、清栄さま……。…もう少し……待っては頂けませんか……」

「私が嫌いか？」

「そのようなことは……ございません……。ただ……怖いのです……」

正直な気持ちを伝える声は小さく、語尾は消えていく。俯いたままでいる八潮の手を取り上げ、自分の方へ引き寄せた清栄は、優しい声音で「分かった」と返事した。

「…すまない…。私は八潮を困らせているな」

「……いえ…」

「八潮に会ってから……私はおかしいのだ。日がな一日、お前のことばかり考えている」

「清栄さま……」

入江が屋敷に招いたのは、白家や赤家の中でも財や名のある家の者ばかりだった。その中でも、清栄の家は大家で、本人もとても優秀だった。穏やかな性格で、周囲からも慕われ、将来を期待されている。その上、見目もよく、すらりと伸びた背や、賢さの表れた顔立ちは何処でも注目を浴びるものだ。

その清栄が、八潮を一目で気に入り、支えになると申し出たのは、海子の家としてはこれ以上ない話だった。昔から海子はその代の実力者から支えを受けて来た。現在の海子…八潮の父、夕汐（ゆうしお）は明渚王の支えを受けている。

八潮も同じように次代の王の支えを受けられればよかったのだが、残念ながら王子は八潮と歳が離れており、相応（ふさわ）しい相手ではなかった。王家の中にもめぼしい相手はおらず、白家や赤家といった貴族から探すこととなった。

清栄の実家は五つある白家の中でも由緒ある家柄で、財産も十分にある。そして、清栄はその跡取り

で、将来は国の重責を担うのは間違いない。八潮を…海子を守れる条件が清栄には備わっていた。

　そして、一番肝心な、八潮への想いも。引き寄せた八潮の手を口元に寄せ、清栄は恭しく口付ける。

「お前が怖がる意味はよく分かる。…けれど、私は恐ろしい者ではないし、お前を支えたいだけなのだ。…父も私が海子の支えになることは、喜んでくれている。海子の家にとっても、喜ばしいことなのではないか」

「……はい」

　清栄が諭してくる内容は否定など出来ないもので、八潮は重々しく頷いた。清栄以上の支えはいない。入江もそう言っていた。自分の心に言い聞かせ、八潮は顔を上げる。

「清栄さま……」

　それでも、申し出を受け入れるとは答えられず、八潮は言葉に詰まった。困惑したその顔を見て、清栄は子供を相手にしているような笑みを浮かべ、八潮の身体を引き寄せる。

　細い身体は軽く、乱暴にすれば壊れてしまいそうだ。清栄は八潮を大切そうにそっと抱き、身を屈めて、唇を重ねた。

「…っ……」

　八潮は息を呑み、身体を強張らせる。誰かと口付けを交わすのは初めてで、驚いて逃げようとしたのだが、清栄の腕が身体を押さえていて動けない。

　唇が触れ合っただけなのに、心臓がどきどきして呼吸も出来なかった。何度か、啄むように口付け、清栄が離れていく。八潮は恐ろしい目に遭ったかのように震え、俯いた。

「……八潮…怖いのか？」

「……」

「何も…ひどいことはしていないだろう？」

　耳元で聞こえる清栄の声は、普段のものと違っているような気がする。八潮は止めていた息をふうっと吐き出し、緩く首を振った。清栄の言う通り、ひどい扱いなどされていない。唇が触れただけだ。なのに、こんなに動悸が激しい。

「……びっくり…して……」

「もう一度、口付けてもいいか？」

「………」

厭だと言えない八潮が俯いたままでいると、清栄がその顎に手をかけ、顔を上げさせる。戸惑いに揺れる瞳を見つめ、清栄は溜め息混じりに呟いた。

「八潮は…本当に美しい」

「……」

愛おしげな言葉と共に降りてきた唇を避けられず、八潮は口付けを受け止めた。先ほどよりも長く、唇が何度も重ねられる。その内、身体が熱くなってくるのを感じ、困惑した。息が満足に吸えないせいかもしれないと思い、八潮が口を少し開けると、清栄の舌が忍んでくる。

「…っ…」

驚いて口を閉じようとしたが、清栄の舌を嚙んでしまいそうで出来なかった。口内を探られるのももちろん初めてで、どうしてそんな真似をするのか分からないと思いながら、咄嗟に清栄の着物を摑む。

やめて欲しいと訴える為、ぎゅっと布地を握る。けれど、清栄には伝わらなくて、八潮はされるがままでいるしかなかった。益々息が出来ず、身体は熱くなる。意識も朦朧として来て、強張っていた身体から力が抜ける。

清栄の舌が口内を動き回るのに戸惑いは覚えたが、不思議と気持ち悪いとは感じなかった。それよりも身体の中心がどんどん熱くなってきているように思えて、躊躇ってしまう。ぼんやりとした頭で、自分の身体に起きている異変を追っていると、清栄が口付けをやめた。

「……っ…は…あ…っ…」

ようやく息が出来て、八潮は掠れた声を上げる。荒い呼吸を繰り返す八潮に、清栄は苦笑して「すまない」と詫びた。

「つい……夢中になった」

「……」

八潮は何も言えず、清栄から顔を背けて俯く。頬が熱く、動悸が収まらない身体は全身が火照っているようだ。清栄を気遣わせないよう、何か言わなくてはと思うのに、声が出ない。

「……八潮。今晩はもう帰る。このままいたら、止められなくなりそうだ。返事も貰っていないのに」

「……せい…えいさま……」

ようやく、微かな声で名前を呼び、顔を上げた。

清栄は赤らんだ八潮の頬に両手を添え、目を細めて尋ねる。

「…口付けで感じたか？」

「……感じる…？」

「身体が熱くなって…気持ちよくなるんだ」

清栄は微笑み、濡れた八潮の唇を奪う。名残惜しげに啄んでから離れた。目を閉じていた八潮がゆっくり瞼を開けるのを見て、深い溜め息を漏らす。

「……頼む、八潮。次に会う時は…返事をくれ。でないと、私はおかしくなりそうだ」

「清栄さま……」

「私は生涯をかけ、お前を支え、守ると誓う」

低く落ち着いた声で愛を告げ、清栄は八潮の手を取り、その甲に口付けた。見送りはいいと断り、部屋を出て行くその背中を、八潮は熱い身体で寝椅子に腰かけたまま、ぼんやりと見送った。


静かに扉が閉まると、八潮は大きく息を吐いて、寝椅子に横たわった。本当は清栄を見送らなくてはいけなかったし、せめて、気をつけてお帰り下さいと声をかけなくてはいけなかったのに、何も出来なかった。今も身体は熱く、頭がぼんやりしている。

「……」

清栄と口付けた唇に指先を当てると、とても熱いように感じられて、反射的に手を引っ込めた。口付けが…このように身体が熱くなるものだとは知らなかった。清栄の言う「感じる」というのは、このことなのだろうか。八潮はしばらくぼんやりと色んな思いを巡らせていたが、次第に身体から熱が引いていくと、溜め息を一つ吐いて、部屋を出た。

人気のない廊下を歩き、屋敷の東棟にある塔へ向かう。特別な使用人しか立ち入ることを許されていない扉を開け、長い螺旋階段を上がった。その間に、身体の熱さはすっかり収まっていた。けれど、清栄が残していった言葉は頭を占領していて、形のない不安となって心をどんどん埋めていく。

階段の先にある扉の前に立つと、八潮は軽く頭を振った。心配をかけてはいけない。平気な顔で話さなくてはいけない。自分に強く言い聞かせ、取っ手に手をかけると、重い扉を押す。

「緋波」

呼びかけると、「こっちだ」という声がして、八潮は奥の部屋へ向かった。海子の屋敷は、東棟に高く聳える塔があり、その中には小部屋が幾つかと、バルコニーがあった。そこで弟の緋波は暮らしている。

八潮が覗くと、緋波は窓際に置いた長椅子に腰かけていた。近くには望遠鏡があり、緋波が何を言ってくるか、容易く想像がついた。

「あいつが来るのは明日じゃなかったのか？」

「…急に変更されたんだ」

「兄さまに会いたくて？」

ふんと微かな鼻息つきで言う緋波に、八潮は肩を竦めてみせ、肘掛け椅子に腰を下ろす。緋波と清栄の話をすれば堂々巡りになると分かっている。八潮は相手にせず、またしても髪を結っていない緋波を注意した。

「そのように解いていてはいけない。ちゃんと結え」

「どうせ一人だ。誰も見ていないんだから、いいじゃないか。…あっ…！」

「どうした？」

いつもの口答えを始めた緋波が急に声を高くしたのに驚き、八潮は怪訝そうに尋ねる。緋波は珍しく昂奮しているような声つきで、空を飛ぶ者たちを見たと告げた。

「あれは風の民というやつかな。兄さまは見なかった？」

「ああ、六陽さまのことだな。お会いした」

「六陽…さま？　ここを訪ねて来たのか？」

「疾風の国からいらしたんだ。ここに興味を持たれて、飛んで来られた。連れてらしたのは、入江の弟だ。湘君といって、六陽さまを案内してるらしい」

「入江の…」

ふうんと頷く緋波に、八潮はいつ見たのかと聞く。日没前だというので、六陽たちが帰る時のことだろうと推測し、何処から見たのかと、重ねて尋ねた。

「バルコニーから。見つかりそうになったんで慌てて隠れたんだ」

「そうか。二階から飛び立つのは見たが、屋敷の上へ舞い上がっていかれたんで、その後どうやって帰られたのかは分からなかった。どちらへ行かれた？」

「宮殿の方へ。部屋の中から望遠鏡で追ってたんだけど、途中で見失った。風の民が飛ぶところなど、初めて見た」

「私もだ」

嬉しそうに言う緋波を見て、八潮は微笑んで相槌を打った。塔の中で暮らしている緋波は、八潮以上に世界が狭い。昂奮しているのも無理はないと思い、六陽から聞いた旅の話を伝えた。清栄に散々話し、正直疲れていたが、喜ぶ緋波を見られる方が嬉しくて、途中からは一緒にベッドへ入り、話を続けた。

「…六陽さまの話を聞いて、世界は本当に広いのだと実感した。書物でしか読んだことのない国や、場所が、本当に実在するのだとも」

「すごいな。その…六陽という者に一度会ってみたい」

「……」

清栄にはまだしばらく国内にいる筈だと言えたが、緋波には言えなかった。緋波は塔から出ることを許されない身の上だ。緋波もそれをよく分かっているから、普段は望みを口にはしない。六陽の話が相当に心を打ったのだろうと思うと、緋波が可哀想で、八潮は小さく頷いて目を閉じた。

そのまま眠ってしまいそうだったが、「兄さま」と呼ぶ緋波の声ではっとした。瞼を開け、目の前にある緋波の顔を見る。八潮とそっくりの美しい顔立ちだが、緋波には一つ、決定的に違うところがある。枕元に点(とも)した洋燈(ランプ)の明かりによって、緋波の瞳は硝子が反射しているみたいに見えた。

「…あいつに…返事をしたの？」

「あいつなんて、言うものじゃない。清栄さまと言いなさい」

「……」

兄の注意を緋波は不服そうに聞き、言い直そうとはしない。むっとした顔を苦笑しながら見て、八潮は「まだだ」と答えた。

八潮は毎晩のように緋波の許を訪れて、その日にあったことを報告するのを日課としていた。共に眠ることもしばしばで、一人だけの弟を大切に思っている。清栄のことも…自分が抱えている不安や躊躇いも、それなりに告げてあって、緋波が心配しているのはよく分かっていた。

緋波もまた、一人きりの兄が大事だった。塔から出られない不自由さを嘆くよりも、兄を助けられない自分に歯痒さを覚えた。海子の後継者は長子と決まっているし、事情を抱えた緋波は生涯、塔の外へは出られぬ運命だ。もしも自由が得られるならば。兄一人に苦労はさせないのに。

海子の家の為、八潮が支えを得ようとしているのを、緋波は気に入らなく思っていた。

「…おかしいじゃないか。どうして兄さまが…。海子はそういうものだと入江は言うけど、どうしてそんな支えなんか必要なんだ？　海子は国を守る為にあるのだから、いざという時に役目を果たせばいいだけだ」

「……そういうわけにもいかないんだ。緋波。心配するな。…清栄さまは…とてもいいお方だ。私は恵まれていると思っている」

「本当にそう思っているなら……どうしてすぐに返事をしないんだ？」

　鋭い問いを向けられ、八潮はすぐに答えられなかった。緋波が嫌がらせで言っているのでないことは分かっている。真っ直ぐに自分を見ている瞳が哀しげに揺れている。八潮は緋波の頭を軽く撫でてから、小さく息を吐き、「怖いのだ」と告白した。

「清栄さまは本当に…本当にいいお方だ。…けれど、受け入れてしまったら…自分が変わってしまうような気がしてるんだ」

　口付けられた時、身体がとても熱くなったのを思い出し、八潮は目を伏せる。意識が朦朧として、何がなんだか分からなくもなった。あんなことを続けられたら、自分は正気を保っていられるだろうか。

　それに…。もう一つ、気にかけていることは口には出来ず、八潮は緋波の髪を伝って手を離す。再び緋波の目を見て、微かな笑みを浮かべた。

「……それでも…清栄さまにお応えしなきゃいけないと…思っている。大丈夫だ、緋波。何かが変わってしまっても、私はお前の兄だ。必ず、何があっても、お前を守るから」

「……兄さま…」

「その為にも…清栄さまの支えが必要なのだ。分かってくれ」

　言い聞かせるように頼む八潮に、緋波は何も言えずに唇を噛んだ。悔しそうにも見える顔を伏せる緋波を引き寄せ、その頭を優しく抱える。海子の家を守らなくてはいけないという、跡継ぎとしての使命感もあったが、それよりも八潮は緋波を守らなくてはいけないという強い思いを持っていた。年齢的にも、父は先に逝く。そうなった時、緋波を守れるのは兄である自分だけだ。

「大丈夫だ」

　緋波を安心させる為に、心配するなと繰り返す。

そんな八潮に、緋波は腕の中から小さな声で聞いた。

「…入江は……？」

「……」

「入江は……いいのか？」

　胸を衝かれるような思いがして、八潮は何も言えなかった。緋波には気づかれていると分かっていたが、お互いが決して口にしてはいけない禁句として扱って来た。緋波は何があっても、それを言わないと思っていたのに。

　それほど、不安に感じているのか。八潮は可哀想な弟を思い、息を吐いた。「いいんだ」。敢(あ)えて強い調子で言うと、目を閉じる。緋波はそれ以上は何も言わなくて、いつしか揃って眠りについていた。

　朝になり、兄の八潮が帰って行くと、緋波はまた一人になった。物心がついた時には塔の部屋にいて、決して外へ出てはいけないのだと教えられてきた。部屋を訪ねて来るのは、父の夕汐と、兄の八潮、屋敷守として海子の屋敷を取り仕切っている入江、そして生活の世話をしている一部の使用人だけである。

　使用人たちは決して緋波を見ようとはしない。災いがあると信じているからだ。緋波の方もそれを分かっているので、使用人が部屋の掃除をしたりする時は出来るだけ鉢合わせたりしないように、身を潜めている。

　緋波を正面から見る者は家族以外には入江しかいない。入江は十年ほど前に、それまでの屋敷守だった洸洋(こうよう)という使用人が、高齢を理由に引退してから、代わってその職についた。入江はまだ若かったが、非常に優秀で、主である夕汐の期待に十分に応え、跡取りである八潮の教育から、屋敷の管理、秘密にされている緋波の世話まで、つつがなくこなしている。

　誰にでも親切で、賢く、常に冷静に物事を考えられる入江を、緋波も好ましく思っていた。それまで屋敷守だった洸洋からは辛く当たられていたこともあり、入江の言葉や態度には随分救われた。そのように生まれついたのは緋波さまのせいではありません。緋波さまはお気の毒です。真剣に自分を思い、兄と共に心配してくれる入江は、緋波にとって大切な存在だった。

　そして、兄の八潮にとっては…もっと。窓から外を眺めていた緋波はふうと息を吐き、時計を見た。そろそろ湯浴みの時刻だ。緋波が風呂に入る時刻は決められており、その間、使用人たちは一切、浴室付近へ近づかない。

　螺旋階段を下り、重い扉を開けて、廊下を進む。緋波の為に塔近くに作られた浴室へ入ると、使用人たちによって湯浴みの用意がされていた。腰をこえるほどの長さの髪は、洗うのも一苦労だが、乾かすのは更に大変だ。浴槽に浸かり、黙々と髪と身体を洗い、泡を流して浴室を後にする。

　塔の部屋に戻ると、濡れた髪を包んで来たタオルを外し、櫛を手にバルコニーへ続く硝子扉を何気なく開けた。そこで髪を乾かすのが常だった緋波は、いつものように椅子に座ろうとしたのだが、思いがけずに人影を見つけて硬直する。

「っ…‼」

　誰もが近づくのを恐れる塔だ。父や八潮、入江が来るのも夜と決まっている。ずっと独りで暮らして来た緋波は、自分以外の誰かがいるなどと僅かも思わなかった。

　なのに、今、バルコニーの手摺りに腰をかけて、じっと自分を見ている者がいる。瑠璃国の者ではないと一目で分かる容貌は、昨日見たばかりの……風の民だ。

「…やっぱり、青いじゃないか」

「……」

にやりと笑い、独り言のように呟いた相手に対し、緋波はさっと顔を顰めた。既に日が昇り、久しい。真上にある日は、世界を明るく照らしている。そんな中、自分の顔を正面から見るとは。初めてのことで、驚くものの、相手は異国の者だ。緋波は戸惑いを抑えながら、険相で忠告した。

「…聞いてないのか」

「何を？」

「災いが訪れるぞ」

「災い？」

何のことだと不思議そうに繰り返し、風の民は銀髪を揺らして立ち上がる。自分よりも頭一つ、大きいような相手をじっと見つめ、緋波は八潮から聞いた名を思い出していた。

確か…疾風の国から来た、六陽さま…と、八潮は言っていた。恐らく、昨日のように飛んで来たのだろう。一度会ってみたいとは思ったけれど、まさか、このような出会い方をするとは思ってもみなかった。

六陽は何故、ここを直接訪ねて来たのか。目が合ったような気がして咄嗟に隠れたものの、やはり見つかっていたのか。随分、距離があったから大丈夫だと思っていたのに。

「どういう意味だ？」

尋ねてくる六陽に対し、緋波は身構えていた姿勢を正し、息を吐いた。異国の者には関係ない話かもしれないが、瑠璃国では固く信じられている言い伝えだ。

「…瑠璃国では青い瞳は不吉とされている。その瞳で見られるだけで、災いが訪れると言われているんだ」

「そうなのか。そんなに綺麗な色なのに」

「………」

驚いたように言う六陽を、緋波も目を丸くして見た。綺麗な色とは。初めて言われたし、そんな風に思ったことなどなかった。鏡や硝子に映った自分の顔を見てしまったりすると、しまったという思いすら抱いた。父や、兄、入江は正面から見て話をしてくれるが、瞳の力が薄れる夜だけと決まっている。

　やはり、異国から来た六陽は考え方が違うのだ。改めてそう思っていると、名前を尋ねられる。

「俺は疾風の国から来た、六陽という。お前は？」

「……緋波だ」

「まさかと思いたいが……その瞳のせいで、ここに閉じ込められているのか？」

　怪訝そうな六陽の表情を見て、緋波は小さく息を吐いた。塔から出られない暮らしを送ってはいるが、閉じ込められているとは思っていない。皆に災いを与えてしまってはいけないのだから、自分がここに独りでいるのは仕方のないことなのだ。小さい頃からそう教えられて来たし、それに正確には独りじゃない。父も八潮も、常に自分を気遣ってくれている。今は入江も、同じように思ってくれている。

「閉じ込められているわけじゃない」

「じゃ、どうしてこんな広い屋敷で、わざわざこんな塔の上で暮らしている？　その髪の長さからすると、使用人ではあるまい。この国では髪の長さでその者の地位を表していると聞いた」

　ただ…と六陽は声を潜めてつけ加え、緋波の髪をじっと見つめた。視線の動きから、六陽が何を言いたいのか察し、緋波は先回りして否定する。

「髪を洗ったばかりなんだ」

「…昨日も結ってなかっただろう？」

「……嫌いなんだ。本当はこの髪も切ってしまいたい」

　六陽は、髪を結わずに垂らしているのは、春をひさぐ者だと聞いたに違いない。有り得ない誤解をさされるのは不本意で、緋波は不機嫌そうな顔で答え、バルコニーの中央にある椅子を引いて腰かけた。手にしたタオルで髪を拭く緋波を、六陽は立ったまま見下ろす。

「失礼なことを言ってすまなかった。…確かに、海子の跡取りの兄弟が春をひさぐわけもない」

「……」

「八潮の…弟だろう」

　顔がそっくりだ…とつけ加える六陽に答えず、緋波は視線を逸らして髪を拭く手を動かした。この者に何を何処まで話していいのか。そもそも、何が目的でここに来たのか。先にそれをはっきりさせておこうと思い、問いを向ける。

「どうして、ここに？」

「昨日、帰る時にお前の姿が見えてな。目が合って、すぐに逃げただろう」

「……あんなところから、見えていたというのか？」

「風の民は目がいいんだ」

　顔を上げると、六陽がにやりと笑っていた。長く伸びた銀髪が日に照らされ、輝いて見える。精悍(せいかん)な顔立ちに光る鋭い目は琥珀色で、蜂蜜(はちみつ)のような黄金色にも見える。

「…疾風の者は皆、そのような髪と瞳なのか？」

「いや。ここの者と同じで髪も瞳も黒い。俺は血が混じってるんだ」

「……」

　何でもないことのように言う六陽を、緋波は動きを止めて見つめた。周囲の皆と違う容貌を持つことは、疾風の国では珍しくないのだろうかと怪訝に思い、尋ねてみる。

「…お前のような者は多いのか？」

「まあ…たまに毛色の違う者が産まれたりはするが、俺のように混血で、ここまで色の違うのは他にいないな」

「……」

　ならば、六陽はそれなりに異端視されて来たのだろう。彼が口にしないだけで、苦労もあったに違いない。それでも、国によって考え方や捉え方は異なるものだからと思い、同情などは口にしなかった。

　疾風の国ではほどほどに受け止められる容貌の差が、瑠璃国では許されないことなのだ。そして、自分はそういう国に生まれついたのだから。再び、髪を拭き始める緋波を見て、六陽はその近くに腰を下ろした。

「……何をしている？」

「見てるんだ」

「どうして」

「お前は美しい。美しい者を見ているのは、楽しいものだ」

　思いもしなかった理由を告げられ、緋波は何も返せなかった。変わった奴だ。心の中で呟き、小さく息を吐く。海子の屋敷には許される者しか立ち入り出来ないと知ってはいたが、それを理由にして六陽に帰れとは言えなかった。初めて見る風の民。そして、初めて八潮たち以外と会話が交わせるのに、緋波は戸惑いながらも期待を抱いて、六陽の視線を受け止めていた。


　入江はいいのか？　緋波に聞かれた時、八潮は「いいんだ」と強く言い切ったけれど、その言葉が心の奥に棘(とげ)として刺さってしまっていた。誰にも言えない…緋波にも言えない気持ちは時が経つごとに大きくなり、その晩、八潮は緋波の部屋を訪ねられなかった。

　緋波に会ってしまえば、迷いを読み取られてしまう気がして怖かった。そうして、改めて入江への気持ちを緋波に言葉にされれば、何もかもを投げ出したくなるかもしれない。

　そんなことは許されない。自分は海子の跡取りで、家を…緋波を守っていかなくてはいけない。そう自分自身に強く言い聞かせながら、心配しているであろう緋波に心の中で詫びて、眠れぬ夜を過ごした。

　そして、翌日。八潮は入江から、清栄が明日訪ねて来る予定だと告げられた。

「清栄さまは今度こそ、返事を聞かせて欲しいと仰っておいでです。八潮さま…」

「分かってる」

普段、入江の言葉を遮るような真似などしないのだが、どうしても気持ちの揺れを抑えられなかった。強い調子で言ってしまい、驚いた表情で見る入江に申し訳ない気分になって、八潮はその場を逃げ出した。

庭に出て、軽率な行いを反省していると、入江が後を追って来る。悪いことをしたのは自分の方なのに、「申し訳ありません」と詫びる入江がもどかしかった。

「八潮さまの気持ちも考えず、急かせるようなことを申し上げました」

「……いけないのは私だ。すまない。……父さまのお帰りは決まったか？」

「ご予定通りと伺っております」

父の夕汐は明渚王と共に、モンステラの交易船で瑠璃国を離れていた。かの国で、国王の戴冠式があり、招かれたのだ。明渚王は長旅には必ず、夕汐を伴う。海子になる前から、夕汐は明渚王の支えを受けており、その関係は長きにわたるというのに、いまだに仲睦まじい。

「…父さまは……清栄さまの申し出を受け入れたら…喜んで下さるだろうか……」

「それは…もちろん。夕汐さまも清栄さまが望んで下さったらと仰っておいででした」

「…そうか……」

気遣っているのか、入江が控え目に答えるのを聞き、八潮は頷いた。清栄を受け入れ、父と明渚王のように末永く、仲睦まじく過ごすのが一番だと分かっている。清栄ならば自分をずっと大切にしてくれるだろう。

この迷いも…清栄を受け入れれば、失くなるものだろうか。消えない躊躇いを胸に、斜め後ろで控える入江を振り返る。視線を上げた入江が、優しげに微笑むのを見て、八潮は辛くなった。

こんなのは入江を困らせるだけだ。入江だけじゃない。結果として、父と緋波も哀しませることになるかもしれない。そう分かっているのに、縋(すが)ってしまいそうになる心を堪(こら)え、八潮は拳を握り締めた。

明日には清栄が返事を聞きにやって来る。次に会う時は必ず返事を…と言われている。自分に支えを断るという選択肢はないし、清栄以上の相手など何処にもいない。それに…返事をせずとも、次に会えばどうなるか。八潮は予感していた。

その夜も眠れず、八潮は緋波の部屋にも行けなかった。寝台に寝そべったまま、鬱々(うつうつ)としていた八潮は、夜中を過ぎたところで、意を決して部屋を出た。

夜も更け、使用人たちは皆休んだようで、屋敷はしんと静まり返っている。八潮は硬い顔つきで足音を忍ばせ、廊下を進んだ。誰にも見られず、中央の棟の奥にある入江の部屋に着くと、扉の取っ手に手をかける。

「……八潮さま…？」

入江は眠っておらず、八潮が入って来たのにすぐ気がついた。寝台で本を読んでいた入江は立ち上がって、八潮の傍へ近づく。

「どうされましたか。こんな夜中に」

「……頼みが……あるのだ」

「……。八潮さま、取り敢えず……おかけ下さい」

八潮の顔は洋燈の明かりでも分かるほど、青白かった。今にも倒れてしまいそうなくらい緊張しているのも分かり、入江は寝台に腰かけるよう勧める。

ふらつきながら寝台の端に座った八潮の様子を、入江は床に跪いて窺った。

「ご気分が優れないのですか？　医師を呼んだ方が…」

「違う」

「八潮さま…」

「…入江…」

掠れた声で名前を呼び、八潮は入江の手を引き寄せた。入江が海子の屋敷に勤めて十年以上が経つ。

幼い頃から一緒にいてくれた入江と、何度手を繋いだか、知れない。

なのに、そのどれとも違う気持ちを抱きながら、八潮は入江の手をぎゅっと握り締めた。

「私の……願いを…聞いてくれ」

「どうされたのです、八潮さま」

「明日……清栄さまがいらしたら…私は清栄さまを受け入れなくてはいけなくなるだろう。…その前に…教えて欲しいんだ…」

「……」

「入江に……教えて欲しい……」

清栄に口付けられただけで、身体が熱くなり、意識がぼんやりとしてしまった。もっとされたら…自分がどうなるのか分からない。それが怖くて…せめて、前もって知っておきたいと思った。

けれど、そんな考えが言い訳だとも分かっていた。知りたいのではなく…入江を望んでいるのだ。入江を慕う気持ちが特別なものであるのを、ずっと前から感じていた。忠実な使用人に対する信頼とか、父や緋波といった家族に向ける愛情ではなく、自分は入江を欲している。

皮肉にも、清栄に口付けられたことで、その気持ちがはっきりした。この口付けを、入江と交わせたら。いけない考えを追いやろうとしたのに、緋波に聞かれたことで、消えなくなった。このまま清栄を受け入れるなんて…。

「この前……清栄さまに口付けられた。その時…とても身体が熱くなって……頭がぼんやりして、何がなんだか分からなくなった。……怖いんだ。明日、清栄さまがいらしたら……」

「落ち着いて下さい、八潮さま。それは…普通です。案ずることなど、何もございません。清栄さまに全てお任せになればよろしいのです」

「でも……っ…私はおかしくなるかもしれない」

「大丈夫です。八潮さまがどうなられても、清栄さまがお咎めになるようなことはありません」

「ち…がう…。私が言ってるのは…そういうことではなくて…」

しがみつくように握り締めてくる八潮の手を、入江は優しく離し、上から掌（てのひら）を重ねた。八潮さま…と呼びかけてくる声は、子供の頃に叱られた時と同じ調子で、八潮は堪らない気持ちになる。

「怖いと思われることなど、ありません。ただ、素直に清栄さまのされるように従えば、何事もなく終わります」

「…入江…」

「清栄さまは誰よりも八潮さまを想っておいでです。長く大切にして下さいますから」

大丈夫です…と繰り返す入江の声を聞いているのが耐えきれなくなった。そうじゃない。悲痛な声で叫び、八潮は寝台を下りて、床に跪いている入江にしがみつく。

「や…しおさま…？」

驚いた声で呼びかけて来る入江の耳元で、「違う」と告げる。ぎゅっと入江の身体を抱き締めてから、八潮は顔を上げ、入江と唇を重ねた。

「……っ」

触れるだけではなく、清栄にされたような深い口付けがしたかったが、入江は許してくれなかった。慌てたように八潮の身体を離し、険しい表情で見る。

「…八潮さま…っ…何を…っ」

「…私は…入江と口付けがしたい」

「八潮さま…」

「入江と……したい」

はっきりと望みを口にする八潮を、入江は更に顔を歪めて見た。苦しげなその表情を見て、八潮は怯（ひる）みかけたが、ここで折れることは出来ないと思い、自分の心情を吐露（とろ）する。

「入江を困らせているのは分かっている。それでも……私は…最初は入江と……」

「何を…」

「お願いだ。……明日、清栄さまがいらしたら、何も言わずに清栄さまを受け入れる。清栄さまとずっと……父さまと明渚王のように、末永く、過ごすと約束する。…だから……最初だけは……」

「八潮さま、おやめ下さい」

　声を強めて制止する入江の顔は辛そうなもので、八潮ははっとさせられた。自分がどういう真似をしているのか、分かっているつもりだったが、入江の気持ちまでは分かっていなかったのかもしれないという考えが浮かび、我に返る。熱に浮かされたように縋っていた八潮の表情が変わるのを見て、入江は鼻先から小さく息を吐き、抱きついていた身体を離した。

「八潮さま。落ち着いて下さい。…今、飲み物をお持ちしますから」

「………」

　寝台に凭れかかるようにして床に座り、八潮は呆然と入江を見ていた。入江は困惑した表情のまま立ち上がり、簞笥の上に置いた水差しからグラスに水を注ぎ、運んで来る。

「…八潮さま。どうぞ」

「……」

　僅かな間に入江の顔からは険しさが消えていたが、心に抱いた戸惑いは消えていないのだろうと思うと、何もかもが駄目になった気がした。八潮はグラスを受け取ることも出来ず、俯いて、両手で顔を覆う。

「……すまない……」

「…八潮さま」

「ばかな…真似をした……」

　入江を特別に慕っているのは確かだ。今も、入江を望む心に変わりはない。けれど、自分には許されないことなのだ。分かっていたのに、一度だけ…せめて、最初だけはと夢見てしまった。

　入江を困らせるだけだったのに。苦しくて、悔しくて、涙が溢れる。すまない…ともう一度詫びる八潮の前に座り、入江はグラスを床の上に置いた。

「八潮さま、謝られることなど、何もありません。

八潮さまが不安に思っておいでなのは当然です。…けれど、本当に不安に思うことなどはないのです。八潮さまのお相手は清栄さまなのですから」

「……」

「清栄さまは八潮さまを、誰よりも想っておいでです」

「……」

お前は？　入江は私を想ってくれてはいないのかと、愚かな問いを繰り返しそうになって、八潮は唇を噛み締めた。想いの種類が違うのだと返されて終わりだろう。入江は使用人として、生涯、自分の傍にいてくれるのだから。それで満足しなくてはいけないのだ。

どんなに願っても、叶うことなど有り得ない想いなのだ。分かっていたのに、何をしているのかと自分を責め、八潮は長い間、涙を零（こぼ）し続けた。

二晩、続けて八潮が緋波の部屋を訪れなかったのは初めてだった。いつもであれば、気が狂うほど心配しただろうが、それがほどほどで済んでいたのは、その間、別の客があったからだ。

一昨日、湯浴みを済ませて部屋へ戻った緋波を、バルコニーで珍客が待っていた。屋敷の塔まで飛んで来た六陽は、緋波と色んな話をして、昼過ぎに帰って行った。別れ際、「じゃあな」とだけ言って去って行った六陽は、もう来ないのだと緋波は勝手に思い込んでいたが、翌日も同じような時間に現れた。

驚きながらも、緋波は六陽を内心では歓迎していた。その前夜、八潮がやって来なかったので、心がざわついていた。体調でも崩したのだろうか、使用人に手紙でも渡して貰おうか。八潮を心配する気持ちは、六陽と話すことで紛（まぎ）れ、よくない考えに囚われることもなかった。

しかし、昨夜も八潮はやって来ず、日が昇ってからまた姿を見せた六陽に、緋波は思わず不安を打ち明けていた。

「…昨日も一昨日も、兄さまが来られなかった」

「用でもあったんじゃないのか」

「一晩ならば分かるが…二晩続けて、やって来られないのは初めてなんだ。体調でも崩されたんじゃないかと、心配している」

六陽にこんなことを言っても仕方がないと分かっていたが、他に話す相手はいない。つい、漏らしてしまった独り言みたいなものだったが、六陽は真面目に聞いて、「じゃ」と言って、立ち上がった。

「俺が見て来てやろう」

「…え…」

「待ってろ」

そのまま、バルコニーから飛び立とうとする六陽を、緋波は慌てて止めた。座っていた椅子が倒れるくらいの勢いで立ち、六陽の太い腕にしがみつく。

「ま…待てっ！　誰かに見つかったらどうする気だ!?　ここは異国の者が立ち入れる場所じゃない！」

「…ああ、そうだったな」

必死に止める声を聞き、六陽はようやく思い出したように頷いて、自分に縋りついている緋波を見下ろす。にやりと笑う六陽の瞳は、間近で見ると透き通っているように見え、緋波は思わず見とれてしまった。

「どうした？」

「…いや…」

動きを止めたのを不思議そうに聞かれ、緋波は息を吐いて六陽の傍を離れる。周囲の者は皆、黒い瞳だったし、自分のそれは不吉とされているから、まじまじと見たことはない。六陽の瞳は、どんな風に世界を映しているのだろうか。そんなことを思いながら、倒れた椅子を戻そうとすると、六陽が背後から長い腕を伸ばして、軽々と持ち上げてくれる。

「…そんなに案じずとも大丈夫だ。この前、会った時は元気そうにしていたぞ」

「……」

六陽と会った後に八潮は緋波の部屋を訪れている。本当は体調を崩したのではないかという心配よりも、その時聞いた話の方が気がかりだった。兄がやって来ないのは、清栄が関係しているのかもしれない。緋波の部屋からは宮殿から続く道を、望遠鏡で覗くことが出来る。あれから清栄が訪ねて来た様子はないが、何らかの影響を及ぼしているのは間違いがない気がした。

けれど、六陽にはそこまで話せない。何も言えずに、緋波は六陽が戻してくれた椅子に座る。その傍らの床に腰を下ろした六陽は、憂いの浮かんだ緋波の顔を見上げた。

「使用人は不吉だと言って、お前を避けていると言っていたな？　ここを訪ねて来て、お前と話をするのは兄だけなのか」

「…いや。父さまや入江も時折、来てくれる。でも、父さまは今、明渚王のお供でモンステラに行ってらっしゃるそうだ」

「モンステラ？　……ああ。戴冠式がどうのと言っていたな…」

首を傾げて呟く六陽には心当たりがあるようだった。昨日も一昨日も、六陽は異国の話をたくさんしてくれた。八潮が言っていた通り、見知らぬ世界の話を魅惑的に感じたのはもちろん、六陽の語りの巧さにも惹きつけられた。書物で読んだだけでは、絵空事のように思えた外国の様子が、六陽の話によってとても身近なものに感じられるのだ。

「父上は船で行ってるのか？」

「ああ。モンステラの交易船で。…六陽は船に乗ったことはあるのか？」

六陽と呼んでくれ。初めて会ったその日に、緋波はそう言われて以来、素直に名前を呼んでいる。六陽にも緋波と名前を呼ばれることが、正直嬉しかった。家族や使用人以外から名前を呼ばれたのは、初めてだった。

「ない」

「そうか。六陽は飛べるから、必要ないのか」

「いや、さすがに海の上は怖くて飛べない。風の民は泳げないんだ。この国の者は皆、泳げるんだろう？」

「そう…なのか？　俺は…ここから出たことがないから、分からないな」

「…そうだったな」

　すまなさそうな顔になる六陽に、緋波は笑って首を振る。気にするなという仕草(しぐさ)を見て、六陽はすっと立ち上がった。

「……ここから海は見えるのに、お前には遠いんだな。俺はここへ来て、海を美しいと初めて思った」

「そうなのか？」

「以前、見た海は外海だったせいか、ひどく荒れていて、恐ろしく感じた。近づいてはいけないというのも納得で、あんなところへ船で行ける者の強さを羨ましく思った」

「六陽は十分強いじゃないか。ここから飛んで行けるんだぞ」

　飛んでいる六陽を遠くに見つけた時も感動したが、実際、飛び立っていく姿を間近で目にした時は、鳥肌が立った。飛べると分かっていても、危ないと口にしてしまいそうになって、肝が縮んだ。ふわりと舞い上がり、すーっと滑降していく様は、見ているだけで心がすく思いがした。

　自分もあんな風に飛べたら。父や兄の手厚い支えもあり、塔の一室で一生を終えなくてはいけない身の上を嘆いたことはなく、不吉な存在に生まれついた自分を哀れむこともなかった。それでも自由に飛び立つ六陽を正直、羨ましいと思ってしまった。

「ここからだけじゃない。何処へだって…飛んで行けるじゃないか」

　海を眺める六陽と並び立ち、緋波は大きく息を吸って、ぐるりと辺りを見回す。一番の高台にある海子の屋敷からは、小さな瑠璃国が一望出来る。穏やかな瑠璃湾は今日も青く澄んでおり、停泊している各国の交易船が小さな模型のようだ。民が暮らす街も、広く立派な宮殿も。見渡せるほどの大きさなのに、ここでさえ、自分には手が届かない。

「…内緒で連れ出してやろうか？」

じっと海を見つめていると、思いがけない言葉が隣から聞こえ、緋波は驚いた顔で六陽を見た。最初に言ったことを覚えていないのかと、眉を顰める。

「…俺を見た者には災いが訪れると言っただろう？」

「俺には訪れてないぞ」

「それは……六陽が異国の者だからだ」

「おかしな話じゃないか。目の色が違うだけで、災いに結びつくなんて。それに湘君は青い瞳の者は瑠璃国にはいないと言っていたぞ」

「青い瞳は海子の家系にだけ現れるんだ。…千年に一度とか……だから、余り知られていないだけだ」

「なら、余計に構わないだろう。災いが訪れると知らない者ならば、緋波の瞳を見たから災いが訪れたとは考えない筈だ」

「……へりくつだ」

どう話しても堂々巡りになる気がして、緋波はぼそりとした声で呟くと、六陽から顔を背けた。青い瞳を見た者には災いが訪れる。だから、周囲に迷惑をかけない為に、自分はここで独り、暮らしているというのに。

「港には各国の交易船に乗って来た、色んな種族の者たちがいる。青い瞳を持つ者だって多い。緋波の瞳など、全く目立たないさ」

「そういう問題じゃない」

「じゃあ、緋波は本当に一生、ここから出ないで暮らすつもりなのか？」

「………」

確認するように聞いて来る六陽に、すぐに「ああ」とは答えられなかった。当然のことみたいに、「ああ」と言えなかったのは、六陽から聞いた異国の話がいっぱい胸に残っていたからだ。

国の外は疎(おろ)か、自分は塔の外へも出られない。自分と六陽の運命はどうしてこれほどまでに違うのだろう。そんなことを思ったら、今まで抱かなかった自身への憐憫(れんびん)が湧いてくるように感じられて、緋波は大きく息を吐き出した。

返事をしない緋波に、六陽は少しして「すまなかった」と低い声で詫びた。それがまた、辛いように思え、緋波は随分長い間、何も言えないで立ち尽くしていた。

その日も昼を過ぎる頃、六陽は帰って行った。緋波は八潮を心配しながらも、訪ねて来ないのは体調を崩したりしているわけではないとなんとなく分かっていて、使用人に手紙を託すことは出来なかった。自分に会いに来られないほど、八潮はきっと思い詰めているのだ。ひどく思い悩んでいるに違いない八潮を、困らせるような真似は出来ない。

日が沈み、瑠璃国に夜が訪れる。暗闇が深くなるにつれて空に浮かんだ星が数を増し、夜空を埋め尽くす。今宵も八潮は来ないのだろうか。ぼんやりと考えていた緋波は、宮殿からの道に灯りがあるのを見つけて、望遠鏡を手に取った。

夜だから、望遠鏡で相手の顔をはっきり見ることは出来なかったが、灯りが動いているのは確かで、誰かが訪ねて来るのだと分かる。きっと…清栄だ。緋波は息を呑み、下げた望遠鏡をぎゅっと握り締めた。今すぐにでも八潮の許へ走り、話がしたい。そう願っても叶えられない自分の現状がもどかしく、哀しくなる。

八潮は今夜、清栄に返事をするのだろうか。清栄を受け入れ……変わってしまうのだろうか。先の見えない未来が恐ろしく感じられ、緋波は小さく震えた身体を自分で抱き締めた。

入江に宥められ、自分の部屋へ戻った八潮は、それから一歩も部屋を出なかった。何もかもが終わったように感じられて、息をするのも億劫だった。心配した入江が何度も訪ねて来たが、顔を見るのが辛くて、寝台で布団を被ったままでいた。

　そうしている内にあっという間に日は暮れた。部屋の中にも夜が音もなく忍び込み、暗闇に変える。カーテンを開けたままの窓から入って来る月明かりで、仄明るい天井をぼんやり見つめていると、寝室の扉が叩かれる。

　返事はしなかったが、扉が細く開かれ、入江の声が聞こえた。

「…八潮さま。間もなく清栄さまがいらっしゃいます」

「……」

　何を言えばいいのかも分からず、八潮は答えなかった。少しして部屋の中に入って来た入江が洋燈を点す。出迎えるよう言われたとしても動けそうにない。困惑したまま身構えていたが、入江は無言のまま部屋を出て行った。

　扉が閉まる気配がして、大きな溜め息を吐き出す。入江は…困っているだろうか。困らせるような…こんな真似をしてはいけないと分かっているのに。追い詰められた心の抑制はきかず、八潮は起き上がることも出来ずに、寝台に横たわったままでいた。

　入江が告げに来てから、しばらくして、再び扉が叩かれた。「私だ」という清栄の声が扉の向こうから聞こえ、八潮ははっとする。清栄に応えなくてはいけないという使命感は強くあり、八潮は重い身体を起こして「はい」と返事をした。

　遠慮がちに扉を開けた清栄は、寝台にいる八潮の顔を見ると、ほっとしたように表情を緩めた。出迎えもしていないのに、自分を見ただけで嬉しそうにしてくれる清栄に対し、申し訳ないように感じて八潮は「すみません」と詫びる。

「出迎えもせず…」

「いや、そのままでいい。入江に聞いた。体調が優れないそうだな？」

「…すみません……」

身体に悪いところはない。なのに、寝台から下りられないのは、心がひどく疲れているからだ。清栄が心配そうに横になるよう勧めてくれるのが、辛く感じた。

「大丈夫です…」

「だが…辛そうだ」

「……違うのです…」

どう説明すればいいか分からず、八潮は俯いて首を横に振る。清栄に返事をするのが怖くて…入江に対して抱いている気持ちに縋ろうとして、失敗してしまったとはとても言えない。清栄はこんなにも自分を気遣ってくれているのに。間近にある顔を見るだけで、清栄がどんなに自分を想ってくれているのか、実感出来る。

それなのに、言葉が出て来ず、八潮は苦しげに顔を歪めて下を向いたままでいた。そんな八潮の手を取り、清栄はそっと握り締める。

「……八潮。すまない。私が…悪かった」

「……清栄さま…？」

「返事を急かしてしまったのがいけなかったな。それが辛いのだろう？」

「……」

はいとは言えず、八潮はおずおずと顔を上げた。眉を顰めて見つめる八潮に、清栄は穏やかな笑みを浮かべて、「すまなかった」と重ねて詫びる。

「八潮を想う余りに…負担をかけてしまった。私は八潮を守らなくてはいけないのに、困らせてしまうとは…。支えとして失格かもしれないな」

「清栄さま…そのようなことは…」

「いいのだ。…八潮。私は八潮の気持ちが落ち着くのを待つことにしよう。こうして私から訪ねて来るのも、負担なのだろう。八潮の返事が決まったら連絡をくれるか」

「……」

「…さあ、横になるのだ。ゆっくり休め」

　謝らなくてはいけないのは自分の方なのに、優しさを向けてくれる清栄が切なかった。背中を支え、寝台へと横たえてくれる清栄の手を取り、引き寄せる。

「清栄さま……」

　申し訳ありません…と音にならない声で詫び、大きな掌をぎゅっと握り締めた。清栄はこんなにも自分を大切にし、想ってくれる。その上、これから先、ずっと自分や海子の家を守ってくれると、誓ってくれる。清栄以上の相手など、いるだろうか。

　改めて考えると、入江への想いは逃げのように思えて来た。幼い頃から世話をして来てくれた入江は、確かになくてはならない存在だが、清栄とは違う。種類の違う想いを誤解していただけなのかもしれない。

　そう思い、八潮は握り締めた清栄の手に、唇を近づけた。先日、清栄にされたような口付けを、骨ばった指先にして、「清栄さま」と呼びながら顔を上げる。

「……私を……清栄さまの…お傍においてくれますか？」

「……八潮…」

「末永く……ずっと……、」

　傍に…と言いかけた八潮を、清栄は強く抱き締める。自分の上に覆い被さって来た身体の重みに八潮が戸惑っていると、清栄の掠れた声が耳元で聞こえた。

「…約束する。ずっと……私の生涯をかけて、八潮を…海子を守ると、誓う」

「…清栄さま……」

　気持ちが昂ぶりすぎて、早口になってしまったような誓いは、清栄の想いの深さを表しているようだった。清栄は自分をきっと大切にしてくれる。これ以上の相手はいない。心の中で繰り返し思い、八潮は小さく息を吐き出して目を閉じた。

何度も何度も。重ねられる口付けは八潮が知らなかった世界を暴（あば）いていく。快楽という名のその世界は、八潮をあっという間に夢中にさせた。

「……っ……ん……ふ……っ…」

「……八潮…」

口付けが解かれる度、清栄が繰り返し名前を呼ぶ声が聞こえた。耳の奥底へ沈んでいくその声は、身体の内側に溜まって、愛されているのだという実感に変わる。清栄に求められるままに、寝台で口付けを受けている内に、八潮の身体はどんどん熱くなっていった。

「は……っ……あ…清栄…さま…」

顎から首元へ、唇を這（は）わせながら、清栄は八潮の着物を脱がせる。夜着のままだった八潮は、薄布一枚しか纏っておらず、帯を解かれてしまうと、すぐに素肌を晒すことになった。

「…っ…清栄さま…っ…」

「…波の泡のように…白い」

洋燈で仄かに照らされた部屋の中で、清栄は寝台に横たわった八潮の裸身を見下ろし、溜め息のような声で呟いた。裸を見つめられた経験などない八潮は、身を捻（ひね）って隠れようとしたが、さっと伸びて来た清栄の手に腕を掴まれ、動けなくなる。

「清栄さま……」

「八潮は…本当に美しい…」

恥ずかしさに戸惑っているというのに、清栄には戸惑いも声も、届いていないようだった。躊躇う八潮に清栄が口付ける。何度目かの深い口付けに、またぼんやりしてしまっていると、胸を触られ、びくりと震えた。

「っ…」

触れるだけでなく、清栄の指は突起を摘（つま）んで来る。微妙な感覚が湧き出し、八潮は頭を振って口付けを解き、「清栄さま」と潜めた声で名前を呼んだ。

「その…ような……」

「…感じているのだろう?」

「…な…にを…」

「身体が悦楽を覚えているから…このように硬くなるのだ。普段はこんな風になっていないだろう? …すっかり、形を変えている…」

清栄が指摘した通り、胸の突起は両方とも、硬くなり突き出していた。滑らかな胸に浮かび上がった小さな印に、清栄はそっと唇を寄せる。

濡れた舌で舐められると、ぞくりと背筋が震える。唇に含まれれば、思わず高い声を上げてしまいそうになり、八潮は意識して息を吸い込んだ。

「…唇と同じ珊瑚色で……可愛らしい…」

「っ……ふ…っ…」

清栄が呟く息が降りかかるだけでも、敏感になっている突起がふるりと震えてしまいそうな錯覚がした。清栄は両方を、唇と指で丹念に弄る。身を捩ってしまいたいようなくすぐったさが、益々身体を熱くさせ、八潮はどうしたらいいか分からず、顔を両手で覆った。

口を塞がれていれば、声を出さずに済むけれど、清栄の舌や指が突起を弄るほどに、あられもない声を上げてしまいそうになって、困惑した。必死で耐えても、喉の奥から漏れてしまう声は、自分のものではないような、動物じみたものだ。

どうしたら耐えられるのか。八潮が必死で我慢していると、胸を嬲っていた清栄が顔を上げる。

「八潮……」

顔を覆っていた両手を避けられ、八潮は戸惑いながらも、閉じていた目を開けて清栄を見た。頭上にある清栄は眦を微かに歪めて苦笑すると、諭すように八潮に言う。

「何も…耐えなくていいのだ、八潮…」

「…でも……」

「声が出るのは当たり前だ。…私は八潮の声が聞きたい。…甘い声を聞かせて欲しい」

「……」

恥ずかしいことではない…と清栄は低い声で言い、八潮の唇を塞ぐ。口内を探る清栄の舌に、応え方を覚えた八潮の舌が絡みつく。身体が熱くなっていくほどに、躊躇いが小さくなり、夢中になって口付けを味わっていると、胸を弄っていた清栄の手が脇腹を這い、中心へと辿り着いた。

「っ…あ…っ」

それに触れられると、八潮は舌を引っ込めて小さな叫び声を上げた。火照った全身の中で、一番熱くなっているもの。そんなところを触るなんてと、八潮は眉を顰めて清栄を見る。

「…清栄さま…っ……」

「…案ずるな。八潮は…何も考えず……快楽を追っていたらいい」

「…快楽……？」

「気持ちよく…感じることだ。…私に全てを任せて…感じるまま……いればいい」

清栄の声はこの上なく優しい響きに満ちていて、八潮は呪文をかけられたように身体から力を抜いた。清栄さま以上の相手はいない。何度も繰り返した言葉や、直(じか)に触れている清栄の優しさを思い、言う通りにしようと目を閉じる。

中心に触れている清栄の手が、全体をそっと握るようにして、上下に撫でて来る。口付けや、胸を弄られた時よりももっと腹の底に響くような感じがして、八潮はつい、顔を背けてしまった。

「っ…ん…っ……ふ…」

「……八潮。厭か？」

「…っ…」

気遣うような清栄の声を聞き、八潮は慌てて目を開けた。清栄を見上げ、違うのだと首を振る。

「なんだか……変な感じがして……」

「八潮は…ここが熱くなったことはないのか？」

「…こんな風になるのは…初めてです…。ですから……清栄さまにおかしく思われないかと……」

「八潮…」

真面目に心配している様子の八潮に、清栄は苦笑して、口付ける。清栄の手の内にある八潮自身は、硬く形を変えていた。どうしたらいいのか分からないと、本気で思っている八潮を、清栄は益々愛おしく感じる。

「…清栄さまの……言われる通りにしたいのですが……」

「案ずることなど、何もない。…初めは戸惑うかもしれないが、すぐに慣れる。……私は八潮が何も知らないでいてくれたのが……嬉しい」

「…そう…なのですか？」

「ああ」

身体が熱くなり、まともに物が考えられない状態になってしまうのが怖かった。そうなった自分を清栄がどう思うか。どうなるのか分からなくて、怖くて、入江に縋ろうとした。何も知らないでいた方がよかったとは、考えもしなくて、八潮は小さく息を吐く。

「……清栄さま…。…清栄さまが……触られているところが……熱くて…仕方がないのです…」

正直に告げると、清栄は八潮の唇を塞いだ。深く、情熱的な口付けを与えて、掌に包んだ八潮自身を愛撫する。無垢なままの八潮のものは、清栄の手によって、極みへと導かれる。

「…っ…ん……あ……っ…」

「……八潮…我慢など、しなくていい」

「っ……で…っ…も…」

身体が熱くなりすぎて、まともに言葉も発せられない。何を…どうしたらいいのか。清栄に見られているのが辛いように感じられて、顔を手で覆う。ぎゅっと足先に力を込め、身体の底から湧き上がって来る衝動を耐えようとしたが、叶わなかった。

「…あ…っ……んっ…」

何かが弾けた気がして、八潮は高い声を上げて身

体を強張らせる。頭の中が真っ白で、自分がどういう状態にあるのかも分からない。ただ、火傷（やけど）しそうなほど熱くなっていたものが、少しだけ冷めたような気がして、八潮は大きく息を吐き出して、顔を覆っていた手を離す。

「…は…っ……せ…いえいさま……？」

「…よかったか？」

「……」

尋ねられても、どう答えればいいか分からなかった。熱くて熱くて仕方がなくて、おかしくなりそうだと思っていたのが、不思議と収まっている。わけを問うように清栄を見ると、微かに苦笑して、濡れた手を翳（かざ）した。

「八潮は…達したのだ。…気持ちよくなると、ここが熱くなって、こうして液が出る。…すっとしただろう？」

「…それは…私が…？」

ああ…と頷き、清栄は濡れた手を八潮の前で舐めてみせる。それがひどく淫靡（いんび）な仕草に見え、八潮はどきりとした。理由は分からずとも、いけないことのように思え、清栄の手を引き寄せる。

「…い…けません……」

「…どうして？」

問われても、八潮はうまく答えられなかった。言い淀む八潮に、清栄はそれを口に含むことも、自分の幸せなのだと教える。

「…八潮の全てが……欲しいのだ」

「…っ…」

耳元で囁かれると、半身がぞくりと震え、落ち着きを取り戻していた中心が反応する。また熱くなってきそうな気配がして、八潮は眉を顰めた。

これには終わりがないのか。初めての行為は、気持ちがいいという思いよりも、戸惑いの方が大きくて、八潮は悩まされた。何処が終わりなのか、清栄に聞いてもいいだろうか。清栄は首元から鎖骨へ、唇を這わせている。またさっきのようにわけが分からないほどの熱さが来てしまいそうで、八潮が清栄さまと呼びかけようとした時だ。

　脚に触れていた清栄の手が、膝を掴んで持ち上げる。身体を開くような体勢に驚き、声を上げるよりも先に、濡れた感触に反応した身体が震え上がった。

「っ…やっ…！」

「…冷たいか？」

「な…に…っ…？」

「大丈夫だ。…奥を濡らす薬だ。直に慣れる」

　清栄が何を言っているのか、理解する前に、敏感な部分にまた同じような感触がした。奥の孔を清栄の指が弄っているのだと分かり、八潮は息を呑む。

「…っ…清栄…さま…」

「八潮。身体から力を抜いて……脚を開いてくれ」

　清栄に任せようと…言う通りにしようと思っていても、すぐに従えない要求だった。困惑した思いで清栄を見つめると、口付けられる。奥を弄られる感覚は特別なもので、深い口付けにも夢中になれなかった。

「っ…ん…っ……ふ…っ…」

　唇を塞がれていても、鼻先から声が漏れる。孔の周囲を濡らした指は、入り口を丹念に解して柔らかくする。頃合いを見て、指の先が中へ入ってくる。

　浅い場所に指が入っただけで、八潮は身体を震えさせ、口付けを解いた。

「…っ…ん……あっ…」

　ぎゅっと孔を締めるような仕草を見せる八潮に、清栄は繰り返し、力を抜くように言った。様子を窺いながら、大丈夫だと繰り返す清栄の声を聞いている内に、八潮の緊張も次第に解れてくる。

「は…っ……あっ…」

「…そうだ…。息を吐いて……」

　清栄は指を根本まで埋め、そっと動かす。僅かな動きでも反応し、びくびくと締めつけようとする八潮の身体を、清栄は溜め息混じりに褒めた。

「……最初から…こんなに欲しがってくれるとは…

思っていなかった」

「…ほ…しがる……？」

「こうして……指を動かすだけで、八潮の身体は反応するんだ…。これは…私を欲しがっている証拠だ」

「…せい…えいさまを…？」

　それがどういう意味なのか、八潮には分からず、ぼんやりした頭で清栄を見上げる。清栄の手に愛撫され、熱くなりきって達した時よりも、後ろを弄られている今の方が更に熱く、感覚が途切れてしまったかのようにさえ、感じられた。全身が火照っていて、特に下肢はどうなっているのかも分からない。

　清栄が孔に含ませた指を動かす度に、身体の奥の方がじんじん疼く。何とも言えない…さっき、経験したばかりの衝動に似たような感覚があるのだが、これも達すれば薄まるものなのかどうかは、分からなかった。

　口付けられて、ぼうっとなった時、自分がどうなるか分からないと怖くなったが、今はどうなってもいいからこのもどかしさから解放されたいと思っている。清栄の言う快楽とは、これなのか。けれど、自分はどちらかと言えば、苦しい。

　気持ちがいいという段階は超えてしまっている気がする。長い息を吐き、清栄を見つめながら、八潮は眦から涙を零した。

「……八潮…？」

「…清栄さま……」

　辛いからやめて欲しいと訴えれば、清栄はやめてくれるだろうか。けれど、この熱さは収まるのだろうか。八潮には清栄しか頼る相手はおらず、正直に自分の胸の内を吐き出した。

「…か…らだが……熱くて……。苦しい……」

「…何処が？」

「清栄さまが……触られているところが……。もう……終わりに……」

　いつが終わりなのか分からない行為を続けるのは、苦しみが大きい分だけ辛い。やめて苦しさが失くなるかどうかは分からなかったが、それしか八潮には方法が見つからなかった。

涙を溢れさせ、やめて欲しいと訴える八潮に、清栄は苦笑して口付ける。愛しげに唇を重ね、頰に流れた涙も吸い取った。

「…八潮。そういう時は…欲しいと言えばいいのだ」

「……欲しい？」

何を…と続けて問おうとした唇を清栄に塞がれる。情熱的に口付けられている内に、後ろを解していた指が抜け出ていた。絶え間のない口付けによって息が出来ず、ぼんやりしていた八潮は、清栄が両膝を抱え、大きく持ち上げるのにはっとする。

「…っ……ん…や…っ…」

清栄に向かって脚を開くような体勢に羞恥を覚え、八潮は口付けを解いて声を上げた。何をするのかと八潮が問う前に、清栄は昂ぶっている自分自身を、濡らした秘所にあてがう。

「…は……っ…」

先ほどまで、指で弄られていたところに、熱い感触を覚え、八潮は身体を強張らせた。ぐっと圧し入ってこようとする、それは…。

「っ……あ…せい…えいさま…っ」

「…八潮。力を抜いて……息を吐け」

「は…っ…あ…」

清栄の声に従い、八潮は大きく息を吐く。一瞬、身体が緩んだ隙を狙い、圧しつけられていたものが中へ入って来る。硬く大きな塊で身体の内側を圧迫されるような感覚に、八潮は呼吸も出来ずに身を縮こまらせた。

「…っ…八潮……そんなに締めては…奥まで入れない…」

「い…やっ……やめ…っ……んっ…」

「…痛いのか？」

耳に聞こえた問いに、八潮はぎこちなく首を横に振って応える。痛くはないが、苦しい。息が出来ないと訴えようとして、清栄の腕を摑む。

「……っ……くる…し…っ…」

「大丈夫だ、八潮。落ち着いて……すぐに馴染む」

「…せ…いえいさま…っ…」

「八潮……」

縋るように名前を呼ぶ八潮を、清栄は愛おしげに見つめて、口付けを落とした。ゆっくりと丹念に、口内を弄ってくる清栄の舌が、苦しさを紛らわす。次第に落ち着きを取り戻した八潮が、口付けの隙間で息を吐き出すと、清栄は最奥まで入り込んだ。

「…あ…っ……」

「…八潮…。八潮の中は……とても温かい…」

「…中？」

「ああ。私たちは繋がっているのだ」

うっとりした口調で清栄が言うのを聞き、八潮は小さな溜め息を吐いて目を閉じた。じんじんと熱いところに、もっと熱いものがある。それが清栄の一部であるのを感じ取り、八潮は繋がるという意味を悟った。


これが清栄を受け入れるということか。そっと瞼を開けると、清栄が自分を見つめていた。欲情した清栄の顔は、これまで見た覚えのないもので、戸惑いながらも八潮は「清栄さま」と名前を呼ぶ。

「……清栄さまも……気持ちがいいのですか？」

「もちろんだ。……海子は極上だと聞いたが……これほどまでとは。…私は生涯、八潮を離せないだろう…」

「…清栄さま……」

満足している様子の清栄を見るだけで、八潮の心にも温かな感情が芽生えた。清栄がこれほどまでに喜んでくれるのなら。きっといいことなのだろうと思い、覆い被さって来る清栄の背に手を回す。

「…ん……っ…」

淫(みだ)らな口付けを躊躇いなく味わい、逞しい身体をしっかり抱き締める。脚を持ち、清栄が腰を揺らすと、中にあるものが動いて、思わず声が漏れた。

「っ……ん…あっ…」

指で弄られていた時も、時折、身体が痺れるように感じる場所があったが、清栄自身で擦られるのは比べものにならないほど、強烈に感じられた。恥ずかしく思うほどの高い声が、抑えきれずに漏れてしまう。

「んっ…あ…っ……ふっ…」

「…八潮…」

　耳元で名前を呼ぶ清栄の声は、熱に浮かされたみたいに、荒い息遣いが混じっていた。清栄も自分と同じように熱くなっているのだと思い、八潮はほっとして首元に顔を埋めて唇をつける。

　これ以上は耐えられないからと、苦しみから解放されたくて、終わりにして欲しいと訴えた。けれど、今は先ほどの苦しさからは解放されたような気がする。

　代わりに、別の感覚に襲われている。全身が熱く疼いて、清栄が内側にあるのを悦んでいるのが分かる。欲しいと言えばいいのだ。清栄がそう言った意味を、なんとなく理解しながら、八潮は清栄の背に回した手に力を込めた。

　これが快楽だ。自分はきっと、これに夢中になるに違いない。そんな予感を抱いて、八潮は刻々と自分の身体が知っていく新たな悦びに溺れた。

　清栄と共に眠る頃には、八潮は何処が終わりなのか分からず、先が見えない恐ろしさに戸惑っていた自分を、遠くに感じていた。長く愛された身体は甘い余韻に満ち、覚えたての快楽に冒されたままだった。

　夜明けが来ても離れがたい気分だったが、日が昇り部屋が明るくなると、清栄が名残惜しげな顔で行かなくてはいけないと言った。

「どうしても出なければならぬ会合があるのだ」

「……そうでございますか」

　昨夜は清栄がやって来るのが憂鬱で、寝台から出られなかったというのに。今は離したくないなんて、自分はなんと現金なのだろうと思いつつ、八潮は頷いた。

「今宵も…訪ねてもいいか？」

「訪ねて下さるのですか？」

　窺うように聞く清栄に、八潮は顔を輝かせて尋ね返した。嬉しそうな八潮の表情を見て、清栄も同じように笑みを浮かべる。

「もちろんだ。…言っただろう？　私はお前を離せないだろう」

　低い声で囁き、清栄は八潮を引き寄せて口付ける。もう数え切れないほど重ねた口付けに、八潮はすっかり慣れて、自ら清栄を求める。気持ちがいいと感じるように、恥じらいもなく、教えられた通りに舌を動かしてみせる八潮に、清栄は苦笑して唇を離した。

「…すまない、八潮。行かなくてはいけないから…」

「………はい……」

　このまま続けてはここから出られなくなる。軽い調子で清栄は言うけれど、それでもいいと思う心が八潮にはあった。このままずっと。清栄とここで快楽を味わっていたい。清栄が教えてくれる快楽は、一夜で八潮を虜にした。

「外まで見送ります」

　着物に着替えると、八潮は清栄と共に部屋を後にした。使用人の姿は見えず、誰とも出会わないまま、屋敷を出る。広い庭の隅にある、宮殿へ続く細道の入り口まで、八潮は清栄に付き添って行った。

「ありがとう、八潮。ここでいい」

「清栄さま。お気をつけて」

「……夜には会えるのだから」

　自分を見る八潮の目に、甘い熱が籠もっているのを感じ、清栄は笑って返した。手を振り、去って行く清栄を、八潮は長い間見つめていた。夜には会える。清栄の言葉を繰り返し、夜などあっという間にやって来ると自分に言い聞かせようとするのに、僅かでも離れるのがもどかしく感じられる。

　清栄のことだけを思い、ぼんやりと立っていた八潮は、その影に全く気づいていなかった。

「恋人か？」

「…！」

　突如、背後から聞こえた声に驚き、身を震わせて振り返る。見上げなくてはいけない、清栄以上の長身を持つ六陽がいて、思わず上げそうになった高い声を呑み込んだ。

「…っ…り…くようさま…。何故、ここに？」

「秘密にしてくれ。…あれはこの前も訪ねて来ていただろう。あなたの恋人だったのか」

「……どうして…恋人と…？」

「先日とは顔が違う。……今日はとても色香のある顔をしている」

　真面目に指摘され、八潮は思わず自分の頬を押さえた。顔が違うとは。確かに、清栄を受け入れれば何かが変わってしまうような気がしていたが、如実に表れているのだろうか。

　けれど、怖いと怯えた心はもうない。変わってしまったとしても、きっと、いい方へ変わっているに違いない。海子の支えとして清栄以上の者はいないし、その清栄と離れがたく思うのは、海子として悪いことではない筈だ。

「あの者と籠もっていたから、会いに行けなかったのか？」

「…誰に？」

「緋波だ」

　六陽が口にした名前は、八潮を驚かせ、どきりとさせた。緋波の存在は、自分以上に秘密とされている。どうして六陽が緋波を知っているのかと、不審に思う心は顔に出ていた。六陽はこれも秘密にして欲しいと前置きし、緋波に毎日会っているのだと八潮に告白する。

「この前、帰る時に塔のバルコニーに人影を見つけたんだ。それが気になって、翌日に一人で訪ねてみたら、緋波を見つけた。それから毎日、会いに行っている」

「緋波に？」

「大丈夫だ。俺は異国の者だ。災いは訪れん」

　にやりと笑う六陽は緋波が抱える「秘密」を知っているのだと分かった。八潮は微かに眉を顰め、それでも緋波に会ってはならないと止めようとしたのだが、先に六陽から意外な話を聞いて続けられなくなった。

「緋波があなたを心配してるんだ。少しでいい。顔を見せてやってくれないか」

「…緋波が六陽さまに頼まれたのか」

「いや。行くなと言われたんだが……あいつが可哀想でな。俺では慰めきれない」

　軽く肩を竦めて言い、六陽はとんと足先で地面を蹴って飛び上がる。「頼んだぞ」と言い残し、高く舞い上がっていく姿を、八潮は何も言えないまま見送った。


　六陽と緋波が会っていたとは。緋波が心配している意味はよく分かる。清栄のことで思い悩んでいたから、一昨昨日から緋波の許を訪れられないでいた。三晩も訪ねなかったのは初めてで、せめて、手紙でも託すのだったと後悔し、塔のある方角を見上げる。八潮が立つ位置からは屋根に邪魔され見えなかったけれど、その向こうには緋波がいる。今夜こそは…。清栄が訪ねて来る前に、緋波に会いに行こうと決め、八潮は屋敷へ戻る為、踵(きびす)を返した。


　先ほど、清栄と共に出た扉から屋敷へ入ろうとした時だ。壁際で頭を垂れ、自分を待っていた入江に出会(でくわ)した。どきりとした心を仕舞い、八潮は立ち止まって小さく息を吸う。

「……びっくりした…。いたのか」

「…驚かせて申し訳ありません。清栄さまは…お戻りに？」

「ああ。どうしても出なくてはならぬ会合があられるそうだ。夜にまたいらっしゃる」

「承知致しました」

下を向いたまま返事する入江を、八潮はしばし見つめていた。動かない八潮を不思議に思ったらしく、入江が面(おもて)を上げる。正面から目が合うと、六陽に言われた言葉が甦(よみがえ)った。

入江にも自分の顔が色香のあるものに見えているのだろうか。八潮は静かな口調で清栄に返事をしたのだと告げた。

「私は清栄さまを支えにすると決めた」

「……おめでとうございます」

八潮の言葉を聞き、入江は深々とお辞儀をして祝いの言葉を口にする。入江の表情が見えないまま、八潮は先日の愚行を詫びた。

「……この前は…ばかな真似をして悪かった。忘れてくれ」

「…八潮さま」

謝る八潮に対し、入江は驚いた顔を上げ、真剣な様子で首を横に振る。自分に対し、八潮が詫びる必要など何処にもないと言い、入江は硬い顔つきで確認した。

「八潮さま。あのように不安になった時、身近な者への気持ちを誤解してしまうことはよくあることなのです。ですから、八潮さまが悪いと思われることは全くないのですよ？　二度と、あの時のことは口にしないで下さいますか」

「入江…」

「何もなかったのです。入江には八潮さまが清栄さまとおしあわせでいて下さるのが、一番の喜びです。清栄さまは八潮さまを大切になさって下さいます」

入江が言い聞かせるように語りかけて来るのを聞いていたら、八潮は心から安堵出来た。子供の頃から入江には助けられて来ている。どんな時でも入江さえ傍にいてくれたら、きっとなんとかなるだろう。

「ありがとう、入江。…これからも私の傍にいてくれるか？」

「もちろん。喜んで」

にっこりと笑って頷く入江を見て、八潮も頬を緩めた。追い詰められていたとはいえ、短絡的な行動に出てしまった自分を悔い、昨日は一日、寝台から出られなかった。

けれど、今はすっかり心持ちが変わっている。清栄と過ごした夜が、八潮を明らかに変えていた。

「お前の言った通りだった。…何も…恐れることなどなかった」

「清栄さまは…本当に八潮さまを想って下さっていますから」

湯浴みをされてはどうですか…と勧める入江に頷き、八潮は浴室へ向かった。夜には清栄がまた訪ねて来てくれる。誰もが喜んでくれる上に、自分も温かな気持ちでいられるとは。これ以上の幸福はないと思い、八潮は正しき道へ導いてくれた入江に改めて感謝した。


八潮に頼みを告げた六陽は、その傍らを飛び立ち、緋波のいる塔へ向かった。バルコニーに緋波の姿はなく、部屋を覗くと、望遠鏡を手に外を眺めている。

「何を見てるんだ？」

「わっ」

望遠鏡から見える景色に夢中になっていた緋波は、六陽がやって来たのに全く気づいておらず、その声に驚いて身体を竦める。びっくりさせるな…と言いながら振り返る緋波の傍に寄り、六陽は窓から外を見た。

「……ああ、八潮の恋人が帰って行くのを見てるのか」

六陽はとても目がいい。緋波が望遠鏡を使わなくては見えないところでも、裸眼で十分見えてしまう。宮殿へと向かい細道を急ぐ清栄の姿を捉え、呟いた六陽の言葉を聞き、緋波は怪訝そうに繰り返した。

「…恋人……？」

「違うのか？」

「……六陽。兄さまに会ったのか？」

心配しているのを伝えに行ってやろうとしたところを、緋波に止められている。認めれば怒られるような気がして、六陽は緋波に窺うような視線を向けた。けれど、そんな仕草自体が肯定となって、緋波は眉を顰めて溜め息を吐いた。

「見つかったら追い出されるぞ」

「…大丈夫だ。うまくやった」

「……。兄さまが…あの者を恋人だと？」

「いや。ひどく色香のある顔で見送っていたから、そうじゃないかと踏んだんだ」

六陽が「色香」と口にすると、緋波は眉を益々顰めた。意味がよく分からないという風にも見え、六陽は困った気分で腕組みをする。独り、塔に籠もって暮らしている緋波だ。何も知らぬのだろうと推測し、どう言えばいいものかと考えていると、緋波が大きく肩で息を吐いた。

「……それは…六陽の誤解だ。あの者は恋人などではない」

「じゃ、何だ？　この前、湘君とここを訪ねた帰りにも見かけたんだが、湘君はあれは白家の者だと言っていた。服装や髪型がそうだと。白家はこの国では貴族の家柄だそうだな？　高い家柄の者はここに入れることになっているのか？」

「…高い家柄なら誰でもというわけじゃないが…。父さまの支えが明渚王だから、その関係で色々出入りはある。あの者は……兄さまの支えになろうとしているんだ」

「支え？」

どういう意味なのか分からず、不思議そうに繰り返す六陽を見て、緋波はもう一度息を吐いた。手にしていた望遠鏡を置き、場所を移動して、寝椅子に座る。つまらなそうな顔で、緋波は「支え」について説明した。

「海子には支えが必要…らしい。俺にはよく分からないが、入江はそう言うんだ。支えがあれば、海子の家は安泰だからと。父さまの跡を継ぐ、兄さまにも支えがいるから……あの者を引き合わせたんだ」

「……それはつまり……関係を結んで援助を受けるということか…？」

怪訝そうな顔つきになって確認する六陽に、緋波は仏頂面になって、「さあ」と肩を竦めた。具体的にはどういうことなのか分からないと、緋波がぼそぼそ言うのを聞いて、六陽はそれ以上尋ねなかった。

色香の意味も分からないような、無垢な緋波には想像もつかないのかもしれない。けれど、自分の推測は当たっているだろう。貴族でも王族でもない海子の屋敷がこれほど豪勢なのは、時の権力者の愛人となり、援助を受けて来たからだと考えれば、納得がいく。

「あれは…白家の中でも…大家の跡取りで、清栄という奴だ。本当は…明渚王の後継者を支えに出来ればいいんだが、年齢が違いすぎるんだそうだ。だから…」

「有力貴族から援助を？」

「……」

だと思う…と言い、緋波は顰めたままの顔を背けた。その表情からも緋波が清栄という者を気に入っていないのが分かる。いや、兄が「支え」を得ようとしていること自体を、不満に思っているようだった。

「…兄さまが来ないのは、あいつのせいなんだ。兄さまは…怖がっていて……。入江がどうして兄さまに支えを勧めるのか、分からない。兄さまは…入江を大切に思っているのに。…それに、海子は瑠璃国に必要な存在だ。そんな支えなんてなくたって、絶対必要なんだから、心配なんか要らない筈だ」

「………」

緋波の気持ちは分かるが、現実は違うのだろうなと六陽は考えていた。父に次いで息子も…ということは、そういう制度が受け継がれている可能性が高い。受け継がなければ、海子は瑠璃国において存在してはいけない状況なのだ。

緋波の知らない事情が、恐らく山ほどあるに違いない。六陽は窓枠に腰をかけ、海子にはどういう役割があるのかと尋ねてみた。

「…俺が知ってるのは……」

微かに戸惑いを浮かべた顔で緋波は立ち上がり、バルコニーへと出る。後をついて来た六陽と並んで立ち、青く輝く瑠璃湾の向こうを指さした。

「外海との境目に…岩壁があるだろう。その真ん中辺りに……一カ所、突き出たところがある筈だ」

「…ああ。あるな」

「大嵐が来た時、海子はそこで祈りを捧げるんだ。そうすると、嵐がやむと言われている」

「……まさか……生贄（いけにえ）の役割を担っているのか？」

「違う。海子にはそういう…嵐を鎮（しず）める力があるんだ。だから、海子はその証（あかし）に、成人すると背中に模様が表れる」

産まれてから二十二年目の年に、その模様は必ず表れる。八潮は来年、その二十二年目を迎えるから、その前に支えを決めるのが習（なら）わしなのだと、緋波は説明した。

しかし、六陽には合点（がてん）がいかない話だった。嵐を鎮める力とは、具体的にどういう能力なのか。恐ろしい天災を鎮める為、生贄を捧げるというのは聞いたことがあるが、祈るだけで嵐がやむとは。

そう思ってから、自分のように考える者が瑠璃国にもいるのかもしれないと気づいた。信じる者がいれば、疑う者もいる。それが国というものだなと思い、六陽は隣に立つ緋波を見た。

「…緋波は八潮が海子になっても、ここにいなきゃいけないのか？」

「何度も言わせるな。俺はここから出られない」

「……」

八潮が海子となり、代替わりして、またその子が海子の後継者となる。時代が移っていっても、八潮は緋波を大切な弟として扱ってくれるだろうか。次第に疎ましい存在になっていったりはしないだろうか。

そんなことを考え、厭な想像をした自分を恥じ、六陽は重い溜め息を吐いた。

日が沈むのを待ち、八潮は緋波の許を訪れた。日のある内は緋波の持つ青い瞳の魔力が強いと言われている。だから、緋波と親しく口をきく者が塔を訪ねるのは夜と決められていた。

「緋波。すまなかった」

「兄さま……」

重い扉を開け、緋波の姿を見つけてすぐに八潮は詫びた。心配そうな表情で自分の許へ駆けつけて来る緋波に、にっこりと笑って「心配をかけた」と再度詫びる。

「少し、体調を崩してな。でも、もう大丈夫だ」

「…本当に？」

窺うような調子で聞く緋波に、八潮は力強く頷いた。立ったままの緋波を促し、寝椅子に並んで腰かける。何か言いたげな顔で見る緋波に、八潮は先に庭で六陽に会った話をした。

「六陽さまがここへいらしてるなんて驚いた。お前が私を心配していると教えてくれたのだ」

「…ああ。六陽から聞いた」

「直接訪ねて来られるなんて…びっくりしただろう」

「兄さまが会われた翌日だと思う。湯浴みを終えてバルコニーに出たら…いたんだ。本当に驚いたよ。…六陽は変わった奴なんだ。俺と話をするのが楽しいと言って、毎日やって来る。災いが訪れるぞと言ったんだが、自分は異国の者だから関係ないと言うんだ」

「…ああ。私にもそう言った」

「本当は…いけないのかもしれないが、正直、六陽と話をしていると楽しい。…秘密にしてくれないか」

六陽が訪ねて来ていると知られれば大問題となって、瑠璃国を追い出されかねない。誰にも言わないでくれと頼む緋波に、八潮は苦笑しながら頷いた。

賛成はしかねたが、孤独な緋波の楽しみを取り上げるのは可哀想だ。それに緋波が頼みごとをするなど、滅多にない。六陽がいずれ国を出て行く客だというのもあって、八潮は口外しないと約束する。

「六陽さまは語りがうまいだろう」

「ああ。兄さまの言ってた通りだ。異国の話は何度聞いても飽きないな」

声を弾ませている緋波を見て、八潮はほっと安堵した。弟がこんなにも嬉しそうにしているのを、初めて見る。父と自分と、入江以外に緋波と親しく話をしようという者はいなかった。初めて出来た話し相手に夢中になるのも頷けて、八潮は「よかったな」と言った。

微笑む八潮に対し、緋波も笑って見せたが、その笑みはすぐに消える。六陽の話をしていた時とは打って変わった曇った顔つきで、緋波は窺うように聞いて来た。

「……兄さま……返事をしたのか？」

緋波が心配し、話を聞きたがっているのは分かっていた。使用人を介し、手紙を寄越さなかったのも、自分を気遣っていたからだろう。八潮は静かな笑みを浮かべたまま、「ああ」と返事をする。眉を顰める様子を見て、隣に座る弟の手を取った。

「心配をかけて悪かった。私は清栄さまに支えになって頂くと決めた。もう大丈夫だ」

「……。…入江は？」

「喜んでくれている」

躊躇いがちに聞いた緋波に対し、八潮ははっきりと答えた。入江は本当に嬉しそうにしていた。嬉しそう…と言うよりも、安堵していたと言う方が相応しいか。どちらにせよ、喜んでくれているのは間違いがない。

緋波は八潮の言葉を聞き、何か言いたげな表情になったが、揺れる視線を俯かせた。自分に言い聞かせるように、硬い声音で「兄さまが…」と呟く。

「そう……決めたのなら…」

「そのような顔をするな。緋波」

「…ごめん」

申し訳なさそうに詫び、俯いたままの緋波の髪を、八潮は優しく撫でる。今、心配をかけているとしても、これから清栄と睦まじくしていけば、きっと安心してくれるに違いない。八潮は清栄が訪ねて来るので、そろそろ戻らなくてはいけないと告げた。

「すまないな。明日はゆっくりしよう」

「…いや、いいんだ。兄さま、無理をしないでくれ」

「緋波…」

寂しさを耐えながら自分を気遣ってくれる緋波に、八潮は「ありがとう」と礼を言い、自分と同じ細い身体を抱き締めた。扉のところまで見送りに来てくれた緋波に別れを告げ、階段を下りる。一歩下がるごとに、緋波の面影は薄れ、清栄の顔がはっきりと頭に浮かんで来た。

もうすぐ会える。夜なんてすぐに来ると思ったのに、ここまで長かった。清栄に会える。…またあの快楽を与えてくれる。そう思うだけで、身体の奥が熱くなるような錯覚がした。


八潮が塔から戻って間もなく、清栄がやって来た。直接部屋を訪ねて来た清栄に、八潮は恥じらいもなく抱きつく。口付けを交わし、覚えたての快楽を味わう為、瞳を潤ませて清栄を見つめた。

「清栄さま…。離れている間が…とても長く感じられました…」

「私もだ。八潮……」

昨夜、清栄と初めて繋がり、快楽の意味を知った八潮は、教えられるままの全てを吸収した。達することの意味も知らなかった純粋な身体は、一晩で消えた。無垢だったが故に、恥じらいや羞恥を失くし、自分の言う通りに振る舞ってみせる姿に、清栄も溺れた。

「…八潮…。八潮は本当に美しい……」

「っ…ん…っ…せいえい…さま……」

「海子は色を好むというのも……本当だったな…」

　繋がったまま清栄の上に乗せられた八潮は、低い声の呟きに耳を留める。色を好む？　掠れた声で繰り返す八潮に、清栄は苦笑した。

「快楽が好きだということだ」

「……いけませんか？」

　子供のように夢中になっているけれど、本当はいけないことなのだろうか。そんな不安を抱き、問い返す八潮に、清栄は笑って口付ける。自ら淫らに舌を差し出して来る八潮に応えてから、いいことだと教える。

「八潮がこのように求めてくれて、私は嬉しい。……ただ……他の者には求めてはいけないよ」

「……私は……清栄さまのものです」

「八潮…」

「このようなことは……清栄さまとしか…出来ません…」

　真剣な顔で言う八潮に微笑み、清栄は細い身体をきつく抱き締めて、下から突き上げる。柔らかく熱い八潮の中は、まだ数えられるほどしか抱かれていないのに、清栄を求めて淫らに絡みつく。唆すような仕草に、清栄は突き上げる速度を高めた。

　再会してすぐに抱き合い、三度繋がったところで、清栄は八潮を抱いて寝台に伏せた。少し休もうという清栄に頷き、八潮も逞しい身体に寄り添って目を閉じる。

　清栄が満足げに息を吐き出す音を聞くだけで、幸福な気持ちが胸に湧き上がった。このように満たされた気持ちになれるなんて。清栄の熱い肌に触れ、八潮は正直な気持ちを告白した。

「…清栄さま。…返事を延ばしてしまったりして、申し訳ありませんでした。私が……愚かでした…」

「八潮…」

「清栄さまが支えになって下さるのは嬉しかったのですが、こうして……肌を重ねることがどういうことか知らなかったので……怖くて仕方がなくて…躊躇っておりました…」

「…怖くなどなかっただろう？」

　体勢を変え、自分の顔を覗き込んで聞いて来る清栄に、八潮は微笑んで頷いた。美しい笑みに清栄は溜め息混じりに見とれ、八潮の長い髪を撫でて、背中を見せるように言う。

　不思議に思いながらも八潮は清栄に背を向ける。清栄は髪を避け、真っ白で滑らかな八潮の背に触れた。

「……海子は……ここに証が表れるのだろう？」

「…はい。次の年には…私は二十二年目を迎えますから…。海子には産まれて二十二年目の年に証が表れることになっています。証が表れれば海子の後継者だと認められ、お披露目(ひろめ)されます」

「お披露目か…。私は八潮を誰にも見せたくないな」

　悪戯(いたずら)っぽく呟き、清栄は八潮の背中に口付けた。白波のように混じりけのない、白く輝く肌を強く吸い上げて、痕を残す。

「八潮は…私のものだ」

「清栄さま…」

　背に感じる唇の熱さや、清栄の力強い言葉を聞くだけで、身体の芯(しん)が疼く。意識すると、清栄が中に吐き出したものが溢れ出して、孔を濡らしているのが分かる。そんな感触だけでも感じてしまい、八潮は甘い溜め息を零した。

「……また欲しくなったのか？」

「……清栄さま…」

　欲望の気配を感じ、背後から抱き締めて来る清栄に、八潮は密やかな声で呼びかける。また硬くなりかけている中心に触れて欲しくて、腹に回されている清栄の手を導いた。

「…あ…っ……」

「八潮……」

八潮の淫らな仕草に煽られ、清栄が後ろから濡れた秘所に腿を押しつける。それだけで痺れるように感じ、八潮は甘い声を漏らした。

終わりなど来て欲しくない。ずっとこうして抱いていて欲しい。切に願って、八潮は清栄に媚態を晒す。その妖艶な美しさに溺れ、清栄は八潮が求める快楽を与え続けた。

夜の間中、繰り返し繋がり、いつしかどちらからともなく眠りについた。甘い疲れに浸りながら、怠惰に眠り込んでいた八潮と清栄は、扉を叩く音で目を覚ました。

入江が呼んでいる声がする。はっとして起き上がろうとする八潮を、目を覚ました清栄が止める。

「…出なくていい。閨に声をかけるなど、有り得ないことだ」

「…けれど、清栄さま。よく承知している筈の入江が…呼んでいるのですから…」

何か事情があるのではないかと八潮が心配するのを見て、清栄もすっと表情を変えた。八潮に代わって自らが起き上がり、扉の向こうへ呼びかける。

「無粋な真似と分かっているのか」

「申し訳ございません、清栄さま。火急を要する事態なのです」

ここをお開け下さいませ…と求める入江の様子は、やはり普通ではない。さっと顔を曇らせる八潮に、清栄は「大丈夫だ」と言い、夜着を纏って寝台を下りた。

一体、何が起きたのか。八潮は不安に思いながら、寝台の上へ身を起こす。裸身に布を纏い、出て行った清栄が扉を開けるのを待った。

天蓋から下りている薄布越しに、清栄が開けた扉の向こうで入江が跪いている姿が見える。頭を下げた入江の表情は見えなかったが、その雰囲気は非常に硬く、尋常ではないと窺い知れた。

「どうしたのだ」

「は。ただいま、使者が参りまして…夕汐さまと明渚王の乗られた交易船が…嵐に遭い、沈んだとのことでございます」

「……！」

　まさかと思うような報せに、八潮は声も出せなかった。父と明渚王の乗った船が沈んだ。…父が国王と共に…亡くなったということなのか。

　清栄にとっても信じられない凶報で、入江を見下ろしたまま、顔を強張らせ硬直している。八潮は身に纏った布を握り締め、足先から大きな不安が這い上がって来るのを感じていた。

西の大国モンステラの戴冠式に赴いていた明渚王と、海子である夕汐が乗った船が沈んだとの報せは、瑠璃国に衝撃をもたらした。国の中でも一番の高台にある海子の屋敷にも即刻伝えられ、自室で清栄と共に眠っていた八潮は凶報で起こされた。

父である夕汐が乗った船が沈んだ。入江が伝えに来た報せを聞いた八潮は驚愕の余り、寝台の上から動けなかった。天蓋から下りている薄布越しに、清栄と入江が話しているのを、硬直したまま見つめる。

「それで…明渚王の安否は？」

「分かりません。何分、外海のことで…まだここまでは詳しい情報が入って来ていないのです」

「分かった。私が王宮へ向かい、話を聞いて来よう」

「助かります」

深々と頭を下げる入江に、すぐに用意すると告げ、清栄は扉を閉めた。足早に八潮の許へ戻り、「聞いていたか？」と窺うように確認する。八潮は声が出せず、微かに頭を動かすことで頷いた。

「詳しい状況を調べて来る。お父上のことも…。八潮、案ずるな。私がついている」

「…せい…えいさま…」

不安で押し潰されそうだったが、清栄が力強く抱き締めてくれるだけで、ほっと出来た。八潮は清栄の腕に頬を寄せ、掠れた声で「お願いします」と頼む。その様子は儚げで、清栄は微かに眉を顰めて「心配するな」と八潮を繰り返し慰めた。

「このような時に…こんなことを言うべきではないかもしれないが、八潮には私がいるのだから。お父上に万が一のことがあったとしても、私が八潮を支える」

「…清栄さま」

ありがとうございます…と俯いて礼を言う八潮の髪に清栄は口付けを落としてから、細い身体を離した。手早く着替えを済ませ、八潮の見送りを断り、慌ただしく部屋を出て行った。

一人になると八潮は大きな溜め息を吐き出し、両手で顔を覆ったまま、しばらく動かなかった。外海で嵐に遭い、船が沈んだ。その言葉の意味を、八潮も清栄も…入江も、よく分かっていた。安否など問わなくても、亡くなったに決まっている。外海の嵐に耐えられた船はなく、ましてや沈んだとなれば、生きて戻った者はいない。

　父の夕汐と別れたのはいつだったか。屋敷の庭で、宮殿へと向かう夕汐を見送った。明渚王は行動的な人物で、船で海を渡り、他国へ出向くのも厭わなかった。その際、夕汐をいつも同伴させていたから、旅へ出掛ける父を見送るのにも慣れていた。すぐに戻る。土産(みやげ)は何がいい？　穏やかな声で聞かれ、いつも通りに、無事に帰って来てくれることが一番の土産だと伝えたのに。

「…父さま……」

　美しく、優しい父だった。もうあの父と二度と会えないのか。外海は恐ろしいところだと聞き及んではいたが、こんな別れになるなんて、想像もしていなかった。まだまだ父は傍にいてくれるものと信じていた。次の年には海子の証が出る。後継者としてお披露目された後、たくさんのことを教えて貰う筈だった。

「……」

　そんなことを思ってから、八潮ははっとした。哀しいことだが、父が戻る可能性はうんと低い。戻らなければ…自分が海子としての務めを果たさなくてはいけない…。

　すっと背中が冷えるように感じられた時、部屋の扉が遠慮がちに叩かれた。

「……八潮さま」

　入江が呼ぶ声を聞き、息を吸って顔を覆っていた手を下ろす。寝台の端にかけてあった夜着にさっと袖を通して紐を結ぶと、扉へ向かった。

「入江…」

　静かに戸を開けた先に、入江が硬い顔で立っていた。八潮は部屋へ招き入れ、「清栄さまは？」と問いかける。宮殿へ続く細道の入り口まで見送って来たという答えがあった。

それから、少しの間、沈黙が流れた。入江の表情は厳しく、言うべきかどうか躊躇う様子もあったが、意を決したように口を開く。

「八潮さま。落ち着いて聞いて下さい。……恐らく、夕汐さまはもう、ここへは戻って来られないでしょう」

「……。…ああ…」

厳しい現実だったが、目を背けるわけにはいかない。八潮は小さな声で相槌を打ち、苦しげに眉を顰めて目を閉じる。

「お披露目も済ませておりませんが、八潮さまが海子となり、瑠璃国を守って頂かなくてはなりません」

「…分かっている」

「夕汐さまも…明渚王もいなくなられてしまい、とても心許なくお感じでしょうが、八潮さまは幸い、清栄さまという支えを得ておいでです。どうか、お気をしっかり持たれて、海子となる覚悟をご用意下さい」

「ああ…」

入江が真剣に諭してくる内容は気が重くなるようなものだったが、清栄という名前にだけは、救われる気がした。足下を砕かれるような不安を味わいながらも、清栄のお陰で何とかくじけずにいられる。自分がいるのだから大丈夫だと、励ましてくれる存在は大きな助けとなっている。

「…清栄さまも…自分がついているから…と仰って下さった」

「それは心強い…。…清栄さまがいて下さって…本当によかった…」

入江も清栄の存在を頼もしく感じているようで、八潮は微かに表情を緩めて頷いた。父が戻らなくても、自分が海子として瑠璃国を守らなくては。きっと清栄の支えがあれば出来る筈だと信じ、八潮は不安を心の奥へ仕舞って、改めて気持ちを引き締めた。

その日の夕方。宮殿からの使者が海子の屋敷を訪れた。明渚王の乗ったモンステラの交易船が沈んだとされる地点まで、救助船を出したが、一人も生存者は見つからなかった。よって、明渚王の葬儀と共に、乗り合わせて亡くなった者たちの葬儀も合わせて執り行われることになるので、準備をするようにという報せだった。

　瑠璃国では船が沈み、亡くなった者に対しては海葬という葬儀が行われる。海に飲み込まれた命を慰める為、残された者たちが代わる代わる、七日七晩、寝ずに祈りを捧げる。今回は国王が亡くなったこともあり、瑠璃国全体で七日間喪に服し、葬儀を行うこととなる。

　宮殿からの使者が帰り、間もなくして、清栄からの手紙が届いた。国葬となるので、しばらくの間は会えないとの報せに、八潮は寂しく思ったけれど、自分自身、父を亡くした身の上だ。清栄よりも長く、深い喪に服さなくてはならない。使いの者に、お身体に気をつけて、また会えるようになるのを願っています…と綴(つづ)った手紙を返事として託した。

　日が落ち、夜が訪れるとすぐに、八潮は屋敷の東棟にある塔を目指した。自分も一緒に話をしましょうかという入江の申し出は断った。緋波に凶報を告げるのは辛いが、兄として果たさなくてはいけない役目でもある。

　重い扉を開け、螺旋階段を上る。三日ぶりに訪れた昨夜、清栄を受け入れたと報告し、緋波の部屋をあとにした自分の足取りは軽かった。清栄に会えると思うだけで心が躍っていたのに。とても昨日のことだとは思えないほど、時間が経った気がする。

「緋波」

　部屋の奥にいると思い呼びかけた八潮は、思いがけず目の前にいた緋波を見て、驚きに息を詰める。緋波の表情は硬く、異変を悟っているのだとすぐに分かった。

「兄さま、何かあった？」

「……」

塔の上に独りきりなのにどうして分かるのか。そんな問いかけはせず、八潮は黙ったまま部屋の奥へ向かう。窓の傍に置かれた望遠鏡に手を触れ、暗い外を眺めた。

「夕方に宮殿からの使者が続けて来ただろう。何かあったんじゃないかと思って」

「……緋波……」

「兄さま…？」

八潮は深々と息を吐き、背後にいる緋波を振り返る。緋波にとっても父はかけがえのない存在だった。そして、父も緋波を置いて亡くなるのは心残りであったろうと思いながら、哀しい報せを告げる。

「…父さまと…明渚王の乗られた船が…嵐に遭い、沈んだんだ」

「……！」

音もなく息を呑み、緋波は微動だにしなくなる。目を見開いたまま硬直している緋波に、八潮は苦しげに顔を顰めて、先を続けた。

「救助船が出たが、外海のこと。船の跡形もなく、生存者は見つからなかったそうだ」

「父さま……は……」

「…宮殿では葬儀の準備が始まっている。明日から七日間、海葬が行われる。明渚王を弔う為に瑠璃国の者皆が祈りを捧げるそうだ。緋波も…」

「…とう……さま……」

淡々と説明するしかなかった八潮の前で、緋波は悲痛な声を上げ、崩れ落ちた。八潮は慌ててしゃがみ、床に頽れる緋波の腕を掴んで引き上げる。

「…緋波。大丈夫だ。緋波には私がいる」

「……兄さま…」

「緋波……」

自分と同じ細い身体を抱き締め、八潮は大丈夫だと繰り返した。清栄がそうしてくれたように。緋波には自分しかいないのだから、自分が安心させてやらなくてはいけない。

「私が父さまの跡を継いで海子となり、緋波を…瑠璃国を守っていく。父さまがおられないのは寂しいが、緋波は何も案ずることはないのだ。…今までと…変わらぬ日々を送ればいい」

「…跡を継ぐって…。兄さまは…お披露目を済ませていないのに、海子になれるのか？　兄さまが海子になるのは……証が出て…お披露目をして、それからずっと後だって…」

「そんなことを言ってられる状況ではない」

「……」

静かに八潮が答えるのを聞き、緋波は細く息を吐き出した。抱き締める八潮の手をそっと離し、すまなさそうな顔を上げる。

「ごめん…。兄さまの方がずっと大変なのに…」

「いや。緋波の不安が大きいのはよく分かる。…でも、忘れないでくれ。緋波は私が必ず、守るから。何があっても、緋波を辛い目に遭わせたりはしない」

「…兄さま……」

それがきっと、不遇の子を心配しながら命を落としたであろう、父への弔いにもなる筈だ。そう信じて、八潮は力強く、緋波に約束した。兄の決意には口を挟めない高潔さがあり、緋波は何も言えなかった。

複雑そうな顔で黙る緋波に、八潮は微かな笑みを浮かべて、自分には清栄という頼もしい支えがあるからと自信を持って告げる。

「清栄さまが私を支えて下さる。入江も清栄さまの存在を心強く感じているのだ」

「……」

「緋波。私は正直に、清栄さまを受け入れてよかったと思っている」

そうでなければ今頃、不安に押し潰されていたかもしれない。何も分からないまま、海子になり、瑠璃国や緋波…海子の屋敷も守っていかなくてはなら

ない。そうした現実に大きな戸惑いを覚えながらも、なんとかやっていこうと思えるのは、清栄が支えると言ってくれるからだ。

素直な気持ちを告げる八潮を緋波はしばらくの間、じっと見つめていたが、小さく肩で息を吐き、「そうだな」と相槌を打った。

「…兄さまが本当にそう思えているのなら……俺もよかったと思う…」

「本当に決まっているだろう。清栄さまのように私を想って助けて下さる方は他にいない」

八潮の言葉に頷き、緋波は自分のことは心配しないでもいいと告げた。父の死は衝撃だが、哀しむ余裕もないであろう、八潮の方がずっと大変だ。落ち着いた様子の緋波を見て、八潮は入江から聞いた予定を伝える。

「明日から私は宮殿に行かなくてはいけない。海葬は七日続く。しばらく向こうに滞在することになりそうだから、ここへは来られないのだ」

「俺は大丈夫だと言っただろ。それより…兄さま、宮殿へ行くの？」

「ああ。本来であれば、お披露目の済んでいない私は外へは出られないのだが…。国葬というだけでなく、父さまの葬儀でもある。私が行かないわけにはいかない。入江も共に行くから、お前には寂しい思いをさせるかもしれないが…」

「平気だ。六陽が来てくれる」

すかさず答える緋波の顔に不安はなく、八潮は小さく微笑んだ。確かに六陽は頼れる存在だ。緋波の哀しみも癒してくれるに違いないと思える。

しばらく会えなくなる緋波をもう一度抱き締め、八潮は塔の部屋をあとにした。螺旋階段を一段ずつ踏みしめるように下りながら、緋波の許を六陽が訪れてくれていてよかったと思った。緋波には家族と入江以外に、話し相手もいない。そして、家族さえも一人減ってしまった。

ただ、六陽は異国の者だ。いずれ瑠璃国を出て行く。緋波が慕うほどに別れが辛くなるのでは…と危惧したが、今は先の心配をしている時ではない。明日、自分は初めて屋敷の外へ出る。宮殿はどのようなところなのかと想像している内に、長い階段を終えていた。

　翌朝、八潮は入江が用意した海葬の為の衣装を纏った。黒く染められた布で作られた着物に、頭からは黒い薄布を被る。同じく、黒衣に着替えた入江は、それを被る理由を説明した。

「不自由に感じられるかもしれませんが我慢して下さい。八潮さまはまだお披露目日が終わっておりませんから。大勢の方にお顔を見せるわけにはいかないのです」

「…分かった」

「それと常に私が傍にいるつもりではありますが、もしも離れた際、どなたかに声をかけられても答えないで下さい。興味本位の不躾な視線も多いでしょうが、気に留めず、逸らして下さるようお願いします」

　入江の注意を心に留め、八潮はその日、生まれて初めて海子の屋敷から外の世界へと一歩を踏み出した。入江や供をする使用人たちと細道を進みながら、きっと塔の上から緋波が望遠鏡で見ているだろうと想像する。手でも振ってやりたかったが、葬儀へ向かう道中でもある。気持ちを抑えて、真っ直ぐに前を見据えて歩いた。

　細道は途中、坂が急なところもあったりして外歩きに不慣れな八潮には容易な道程ではなかった。それでも、海子の屋敷から眺めている時ほど、宮殿は遠くはなかった。もっと手の届かない場所にあるように思えていたのだが、実際にはさほどの距離はなかった。

　細道の終わりには海子の屋敷にもあるような門扉があり、その向こうは宮殿の庭へと繋がっていた。

石張りの歩道を歩いていくと、しばらくして建物が見えて来る。八潮は薄布の下から窺うように周囲を見つつ、入江の後に続いた。宮殿は贅沢に造られた海子の屋敷よりも質素に思えた。

「これから向かうのは宮殿の大広間です。王家、白家、赤家の方々が参列され、祈りの儀が進められます。長くかかりますので、ご気分が悪くなられた場合などは早めに仰って下さい」

「…大丈夫だ」

声を潜めて話しかけて来る入江に、同じく小声で返す。宮殿の建物内を進むにつれ、人影が多くなっていく。その誰もが黒衣姿だったが、八潮のように薄布を被っている者はいなかった。

その為か、入江の言った通り、不躾な視線を多く感じる。八潮は緊張を覚えつつ、誰とも目を合わせないように、入江の背中だけを見つめ、大広間へと進んだ。

切り立った石崖を利用して作られた宮殿の中でも、大広間は突き出した大岩の上に位置している。広い開口部が海へと繋がっているような錯覚に囚われるそこには、参列者の為に長椅子が並べられ、葬儀の準備が整えられていた。天井からは瑠璃国王家の紋章が染め抜かれた黒い幕が下がり、厳粛な空気で包まれている。

整然と置かれた椅子には黒衣姿の参列者たちがそれぞれの席についていた。奥手に祈師が祈りを捧げる祭壇があり、そこから家柄順に座っているのが髪型や服装によって分かる。

「こちらでございます」

入江に案内され、八潮は前方の席へと進んだ。先ほど通って来た廊下でも窺うような視線に晒されたが、長椅子の横を抜ける際には、それよりもずっと強い好奇の目が八潮を襲った。囁き声も聞こえる。あれが海子の…。そんな声が八潮の耳にも届き、どきりとして足が竦んだ。

「…気になさらず、さ、前へ」

八潮の戸惑いを悟った入江が庇うようにして横に立ち、先へ進むようにと促す。入江の気遣いに助けられ、八潮は歩みを止めることなく、自分の席へと向かった。薄布を被っているのがせめてもの幸いだった。でなければ、多くの露骨な視線に耐えられなかっただろう。

八潮の席は祭壇のすぐ近く、白家や赤家の者たちよりも一段高い場所にあった。その前は王家の席となっており、海子の地位が王家に次ぐものであるのを表している。そういう事情は初めて外へ出る八潮にはよく分からず、言われるまま椅子に座った。隣には入江が腰かけ、小声で段取りを説明する。

「…もうすぐ流沙(りゅうさ)さまがお見えになられます。その際には皆と一緒に起立して礼を」

流沙というのが誰であるかは八潮も承知しており、小さく頭を動かして入江に返事した。流沙は亡くなった明渚王の子息で、次期瑠璃国王となる。ただ、明渚王は長く子供に恵まれなかった為、まだ十歳と幼い。だから、八潮の支えとしても相応しくないと判断されたのだ。

突然、父が亡くなり跡を継がなくてはならなくなったのは八潮も同じだが、年齢が違う。年端のいかぬ流沙本人よりも、周囲の方が困惑と不安を覚えているだろう。祭壇の方をぼんやり眺めながらそんなことを考えていると、唐突に視界が塞がれた。

薄布を被っていたせいで、前の席に誰かが来たのだと分かる迄(まで)、少し時間を要した。そんな八潮の隙を突くように、相手が「これが海子の跡取りか」と乱暴な口調で尋ねる声が聞こえる。強い戸惑いを覚えながらも、八潮は薄布を被ったままの顔を斜め上へと上げた。

背はさほど高くないが、肩幅の広い頑丈そうな男だ。服装や髪型から王家の者だと知れる。角張った顔は決して見目よいものではなく、王家の者といえば、明渚王しか見知っていなかった八潮にとって、想像外の容貌を持つ者だった。

父の夕汐を支え、愛した明渚王とは、八潮も幼い頃から何度も会っている。明渚王は国の繁栄と平和を一番に考え、人望も厚かった。また、知的探求心が強く、諸外国にも積極的に足を伸ばした。物静かで、背はすらりと高く、年齢を重ねても衰えぬ魅力があった。

　そんな明渚王とは同じ王家の者といえども、全く違う印象がある。一体、誰なのだろうと怪訝に思う八潮に、相手は唇の端を曲げて意地悪な笑みを浮かべる。

「海子は王家の血筋だというだけでは挨拶もせぬか」

「…失礼致しました。波紋（はもん）さま」

　隣から入江の声が聞こえると同時にそっと肘に触れられ、立ち上がるように促される。八潮ははっとし、すぐさま椅子から立つと、薄布を被った頭を下げた。

　入江が「波紋」と呼んだ相手は、深くお辞儀をした八潮を見下ろし、微かに目を眇（すが）める。

「顔は見せんか」

「申し訳ございません。お披露目をまだ済ませておりませんので…どうかお許し下さい」

「ふん。お披露目か。古いしきたりを守っていられるのもいつまでか。お前も損な役回りを引き受けたものだな、入江」

　低い声で波紋が言い放ったいやみの意味を、八潮は顔を俯かせたまま考えた。守っていられるのもいつまでか…。それがどういう意味なのか、八潮には分からず、戸惑っていると、大広間にいた全員が次次と椅子から立つ音が響き始める。波紋も八潮たちから足早に離れて行く。その先にはまだ小さな流沙が黒衣に身を纏い、おつきの者たちに囲まれて大広間へ入って来る姿があった。

「…あの方はどなただ？」

　流沙を出迎えに向かった波紋の後ろ姿を見ながら、八潮は声を潜めて入江に尋ねる。

「明渚王の弟君、波紋さまです」

「……弟……」

王家の者だとは分かったが、まさか弟とは。明渚王とは余りにも似ていないから、王家だとしてももっと離れた血筋の者かと思っていた。驚きを隠せない八潮に、入江は小声で王家の内部事情を伝える。

「明渚王と波紋さまは年も離れておいでですし、お母上が違うのです。流沙さまがお生まれになった時点で、王位継承者からはお外れになりましたから…」

気にすることはない…と言う入江の言葉を、八潮は困惑した思いで聞いた。生まれてから一度も海子の屋敷から出られなかった八潮は、何も知らずに育った。夕汐と入江に堅く守られ、不安などない生活を送って来た。瑠璃国については書物などで色々と学んだし、明渚王やそのおつきから時折、国の話を聞いたこともある。その際も、不安を覚えるような話は一切、耳にしなかった。

明渚王を始めとして、海子の屋敷を訪れる者たちは皆、穏やかで優しく、賢そうな者ばかりだった。だから、自然とそういう者しか瑠璃国にはいないのだという認識が八潮の中には備わっていたのだ。しかし。

「……………」

流沙の横に並び、波紋が目の前を通り過ぎていく。頭を下げたまま見送り、流沙が席につくと、起立していた参列者たちが一斉に腰を下ろすのに倣って、八潮も着席した。間もなく、祈師たちが姿を現し、海葬の際に舞われる鎮魂の舞いが始まった。

前方に座る流沙と、その隣の波紋の背中を見て、八潮はわけもなく心許ないような気分になった。自分が考えているよりもずっと、この国は問題を抱えているのかもしれない。いや、明渚王を失ったことが、大きな問題となるのかもしれない。

改めて、明渚王と一緒に父、夕汐を失ったことが哀しく感じられた。これから突きつけられる現実と自分は向き合っていけるのだろうか。大広間には白家の者たちも揃っている。その中にいる筈の清栄に抱き締めて貰いたい。そんな願いを胸に、八潮は厳(おごそ)かに演じられる哀しみの舞いを眺めていた。

黒衣の集団が細道を宮殿へと向かっている。塔の窓から望遠鏡でそれを見ていた緋波は、自分を呼ぶ使用人の声に気づき、「なんだ？」と大きな声で返事をした。

「緋波さま。八潮さまからお聞きかと思いますが、本日より海葬の為、皆さま宮殿へとお出掛けになられました。屋敷には二名しか残っておりませんので、色々とご不便をおかけしますが、どうかお許し下さい」

使用人は災いがあるとされる緋波の青い瞳に見られるのを恐れている。だから、必要な会話は相手の顔を見ないで済むよう、部屋越しになされる。自分と同じく、声を大きくして伝えて来る使用人に、緋波は窓辺から動かず、「分かった」と答えた。

「では、お前たちは東の棟から離れていろ。その方が俺も自由に出来る」

「ですが…」

「こんな時くらい、屋敷を自由に歩き回らせてくれ。台所に食料を用意しておいてくれれば、俺一人で適当にやる」

そんな緋波の申し出に対し、使用人は困った様子でなかなかうんとは言わなかった。しかし、最後には頑固に言い張る緋波に負け、海葬が執り行われる七日の間、東の棟から離れておりますと返事した。

「何かご不自由なことがあればお言いつけ下さい」

「大丈夫だ。兄さまたちが帰って来たら、いつもの暮らしに戻る」

承知致しました…という声が聞こえ、間もなく扉が閉まる音がした。緋波はもう一度望遠鏡を手にし、細道を覗いたが、八潮たちの姿は既に見えなくなっていた。

「…兄さま…。大丈夫かな…」

初めて屋敷の外へ出る兄を心配し、緋波は小さな溜め息を吐く。八潮も入江も、使用人たちも皆黒衣を着ていたが、八潮だけは頭から黒い薄布を被っているのが分かった。お披露目を済ませていない海子が外へ出るのは、やはり特別なことなのだろう。

宮殿とはどんなところなのか。海子の屋敷から望遠鏡で見える範囲は限られており、宮殿全体は見えても、その中までは窺えない。入江がついているのだから平気だと自分に言い聞かせていると、こんこんと壁を叩く音がした。

「…」

振り返れば、バルコニーへと続く硝子戸が開かれ、六陽が立っている。その表情はいつになく厳しいもので、六陽が凶報を聞いたのだと分かった。

「緋波。お父上が…亡くなったと聞いた」

「……ああ」

抑えた声で確認するように言う六陽に返事をすると、彼は一つ肩で息を吐き、緋波の許へ近づく。椅子に腰を下ろした緋波の前に跪き、その手を取って握り締めた。

「残念だ」

「……六陽がそんな顔をすることはない」

慰めてくれようとしている六陽の表情が、余りに痛切なもので、つい苦笑が漏れた。突然、父を失った哀しみはもちろん、深い。八潮から聞かされた時は足下が崩れていくような錯覚さえ味わった。けれど、一晩経った今は、父を亡くした辛さよりも、八潮を心配する気持ちの方が大きいというのが正直なところだ。

それに六陽の顔を見たら、余計に哀しみが減った気がする。いつもとは違う神妙な表情は、六陽が自分と同じように哀しんでくれているのだと教えてくれている。まだ出会って間もないのに、六陽は我がことのように哀惜（あいせき）を分かち合ってくれようとしているのだ。

「父さまが亡くなられてしまったのは…とても辛い

が…今は兄さまの方が心配だ」

「八潮も哀しんでいるだろう。屋敷の中に？」

「いや、宮殿へ向かった。父さまと一緒に瑠璃国王である明渚王や、他にも瑠璃国の者が大勢亡くなった。瑠璃国は今日から七日間、海葬となる」

「海葬？」

「海に命を飲まれた者たちを弔う為の儀式だ。七日七晩、祈りを捧げる。特に国王が亡くなられたので、国葬となり…国中が祈りを捧げるんだ」

緋波の話を聞き、六陽は「だからか」と低い声で呟いた。宮殿の宿舎をお使い下さい…という湘君の勧めを断り、六陽は港近くの街にある宿屋に泊まっている。そこには交易船の乗組員や、諸国からの客も泊まっているのだが、今日から七日、出航が禁じられるというので困るという話を多く聞いていた。

「街で見かける瑠璃国の者たちは皆、黒衣姿だった。宿屋を閉めたりはしないようだが、漁にも出られないらしいから、食事は期待しないでくれと言われた」

「ならば、ここで食べていけばいい。使用人たちは皆、兄さまのお供として宮殿へ出掛けてしまったので、屋敷には二人しかいないんだ。だから、使用人に海葬の間、東の棟へは立ち入らないように言って、自由に使わせて貰うことにした」

「ここから出られるのか？」

「東の棟の中だけだ。外へ出るつもりはない。使用人と出会したりしたら、気の毒じゃないか」

それでも塔の下にある浴室へ行くのがせいぜいだった緋波にとっては、格段に行動範囲が広がることになる。そして、秘密の訪問を続けている六陽にとっても、気を遣わずに済むので、朗報であった。

しかし、その特別な待遇も父の死があったからだ。喜べることではなくて、緋波も六陽も微妙に表情が硬いままだった。どちらからともなくバルコニーへ出て、海を眺める。

「……瑠璃国の海はこんなに穏やかなのにな」

低い声で言う六陽に、緋波は頷く。遠くに広がる群青色の海は、空に上がった日の光を受け、輝いている。美しい瑠璃湾は死とは無縁のように見えるのに。同じ海が父の命を奪ったとは、とても思えなかった。

二人で並び、海を眺めていると、何処からか鐘の音が聞こえて来た。カラーンカラーンと高い音が岩山に反射して国中に清澄な音を響かせる。海葬が始まる。緋波は小さく呟いて、海に向かい、両手を合わせて目を閉じた。

敬虔(けいけん)に祈りを捧げる緋波を見て、六陽もその姿を真似、手を合わせる。父親の魂が孤独な緋波をどうか守ってくれるようにと、切に願った。

七日七晩、祈りを捧げる海葬は、重要な儀式以外は参列者に休憩が許される。初日の主たる儀式が終わったのは夕刻近くで、ずっと緊張したまま座り続けていた八潮は、さすがに疲れを感じていた。

「八潮さま。皆さま、この後休憩に入られます。八潮さまのお部屋もご用意してございますので、どうぞこちらへ」

入江に従い、八潮は大広間を出て長い廊下を渡り、階段を幾つか上がって、用意された休憩室へと向かった。部屋の中へ入ると、ようやく薄布を外すことを許された。

「お疲れ様でございます。食事を用意してございますので、召し上がられますか？」

「ありがとう。入江も疲れただろう」

「私は平気でございます。食事をされたら、少しお休み下さい。次に出席されなくてはならない儀式は深夜になります。海葬は長いので無理をされると後に響きます」

「分かった。入江も一緒に食べたらどうだ？」

「いえ、私は所用がございまして…また、儀式の前に、こちらへお迎えに上がります。外に使用人が控えておりますので、ご用がおありでしたらお声をおかけ下さい」

入江が離れるのに不安はあったが、部屋の中であれば、不躾な視線を受けることも、話しかけられることもない。出て行く入江を見送り、八潮は用意されていた食事を一人で食べた。朝からずっと食べていなかったが、緊張による疲労が大きすぎたせいか、食欲がさほど湧かない。半分ほど残し、使用人に下げさせた。

奥にも部屋があり、そこには寝台が用意されていた。黒衣のまま横になり、ほっと息を吐く。また深夜から儀式に参列しなくてはならないのだから、眠っておこうと思うのに、なかなか寝つけなかった。

疲れているのに眠れないのは、初めて見聞きしたことが多すぎて、頭の中が昂奮しているからだろう。風にでも当たってみようと思い、八潮は寝台を下りて、バルコニーへ続く扉を開けた。

「……」

八潮の為に用意された部屋は、宮殿の中でも奥まった場所にあり、海は見えなかった。夕刻だから、日に染まった海が見られるかと思ったのに期待外れだ。しかし、石崖の下に連なっている宮殿の建物が見え、そこかしこに灯りが点されていくのが分かる。暗くなればそれが綺麗に光るのだろう。手摺りに寄りかかり、ぼんやりとその光景を想像していると、ふいに背後から抱き締められた。

「っ…！」

「…八潮」

余りの驚きに鼓動が止まりそうになったが、耳元に聞こえた声に安堵して、ほっと息を吐く。腹に回された手を取り、「清栄さま」と名前を呼んで振り返った。

清栄もまた、八潮と同じく黒衣姿だった。不幸な色だというのに、清栄の凛々しさが引き立つように思える。そんな風に感じた自分を恥じ、八潮はどうしてとわけを尋ねた。

「休憩を取りに行こうと思い歩いていたら、海子の屋敷の使用人が食事の用意を下げているところに出会したのだ。八潮が部屋に一人でいると聞き、内緒にしてくれるよう頼み、ここを教えて貰った。…本当は…このような時に会うことは非礼なのかもしれないが、どうしても八潮を慰めたかった」

「清栄さま…。ありがとうございます」

八潮自身、清栄と同じく、葬儀の最中に会うことは不謹慎なのかもしれないという思いがあった。だから、清栄が同じ大広間にいると分かっていても、敢えて探したりはしなかった。

けれど、不安を覚え、清栄に抱き締めて貰えたらと思ったのは事実だ。正面から優しく抱き締めてくれる清栄の背中に手を回し、「お会いしたかったです」と抑えきれない気持ちを伝える。

「大広間で私がじっと見ていたのに気づかなかったか？」

「そうなのですか？」

葬儀の場では余りにも多くの視線に晒された為、清栄が見ている気配は感じられなかった。不躾な目に遭い、困惑していたとは言えず、八潮は薄布を被っていたせいだと答えた。

「あれを被っていると周りがよく見えないのです」

「だろうな。しかし、あんなものを被っていても、八潮の美しさははっきりと分かった。皆が噂していた」

「噂？」

「私が八潮の支えとなったのはまだ秘密なのだ。八潮のお披露目の時、一緒に発表される。だから、あの美しい海子を支えるのは誰かと、皆が羨ましそうに言うのを聞いて、可笑しかった」

「清栄さま」

「八潮は私のものだと、声を大きくして言いたくなったよ」

嬉しそうに言い、清栄は身を屈めて八潮に口付ける。唇に触れるだけで離れ、苦笑した顔で八潮の顔を覗き込んだ。

「……すまない。こんな時に…不謹慎だな」

「……」

「八潮を見ていると……やはり駄目だ。自分が抑えられなくなる」

低い声で囁きながら、清栄は八潮の髪に触れる。長い髪を手に取り、愛おしげに撫でてから小さな顎に指先で触れ、白く滑らかな頬に掌を当てた。

「…八潮を慰めようと思って…来たのに…」

「……清栄さま…。慰めて下さるのなら…」

これが……と微かな声で言い、八潮は自ら清栄に口付けた。先ほど、清栄がした触れるだけの口付けではなく、口内で舌を絡ませるような淫らなもので、何を欲しているのかを伝える。

「…っ……八潮…」

「清栄さま……」

一頻り口付け、八潮が唇を離すと、清栄は細い身体を強く抱き締める。無理矢理抑え込んでいた理性が切れたかのように、八潮の肌を貪り、欲望を露わにする。それまでとは違う乱暴な仕草も見られて、八潮が戸惑いを浮かべると、清栄ははっとした表情で「すまない」と詫びた。

「…黒衣の八潮を見た時……余りの美しさに心を奪われたのだ。それから……ずっと、儀式の間中、八潮に触れたくて堪らなかった。本当は…使用人に出会したというのは嘘なのだ。八潮が何処にいるか、探していた」

「…そう…なのですか…?」

「八潮に初めて会った時…その美しさに驚いて…。なんとかして自分のものにしたいと思った。…もう…八潮は私を選んでくれたというのに……いまだこんなに八潮を…欲してしまう私は…おかしくなっているのかもしれない…」

「そんな…おかしいだなんて…」

「現に、葬儀の最中だというのに…八潮を抱こうとしている」

罪悪感と欲望に苛まれ、苦しむ清栄の表情は辛そ

秋のリンクスフェア2011年開催!!

期間:9月26日～11月中旬

特典1 フェア対象書店限定書き下ろしミニ冊子

全国のフェア開催店でフェア帯付き対象商品（既刊）を1冊お買い上げにつき、書き下ろしミニ冊子を1冊プレゼント！　ミニ冊子は全部で6種類♥

※特典はなくなり次第終了となります。どの冊子がもらえるかは店頭でご確認ください。

特典2 "童貞特集"コラボ書き下ろしBOOK 応募者全員サービス!

期間中、9月・10月の対象新刊と対象既刊に巻かれたフェア帯についている応募券1枚を、小説リンクス10月号（発売中）またはComic Magazine LYNX VOL.40（10/8発売）にある応募用紙に貼り付けて、必要事項を記入後、前述の雑誌についている振込用紙にて1,000円（送料込）をお振込みの上、応募用紙をご郵送いただくと、豪華小冊子がもらえるよ♥

原案×漫画	イラスト×小説
谷崎泉×水名瀬雅良	みろくことこ×六青みつみ
バーバラ片桐×宝井さき	北沢きょう×夜光花
可南さらさ×かつらぎ	小日向藍×桐嶋リッカ

応募者負担あり

詳しくは小説リンクス10月号（発売中）、Comic Magazine LYNX VOL.40（10月8日発売）を見てね♥

Comic Magazi[ne] LYNX

コミックマガジンリンクス

ドラマチックボーイズラブ[…]

Part Color

霧壬ゆうや
「摩天楼の恋人たち(仮)」
めくるめく魅惑の世界へご案内♪

仁茂田あい
「トラブル×プリンス(仮)」
お騒がせアイドル衝撃デビュー★

小池マルミ
「誠意の見せられ方(仮)」
ドキドキ♥歳の差リーマンラブ

山野でこ
「君色グラフィティ(仮)」
君色シリーズ、スピンオフ登場!!

C.M.LYNX&小説リンクス合同企画
秋のリンクスフェア2011年スペシャル小冊子
応募者全員サービス実施!!

コミックス発売記念
「Heart Stop[…]
「鳥籠の麗人」[…]
「不遜な華を愛す[…]
「一途恋愛自覚[…]

2011年10月8日発売

新書判
行ラインナップ
945円(本体価格900円)
3周年記念フェア対象書籍
絆のファントムペイン
二回幻狼大賞奨励賞受賞作品!!
叙惟匡見 緒方剛志
獣へと人間を変異させるウイルス「悪疫」に侵された人々を救うため、「国境なき魂の医師団」が結成される。父母と幼なじみを目の前で殺され、復讐を誓う隊員の京介は、同じチームである美純とともに、魔獣の巣窟となった病院に派遣される。そこで京介は、生存者の音羽を救うが…。
記念フェア対象書籍 ※発売日が遅れる可能性がございます。ご留意ください。
為せよ乙女 著 牧野修 イラスト カラス
著 野口祐加 イラスト マニャ子
開催!! 豪華作家陣の小冊子を無料プレゼント
象商品2冊ご購入の上ご応募者いた
による書き下ろしショートストーリーを収
いたします!!
第二回幻狼大賞奨励賞受賞)、彩木沙茄先生、
子先生、片理誠先生、六塚光先生
ルス』2011年8月・9月・10月末日発売の新刊
月末日
VOL. 40
隔月刊
偶数月9日発売
定価680円
(本体価格648円)
マガジン!
表紙 香坂透
Lineup
香坂透
斑目ヒロ
白コトラ
上川きち
三尾じゅん太
鷹丘モトナリ
琥狗ハヤテ
桃井ジョン
スナエハタ
かつらぎ
砂河深紅
中田アキラ
如月奏
鬼丸すぐる
インタビュー♪
九条AOI
壬ゆうや
れば」宝井さき
シ!」六路黒
予定
Comic
Lynx Collection
リンクス コレクション
LYNX COLLECTION
大好評発売中!!
B6判 定価:590円+税
Heart Stop
ハートストップ
九条AOI
大学生の慶一は最近、誰かにストーカーされていた。ある日、それは以前から好意をもっていた美大生の道行の仕業とわかり——!?
鳥籠の麗人
霧壬ゆうや
呪術によって不老不死の身体にされ、天野家の奥深くで代々当主に犯される毎日の雪埜怜悧の前に、新当主・賢二が現れるが——!?
COMING SOON
2011年10月24日発売!!
※発売日が遅れる可能性がございます。ご留意ください。
「不遜な華を愛すれば」
宝井さき
九條家の長男・和馬は、父の妾の子・孝太郎をかわいがっていたが、優秀で人望の厚い弟・伊吹の自分への想いに気づき!?
「一途恋愛自覚ナシ!」
六路黒
一見優等生だが実は凶暴な小柄と、チャラそうに見えて真面目な笹本は幼馴染み。小柄は笹本を自分好みにプロデュースしていたが!?
●幻冬舎および幻冬舎コミックスの刊行物は最寄りの書店または幻冬舎ホームページより注文いただくか、幻冬舎営業局(03-5411-6222)までお問い合わせください。(http://www.gentosha.co.jp/shop/)

リンクス　ロマンス
Lynx Romance

Novels

LYNX ROMANCE

新書判 定価：855円+税　◎一部のイラストと内容は関係ありません。
※発売日が遅れる可能性がございます。ご留意ください。

9月末日発売予定

RDC ―シークレット ドアー―

水壬楓子　ill.亜樹良のりかず

ヤクザの抗争に巻き込まれ、父を亡くした輿水祐弥は、自分を施設から引き取って育ててくれた名久井公春に恋愛感情を抱いていた。実は、抗争の際狙われたのは公春のヤクザの弟で、公春はその弁護士をしているのだが後に祐弥を捜し出し引き取ってくれたのだ。祐弥が公春のマンションを出てからも身のまわりの世話をすることに喜びを抱いていたのだが、次第に公春が自分を遠ざけようとするようになり…。

瑠璃国正伝 1

谷崎泉　ill.澤間蒼子

海神を鎮める役目を持つ海子・八潮は、後継者であるがために、貴族から精神的な「支え」となる男性を選ばなくてはならなかった。有力な候補として清栄を薦められるが、八潮の心は何かと世話をしてくれる屋敷守の入江を、密かに想っていた。苦しい気持ちを抱えた八潮は、入江に告白するが、拒絶されてしまう。悲しみを押し殺し、海子としての役割を担うため、望まぬ相手である清栄を「支え」に選ぶが…。

10月末日発売予定

凍える吐息
和泉桂　ill.梨とりこ

涙キラキラ
桐嶋リッカ　ill.小嶋ララ子

甘い水
かわい有美子　ill.北上れん

夢想監禁
バーバラ片桐　ill.高座朗

小説リンクスは毎奇数月の9日発売
小説
NOVEL LYNX
リンクス
2011. OCT.
10月号
定価760円
(本体価格724円)
大好評発売中!!
COVER
佐々成美
PIN UP
樋口ゆうり
第12回新人賞小説部門発表!
COLUMN COMIC
白砂 順
カワイチハル
COLUMN
松雪奈々
高尾理一
深沢梨絵
C.M.LYNX&小説リンクス合同企画
秋のリンクスフェア2011年
スペシャル小冊子
応募者全員サービス実施!!
特集
秘書
あなたのすべて、管理します
巻頭特集
書き下ろしショート小説
和泉 桂 × 雨澄ノカ
NOVELS
六青みつみ × Cut葛西リカコ
火崎 勇 × Cutいさき李果
きたざわ尋子 × Cut高峰 顕
真先ゆみ × Cut霧壬ゆうや
谷崎 泉 × Cut澤間蒼子
羽緒柚乃 × Cut和鐵屋匠
宮本れん × Cut中田アキラ
新人賞よりデビュー
新書発売記念ミニ特集
深月ハルカ
高原いちか
COMIC
九重シャム
原作/六青みつみ
日高あすま
仁茂田あい

うなものだった。八潮は清栄の手を取り、その顔を覗き込む。清栄だけが悪いと思うことはない。自分も同じように清栄を欲しているのだから。

「清栄さまが欲しいと思っておりのます。清栄さまの仰る通り、不謹慎なのかもしれませんが、これは私と清栄さまの秘密にしましょう」

「……八潮…」

「私も……清栄さまが欲しいです」

正直に言えばいいと教えたのは清栄だ。素直に欲求を口にする八潮を引き寄せ、清栄は夢中で口付ける。情熱的な口付けに八潮も応え、バルコニーの手摺りを背に、絡み合うようにして抱き合った。

「…っ……ん……ふ……」

清栄の手が黒衣の帯を解き、前の合わせをはだける。昂揚して熱くなった指先で素肌に触れられるだけで、八潮は細い身体を揺らした。

「あ…っ……」

腹から中心へと伸びた清栄の掌が、八潮のものを包み込む。口付けだけで硬くなっていたそれは、清栄の手の中でぐんと大きさを増した。

「……八潮…」

耳元で名前を呼ばれるだけで、半身がぞくりと震える。濡れた珊瑚色の唇から熱い吐息を零し、八潮は清栄の首筋に口付ける。逞しい身体に抱きつき、しっかりとした皮膚を吸っているだけで、不思議と安心出来るような気分になった。

「っ……あ……や…っ…」

自分の首元に顔を埋めていた八潮を優しくいなし、清栄はその前へと跪く。掌での愛撫により、形を変えた八潮のものを指で支え、躊躇うことなく口に含んだ。

温かく、湿った口内の感触は特別なものだ。海子の屋敷で清栄と過ごしたのは、二晩。初めての時こそ戸惑いを見せた八潮だが、素直な心と身体は清栄が与える快楽を全て飲み込んだ。

濃密な時間の中で、口淫も経験していたが、立ったままされるのは初めてだった。口に含まれただけで、膝から崩れてしまいそうになり、八潮は高い声で制する。

「あっ……清栄…さま…っ…。足が……」

「…私が支えているから大丈夫だ。……八潮。液が溢れ出している…。我慢せずに達すればいい」

「っ……ん…っ…」

清栄の言う通り、彼の腕が両足を抱えているから、実際は崩れそうになかったのだが、自由の利かない身体で受け取る快楽はもどかしいように思える。なのに、実際は一際(ひときわ)強く感じられて、身体が一気に昂揚していく。それでも、立っているという感覚があるせいか、簡単に達することが出来なかった。

「…っ…あ……ん…っ…」

快感だけが内側に溜まり、行き場を失って身体の中を駆け巡る。清栄が淫らに促して来るのも堪らなかった。唇を使って形を変えたものを扱き、液の滲む先端を舌先で弄る。覚えたての快楽は八潮の身体を惑わせ、心を狂わせる。

「あ…っ……は…あっ……」

濡れた音を立て、八潮自身を愛撫していた清栄の口が、全体を含んだまま吸い上げた時だ。八潮は溜まりきった欲望を解放した。

「っ……ん…っ…」

びくびくと震えながら清栄の口内へと液を吐き出す。いけないと思う心は残っていたが、身体も頭も熱くなりすぎていて制御出来なかった。全てを飲み込んだ清栄がまだ形を保ったものから口を離す。達したことで緊張の緩んだ八潮の身体が崩れそうになるのを、立ち上がった清栄が支えた。

「…せい…えいさま…」

逞しい身体に寄り掛かり、八潮は熱い息を吐き出す。寝台へ行きましょうと誘おうとした八潮の身体を、清栄はくるりと回転させ、バルコニーの手摺りへと押しつけた。

「…っ……清栄さま…？」

「八潮……」

背後から抱き締め、清栄は項や耳元に唇を寄せる。濡れた舌で肌を味わうように舐められ、それだけで背筋がぞくりと震えた。

「ん…っ……あ…」

身に纏ったままの黒衣をたくし上げた清栄が、後ろから手を回し、達したばかりのものに触れる。熱さを吐き出した筈なのに、またも快楽を求める八潮自身はびくりと震えた。優しく促すような動きに、硬さが急速に増していくのが分かる。

達するだけでは自分の欲望が収まらないのを、八潮の身体はもう知っている。甘えるような息遣いを鼻先から漏らし、清栄に要求すると、後ろの孔に指先が当てられた。

「…八潮。もう少し脚を開いてくれ。…弄れない」

「…あ…っ…ふ……」

淫靡な誘いに乗り、八潮は手摺りに身体を預けて、脚をずらす。僅かに出来た隙間から清栄は八潮の秘所を指で解し始める。立ったままで口淫されるのも感じすぎてしまい、八潮にとっては辛く感じるような行為だったが、後ろを弄られるのは更に切なく思えた。

「っ……んっ……あ…っ…」

「…八潮の中は……いつも熱いな…」

耳に届く清栄の言葉もはっきり分からない。必死で手摺りに縋っていなければ、すぐにでも崩れ落ちてしまいそうだった。清栄は長い指を根元まで埋め込み、柔らかい八潮の内部をかき回すようにして愛撫する。

「あっ……ふっ……あ…っ」

感じる場所に指が当たる度、高い声が漏れる。清栄の掌が緩く扱いているものは再び昂ぶり、解放を願って震えている。

八潮が掠れた声で「清栄さま」と呼ぶと、肩を擲っていた清栄が顔を上げる。

「…欲しいのか?」

「はい」

素直に求める八潮を満足に思い、清栄は愛おしげに耳や頬へ口付けを落とす。八潮の中は清栄のものを求め、淫らに指を締めつけていた。淫猥な仕草は八潮の可憐な容姿には不似合いなものだが、それだからこそ、清栄の欲望を煽る。

葬儀の最中であるにもかかわらず、睦み合うのを拒まない八潮は、ただ従順なだけではない。八潮の…海子の身体はそのように出来ているのだというのが、世間での評判だった。その通りだ。清栄は極上の身体を手に入れた充足感に酔いしれながら、八潮の中を解していた指を引き抜く。

「っ…は…あ……」

甘い吐息を零し、八潮は手摺りに身体を預けるようにして上半身を倒した。その体勢を利用し、清栄は八潮の細い腰を引き寄せる。黒衣の間に見え隠れする八潮の白い脚は艶めかしく、清栄は淫猥な光景を眇めた目で見下ろしてから、柔らかく解した孔に自分を圧し当てた。

「…ん…っ……」

「八潮…」

立ったまま挿入されるのに八潮の身体が緊張を覚えて硬くなる。張り詰めたままの八潮自身を優しく扱きながら、清栄は耳元で力を抜くように呼びかけた。

「…そのように…身体を強張らせては奥まで入れない…。八潮は欲しいのであろう?」

「っ……は…あっ……」

「一番奥の……とても感じる場所まで……私を入らせてくれ」

「…んっ……あ…っ…」

低い声で囁かれる誘惑を八潮はもどかしい思いで聞いて、懸命に力を抜こうと努力する。清栄と繋がり、突き上げられて得る快楽は、他の何とも比べられない特別なものだ。自分の状況も場所も、何もか

もを忘れて清栄と快楽を味わうことしか考えられなかった。

「……そうだ……。八潮は本当に……素晴らしい……」

「あ……っ……」

ぐっと強く腰を摑まれ清栄が最奥まで入って来る。清栄の全てを飲み込んだ内部が、彼のものに貪欲に絡みつく。それが与えてくれる悦びをねだり、唆すようにひくつく内壁を清栄は笑った。

「そのように…淫らに動かすものではない…」

「…清栄…さま……」

「八潮の身体は…素直で欲張りだな…」

声音に笑みが混じっているのは分かるが、背後にいる清栄の表情は見えない。八潮は溜め息を漏らし、清栄に凭れかかるようにして背を反らした。口付けがしたいと言えば、清栄は呆れるだろうか。繫がっても尚（なお）、清栄が欲しいと感じている。

「…せ…」

八潮が小さな声で呼びかけようとした時だ。「清栄さま」と呼ぶ声が聞こえて来た。二人は同時に身体を震わせ、息を呑む。

「…あの声は……うちの使用人だ」

「……」

耳元に聞こえる清栄の声は先ほどとは違い、緊迫した調子になっている。白家の使用人の声は、更に清栄を呼ぶ。

「清栄さま。いらっしゃいませんか？　旦那さまがお捜しでございます」

恐らく、いるのを分かって呼びかけているのだろうと思われた。清栄は溜め息を吐き、八潮に「すまない」と詫びる。

「…っ…ん……」

繫がったばかりのものを抜き、支えを失くして崩れ落ちる八潮の身体を、清栄はバルコニーの手摺りへと凭れかからせる。急いで身支度を調え、呆然とした表情で座り込んでいる八潮に再度謝った。

「すまない、八潮。父が捜しているようだから行かなくては……。また…海葬が終わったら、屋敷を訪ねる」

「……」

身体も頭もまだ熱く、ぼんやりとしていた八潮は、真剣な顔で語りかける清栄に頷いてみせるのがやっとだった。バルコニーから部屋へと入って行く清栄が、後ろ手に扉を閉めてしまうと、一人になった八潮は大きな溜め息を零した。

仕方がない。このような時に抱き合ってしまった自分たちがいけなかった。許された関係だとしても、時が悪い。そう思い、八潮は諦めようとしたのだが、意志を裏切る身体からは火照りが引かない。

「………」

清栄に嬲られ、一度繋がった孔はじんじんと熱く疼いている。清栄のもので中を擦られ、突き上げられる快楽を期待していた身体は、簡単には鎮まってくれそうになかった。

再び溜め息を零し、凭れかかっていた手摺りから外を見る。細い飾り棒が何本か連なっている手摺りの隙間からは、床に座ったままでも外の様子が窺える。清栄と抱き合っている間にいつの間にか日が完全に落ち、世界が闇に包まれつつあった。

眼下に広がる宮殿は無数の灯りで埋め尽くされていた。バルコニーに出た時に灯りを点しかけているのを見たが、これほどの数になるとは思っていなかった。夜を彩るあまたの灯りは、明渚王や亡くなった大勢の者たちを弔うためのものなのだろう。八潮は幻想的に光る灯りを眺めながら、清栄に乱され、纏っているだけの黒衣を引き寄せる。その時、まだ昂ぶったままの自分に偶然触れてしまった。

「…」

僅かに触れただけなのに、とても熱く感じられて、思わず掌を握り締める。清栄と閨を共にし、初めて自分の身体がそのような反応を見せると知った八潮は、硬いままのそれをどうしたらいいのか分からなかった。

清栄が一緒の時にしかそうなったことはなく、ことを終えるといつしか元に戻っていた。このように放り出されたのは初めてで、八潮は戸惑いを覚えながらも、恐る恐る自分のそれを触ってみる。

「……ふ……」

指先で撫でただけで、硬くなっているそれがびくりと震えた。清栄がしてくれるように……同じようにすれば達して、元通りになるだろうか。

そんな考えが頭に浮かび、八潮は大きく息を吐いてから、思い切って自分のものを掌で握り込んだ。

躊躇いがちに、清栄がどのようにしてくれるか、思い出しながら行為に及ぶ。

「っ……ん……っ…」

最初はぎこちなかった動きが、次第に大胆になっていく。自分でしても快感を覚えるのだと分かった八潮の身体は、貪欲に求め始めた。

「…あ…っ……ふ…っ……」

片手では物足りなくて、両手で触れる。指で支え、上下に扱く。すぐに先端から液が溢れ始め、手を濡らしたが、それも構わずに自分自身を愛撫するのに没頭した。

「っ…ん……は…あっ…」

唐突に清栄を失い、もどかしさに苦しんでいた身体は、迷わず自慰を受け入れた。夢中になって手を動かし続けていると、溜まりきった欲望が破裂する。ぎゅっと身体を強張らせ、熱い液を吐き出した八潮は、大きく息を吐いた。

「はっ…あっ…」

荒い呼吸を繰り返し、達したものから手を離す。自分が出したもので濡れた掌を、八潮はしばし呆然と見つめた。自分の手でも同じような快楽を得ることが出来た。初めての経験は八潮に強烈な衝撃を与え、動けないでいたのだが、突如聞こえて来た声に、全身を強張らせた。

「…海子は淫乱だというのは本当か」

「…っ!!」

誰の声なのかも、何処から聞こえるのかも、すぐには分からなかった。熱くなりきった身体に冷水を浴びせられたように八潮は震え上がり、周囲を見回す。部屋へ続く扉は閉じられたままだ。では…。

「後ろも自分で慰めるのか？」

揶揄(やゆ)するような声は右側から聞こえて来ていた。戸惑いでいっぱいになりながら、じっと目を凝らすと、手摺りの隙間から隣の部屋のバルコニーが見えた。そんなところにバルコニーがあるとは気づいていなかった八潮は、恐怖に顔を歪める。

まさか……ずっと見られていたのだろうか。隣室のバルコニーは部屋の灯りを点していないようで、どういう者が立っているのかはっきりと見えなかった。ただ、薄闇の中に人影があるのは分かる。八潮は濡れた手も構わず、はだけた黒衣を引き寄せた。身を隠すようにして、そのままバルコニーから逃げ出そうとする八潮に、追い打ちをかけるような声が響く。

「今からというところで放り出されては堪らないだろうな。どうだ。俺が相手をしてやろうか？」

「っ…」

「まだ収まっていないだろう。中が熱いままで…疼いてるんじゃないのか」

揶揄する言葉は全てを見ていたのだと語っている。八潮は無言のまま、部屋の中へ逃げ込んだ。扉の鍵をかけ、誰も入って来られないようにと自分で押さえて、身体を震わせる。

「…っ…は……あ……」

今のは…誰なのか…？　海子という言葉も聞こえたような気がする。自分を海子と知っていたのか。一体、誰に見られたのだろう。恐ろしさに打ち震えながら、八潮は乱れた黒衣を握り締め、細い身体を自らの手で抱き締めた。

海子の屋敷では緋波と六陽が長い祈りを捧げた後、

塔を下り、食堂へと向かっていた。普段、緋波の食事は使用人たちによって塔の部屋まで運ばれている。食堂で食べるのは初めてだと、昂奮した様子で話しながら先を歩く緋波を、六陽は内心で安堵しながら見ていた。

父を亡くした緋波が哀しんでいるのは確かなのだろうが、自分が一緒にいることで、少しでも慰めになればと六陽は望んだ。緋波が塔の上で一人、嘆いている姿など想像したくもない。こうして緋波の許を訪れてよかった。たとえ、いずれ別れが訪れる関係だとしても、哀しみに直面した緋波を助けられている現実が、六陽には嬉しかった。

海子の屋敷は東西と、中央に位置する三つの棟で構成されている。緋波が暮らす塔のある東の棟では、海葬の間、人払いをしたので束の間(つかま)の自由が得られている。同時にそれは六陽にも好ましい環境で、共に珍しげに屋敷の中を見回しながら、食堂へと辿り着いた。

「さあ、何を食べよう」

その隣にある台所へ入った緋波は、食材が並べられた調理台を眺めて期待に満ちたような声で言う。対して、隣に立つ六陽は、真面目な顔つきで微かに首を傾げた。

「そうだな。…実は俺は魚を料理したことがないんだ」

「料理？」

不思議そうな顔で繰り返す緋波を見て、六陽は悪い予想が当たったと思い、肩を竦めた。塔の部屋から出られない生活を送っている緋波は、使用人が運んで来る食事を食べるだけだ。そんな緋波が料理の意味を知らないのは無理もない。

「これらの食材を料理しなくては食べられないぞ」

「そうなのか？」

「まあ…そのまま食べられる物も中にはあるが…。お前の考えているような食事は料理しなくてはいけない」

「……。俺は料理なんて…したことない…」

「俺が作ってやるから。魚も肉も同じようなものだろ」

六陽は軽く笑い飛ばして、緋波に食堂で待っているように勧める。しかし、緋波は料理する様子を見たいと言い、台所から動かなかった。

「見ててもいいが…。俺はうまくはないからな。呆れるかもしれないぞ」

「何がうまいか下手か、俺には分からない」

「それもそうか」

真面目な顔で言う緋波を笑い、六陽は食材を選んで料理し始める。野菜を切り、魚もぶつ切りにする。本当はもっときちんとした調理方法がある筈だ…と、珍しげに見ている緋波に説明した。

「俺は海辺に暮らしたことがないからな。魚料理自体、珍しいんだ。この国へ来て、初めて色んな魚料理を食べた」

「疾風の国の近くには海がないからか？」

「ああ。険しい渓谷にあるから、大きな川もない。必然的に主食は肉だ」

「瑠璃国では肉も食べるぞ」

「そうだな。ここは豊かな国だ。何でも手に入る」

六陽は緋波と話しながら、用意した鍋に切った野菜と魚を入れた。香草や調味料で味付けし、蒸し煮にしていく。その間にパンを切り分け、果物の皮を剝く。六陽はナイフの扱いに手慣れており、緋波は感心して褒めた。

「そのようにして剝くのか。六陽は何でも出来るな」

「旅ばかりしているからな。何でも自分で出来ないと、食事もままならない」

「そうだな…」

頷く緋波の表情が僅かに陰るのを見て、六陽は小さな失敗を後悔する。屋敷の階下に下りて来ることだけでも緋波にとっては冒険に近い。自由を許されない緋波の不幸を改めて気の毒に思った。

「…よし。出来た。向こうで食べよう」

「これを持って行けばいいか？」

「ああ」

　緋波も手伝い、食堂のテーブルに二人分の食事の用意が調った。野菜と魚の蒸し煮とパン、果物という、決して豪華ではない食事だったが、緋波の表情はとても輝いていた。

「すごいな。これ、六陽が作ったんだよな？」

「見てただろう」

「ああ。…でも…なんか、信じられなくて」

　子供のように喜び、緋波は早速料理を口にした。一口食べただけで、「美味しい！」と歓声を上げる緋波を六陽は笑って見る。

「口に合ってよかった。初めてここを訪ねた時、よばれた食事が美味しかったから、こんな料理では緋波は喜んでくれないかと思っていた」

「何言ってるんだ。今まで食べたどんな物よりも美味しいぞ」

「大袈裟だ」

　笑いながら六陽は席を立ち、台所へと入って行く。緋波が不思議に思って見ていると、六陽は葡萄酒の瓶とグラスを手に戻って来た。

「少し飲まないか？」

「…それは？」

「葡萄酒だ」

　飲んだことがないと言う緋波の前にグラスを置き、六陽は栓を抜いて、赤い酒を注ぐ。珍しそうに見て、グラスに鼻を近づけた緋波は、瞬時に眉を顰めた。

「っ…なんだ、これは。変な匂いがするぞ」

「これが酒だ」

　怪訝な表情の緋波に無理はするなと言い、六陽は自分のグラスに注いだ葡萄酒を飲む。六陽が神妙な顔で「うまい」と褒めるのを聞き、緋波は恐る恐るグラスに口をつけた。

「……。…まずい」

「ははは。緋波には合わんようだ」

　派手に笑われ、緋波はむっとしたけれど、意固地になって飲んでやろうとは思えなかった。一口、含んだだけなのに、口の中が熱く感じられる。不快さを訴える緋波に、六陽は酒というのはそういうものだと教えた。

「これを飲むと酔うんだ」

「酔う？」

「とても気持ちがよくなるんだ。…でも、中には逆に気分が悪くなる者もいる。緋波はそっちの方かもしれない」

「六陽は気持ちがよくなるのか？」

「この程度では変わらんな。疾風の国ではもっと強い酒を嗜む。緋波など、匂いを嗅いだだけで酔うぞ」

「…そう…なのか…」

　一体どういうものなのだろうと訝しみながら、緋波はグラスに注がれた葡萄酒を見つめた。酒も初めてだが、このように誰かと食事をするのも初めてだ。話しながら食事をすると、料理が美味しく感じられるのだなと、緋波はしみじみ言う。

「そのお陰で俺の料理もうまく思えるのかもしれないぞ」

「そんなことはない。六陽が作ってくれたから…美味しいんだ。特別な料理だ」

「……」

　真面目な顔で言う緋波に、「そうか」と頷き、六陽は葡萄酒を飲む。塔の上で一人暮らして来た緋波には、誰かと食事をすることでさえ、特別なのだ。

「…俺も…旅をして…長い間、一人で食事をすることが続くと、空腹を紛らわすだけの行為みたいに思えてくる」

「でも、六陽は色んな場所で食べるのだろう？」

「ああ。なのに、そう感じるのだから、緋波はもっとなんだろうなと思ったんだ」

「……」

　小さく頷き、緋波は魚を口へ運ぶ。噛み締めるようにして食べる姿を、六陽は複雑な思いで見つめた。

慣れない料理に時間がかかってしまったのもあり、食事をしている間に、いつしか外は暗くなっていた。緋波が嬉しそうに食べていたのもあって、六陽は暇を告げられなかった。

綺麗に食べ終えた食器を台所へ下げ、六陽が皿を洗うのまで、緋波は物珍しげに見る。緋波は食器を洗うことさえも、知らなかった。

「食べ終えたら扉の横へ置いておけばいいんだ」

「魔法だな」

六陽は笑って、次に使う為にはこうして洗っておかなくてはならないだろうと緋波に教えた。緋波は感心したように頷き、使用人が困った様子だったのも無理はないと思った。何も知らない自分がどうやって食事をするのかと、さぞ不安だっただろう。

「驚くかもしれないな。食器が洗ってあったら」

「書物で読んだとでも言っておくんだな」

六陽が海子の屋敷を訪ねて来ているのは秘密にしなくてはならない。緋波は「分かった」と神妙に返事をし、洗い物を終えた六陽に、名残惜しげな顔で聞いた。

「…六陽は…そろそろ帰るのか？」

「ああ……と言いたいところなんだが…」

一度は返事をしたものの、六陽は困った様子で台所の窓から外を見る。すっかり日は落ち、洗い物をするのにも洋燈を点さなくてはならなかった。塔からはもう星も見えるに違いない。

以前、緋波には説明した筈だが、忘れてしまっているのだろうと思いつつ、自分の事情を口にする。

「ここまで暗くなると飛べないな。何もないような平原ならともかく、ここは岩山と海に挟まれた複雑な地形だ。大分（だいぶ）慣れては来たが、海風も強いし、飛ぶには危険を伴うんだ」

「…あ」

六陽の話を聞いた緋波は、声を上げてさっと表情をすまなそうなものに変えた。前に六陽から、風の民はとても視力がいいが、暗くなるとそれが極端に落ちる為、馴染みのない土地では危なくて飛べないのだと聞いた。だから、六陽はこれまで日の高い内に帰っていた。

分かっていた筈なのに、つい引き留めてしまったのは寂しかったからだ。塔の部屋で独り過ごすのには慣れていて、特別に屋敷の中を自由に動き回れる機会を得た今は、いつもよりも恵まれていると言える。それでも、父が亡くなり、頼れる八潮も入江も屋敷の中にいないという心許なさがあり、つい、傍にいてくれる六陽に甘えた。

「すまない。言ってくれれば…」

「緋波が楽しそうだったから」

「……」

笑って言う六陽に、緋波は何も返せなかった。申し訳ないと思うよりも、ほっとしている。六陽が帰ってしまったら、明日の朝まで六陽を待って過ごさなくてはいけない。八潮が出掛けてしまい、寂しさや不安を打ち明けられる相手は六陽だけだ。

「そういうわけだから、すまないが、今晩は泊まらせてくれないか。屋敷の中だと、万が一、使用人に見つかったらまずいので、緋波のところで…一室、借りられれば助かる」

「分かった」

緋波にとっては願ってもない話で、台所の洋燈を消し、塔へと上がった。廊下や階段は既に足下さえ覚束(おぼつか)ないほど、暗くなっている。緋波と六陽にとっては慣れない場所だ。慎重に足を進め、塔へと続く扉に辿り着いた。

「やはり広いな。この屋敷は」

「ここからは大丈夫だ。慣れている」

ずっと暮らしている塔の中だ。緋波は軽やかな足取りで螺旋階段を上がり、部屋へと入った。日は落ちたとはいえ、まだ眠るには早い時間だ。バルコニーへ出てみると、空に輝く星よりも、宮殿に点る灯りの多さに目を奪われた。

「あれは……弔いの灯りか」

「そうだと思う。あんなにたくさんの灯りは…俺も初めて見る」

暗闇の中に光る灯りは星とはまた違った美しさがある。よくよく見れば、灯りは宮殿から街の方へ…そして、その先にある瑠璃湾へと連なっている。海子の屋敷から海は遠く、はっきりとは分からなかったが、海上にも灯りが点されているようだった。

「葬儀とはいえ…美しいな」

「ああ……。きっと…父さまも何処からか見てらっしゃる…」

手摺りに手をかけ、緋波は身を乗り出すようにして、静かな声で言う。六陽は低く相槌を打ち、気になっていた問いを向けた。

「お父上が亡くなられたということは…八潮が跡を継いで海子になるのか？」

「ああ。…ただ、兄さまはまだ証が出ていないから…」

「背中に表れるという？」

「本当はそれが表れてから、海子の正式な後継者としてお披露目される。でも、お披露目が終わったからといって、すぐに跡を継ぐわけじゃないんだ。…父さまが元気でいらしたら、随分先の筈だった」

「亡くなられたお父上はいつ頃、海子に？」

「……それは…分からない。聞いたことがなかったから…」

海子に関しては謎が多い。緋波だけでなく、八潮も全てを知っているわけではないのだろう。六陽が想像を巡らせていると、緋波が呟くように言った。

「…兄さまは…きっと不安だと思うんだ。でも…俺には心配するなと言ってくれて…。清栄が支えてくれるから大丈夫だと…言うんだけど…」

「…白家の者か」

「兄さまは清栄を支えに選んだんだ。清栄は…自分を想ってくれるからって…支えに選んでおいてよかったって…。でも、俺にはどうしてもあいつが兄さまを守れるとは思えない」

「若いからか？」

「それも…あるけど……」

なんとなく…としか言いようがないと、緋波は顔を顰める。大切な兄を取られたように感じているからではないかと六陽が指摘すると、緋波は益々渋い表情になって首を傾げた。

「…分からない」

「心配していたらきりがないぞ。八潮にはその清栄という奴だけじゃなくて、入江もついているじゃないか。あの者はとてもしっかりしているように見えたぞ」

「ああ。それは…俺も安心している」

「どちらにせよ、八潮は海子を継がなくてはならない運命の者なのだろう。時期が遅いか早いかだけのことだ。跡継ぎに生まれついた八潮には、弟であるお前にも分からない覚悟がある」

「……」

六陽に穏やかな声音で諭されると、緋波の心は不思議と落ち着いた。八潮を心配する気持ちが解消されたわけではないが、薄まったような気がして、「そうだな」と返事をする。自分がどれほど気を揉んでも、海子となるのは八潮だ。八潮自身が立ち向かわなくてはいけない運命なのだ。

「…継がなくてはならぬものがあるという運命というのは大変だろうな。……六陽は？」

「ん？」

「そういうものはないのか？」

尋ねる緋波に、六陽は笑って首を横に振った。

「俺は旅人だ」と言い、軽く肩を竦める。

「気楽な身の上だ」

「…そうか…」

六陽の言葉に頷き、緋波は眼下に広がる灯りに目を落とした。自分も六陽と同じく、継がなくてはならないものなどないが、気楽な身の上とは言えない。八潮が海子となり、亡くなられた明渚王の代わりに新しい王が瑠璃国を治めるようになっても、ここで暮らす日々に変わりはないのだから。

　永遠に変わらぬ日々を、命が潰える時まで、ここで過ごすのだ。そんなことを思うと、深くは考えようとしなかった現実が恐怖となって形を表し始める気がして、緋波は小さな溜め息を吐き出した。


　宮殿の一室。思わぬ凶事に直面し、扉を背にして蹲っていた八潮は、しばらくしてよろよろと立ち上がった。震える指先で着衣の乱れを直し、寝台のある部屋を出る。テーブルに用意されていた水差しからグラスへと水を注ぎ、一息で飲み干してしまうと、壁にかけられている鏡で自分の姿を確認した。

　恐ろしいほど顔が青ざめている。指先の震えも止まらないままだ。それでも確認しておかなくてはならないと思い、意を決して廊下へと続く扉を開けた。

　外に使用人が控えていると入江から聞いていたのだが、誰もいない。清栄が人払いをしておいたのかもしれないと思い、再び部屋の中へ戻る。

「……」

　隣には誰がいるのか。誰に見られてしまったのか、確かめなくてはいけない。海葬はまだ続く。相手を割り出し、なんとかして避けなくてはならなかった。その為に使用人を呼ぼうとしたのだが、その姿はない。八潮は迷った挙げ句、葬儀の際に使った薄布を被り、使用人を捜しに出ることにした。

　本当は使用人ではなく、入江を捜したかった。けれど、入江は所用があると言っただけで、何処へ行くとは言い残していかなかった。それに行き先を聞いていたところで、一人では辿り着けないだろう。初めて訪れた宮殿は広大で、まるで迷路のように入り組んでいた。

　息を潜めて廊下へ出ると、隣の部屋の前を足早に通り過ぎた。もしも偶然、扉が開いて中から出て来たりしたら…と思うだけで、鼓動が止まりそうだった。使用人の姿を探しながら、もつれそうになる足を動かし、長い廊下を進む。突き当たりを曲がると、黒衣姿の者たちが見えたが、見知った顔はいなかった。

「……」

誰かと擦れ違う度、向けられる不躾な視線を避けながら、八潮は再び突き当たった廊下を曲がる。廊下の先は階段となっており、それを下りるのは躊躇われた。

ここまででも随分、部屋から離れてしまっている。これ以上行けば、迷ってしまうかもしれない。入江からは誰とも口をきくなと言われている。諦めて部屋に戻った方が賢明だ。そう判断した八潮が踵を返そうとした時だ。

「八潮さま？」

聞き覚えのある声に呼びかけられ、八潮が顔を上げると、先日六陽と共に海子の屋敷を訪ねて来た湘君が、階段の方から駆けて来るのが見えた。宮殿に勤めている湘君も黒衣姿だった。思わぬ再会に八潮は安堵し、近づいて来た湘君に手を伸ばす。

「…よかった……」

「八潮さま…っ…大丈夫ですか？　どうされたのです？」

動揺したまま部屋を出て、慣れないところを歩き回っただけで、ひどく疲れ果ててしまっていた。自分を知る…そして、信頼出来る相手の顔にほっとし、力が抜ける。八潮は湘君の手を借り、倒れ込んでしまいそうな身体をなんとか支える。

「ご気分が悪いのですか？　お一人で？」

「…申し訳ない。部屋へ…連れて行ってくれるだろうか」

「どちらのお部屋でしょう」

心配げな顔つきで尋ねる湘君を案内し、八潮はふらつく身体を支えて貰いながら、部屋へと戻った。隣の部屋の前を通る時はやはり緊張してしまい、自室へ入ると同時に、床の上へ崩れ落ちてしまう。

頭から被っていた薄布を退けると、真っ青になった顔が露わになる。湘君は驚き、声を上げた。

「八潮さま…っ…。お待ち下さい。すぐに医師を…」

「いや、いいのだ…っ…」

慌てて飛び出して行きそうな湘君の袖を握り、八潮は引き留める。大丈夫だと弱々しい声で言い、

「それよりも」と最優先させなくてはいけない頼みを告げた。

「…隣の部屋を…誰が使っているのか、聞いて来てはくれないか」

「隣…でございますか」

怪訝そうな顔になる湘君に、とても本当のことは言えない。八潮は咄嗟に嘘を吐いた。

「さっきから…物音がして…うるさくて寝られなかったのだ。それで…誰かを呼ぼうと思ったのだが、誰もおらず、探しに出たのだ」

「八潮さまは海葬に参列されているのですよね？兄は…一緒ではないのですか？」

「所用があるそうで出ている。深夜から始まる儀式までには戻って来ると言っていた。他の使用人がついていてくれる筈だったのだが、たぶん、食事にでも出掛けているのだろう」

「左様でございますか。では、私が直接申し上げて参ります」

勢い込んで、注意しに行こうとする湘君を、八潮は慌てて止めた。そんな真似をしては火に油を注ぐことになるかもしれない。八潮は首を横に振り、穏便に済ませたいのだと事情をつけ加える。

「私はまだ、海子の跡取りとしてのお披露目も終わっていない身の上だ。本来であればこうして宮殿に来るのも有り得ないことだ。今回は父の葬儀であるから特別に許されているのであって、そんな身の上で贅沢は言いたくない」

「ですが…」

「それに、隣にいるのが……名家の者であれば…揉め事になるやもしれぬ」

八潮が指摘した内容に湘君ははっとした表情になる。宮殿に勤める湘君にとって、貴族たちの心証を悪くするのは厄介なことだった。分かりました…と頷き、取り敢えず、誰が使っているのかだけを探って来ると言い、部屋を出て行った。

入江の弟としては少し頼りない感じのする湘君に対する不安は拭えなかったが、今は他に頼る相手もいない。八潮は廊下へと続く扉近くに座り込んだまま、湘君の帰りを待った。

八潮にとってはもどかしく感じるほどの時間であったが、湘君は比較的早く、戻って来た。怪訝そうな顔で扉を開けて入って来ると、八潮の前に跪き、思いがけない結果を告げる。

「八潮さま。隣には誰もいないようですが…」

「え……」

「休憩所の割り振りを担当している者に聞いて来たのですが、この階のお部屋を使っているのは八潮さまだけのようです。どうも兄がそのように手配したらしく、今し方、私も隣を確認してみましたが、誰もおりませんでした」

「……」

嘘だ…と言いそうになった言葉を呑み込み、八潮は口元を手で押さえた。では…あれは何だったのか。隣の部屋のバルコニーから聞こえた声は……。

「ですから、物音というのは階下ではないかと思い、調べましたところ、この下は岩山でして、部屋などはないのです。…ですから……何処から聞こえた物音なのか…」

聞き間違いではないかと言いたげに、湘君は訝しげな顔で首を捻る。八潮は何も言えず、口元を覆ったまま、俯いていた。

相手の姿ははっきり見えなかったが、人影だと分かったし、何より声が聞こえた。淫猥な言葉で自分をからかった。あれは…誰だったのか。八潮は更なる恐怖に苛まれ、心配する湘君に応えられないまま、微動だに出来なかった。

そんな筈はない。確かに、誰かがいた。そういう確信はあっても、湘君には説明出来ない内容だ。ひどく動揺し、身動きも出来ない八潮を心配した湘君が、入江を探しに行くというのを、八潮は必死で止めた。

「…だ…いじょうぶだ…」

「しかし…」

「本当に……平気だ。……迷惑をかけてすまなかった。……父が亡くなったことで、少し…おかしくなっているのかもしれない。私の空耳だったのだろう」

「八潮さま…。…そうだ…！　申し訳ございません。先に申し上げなくてはいけなかったのに……。私は本当にこういうところが抜けていて……兄に叱られますね。お父上様が亡くなられ、本当に残念です。さぞお寂しいことでしょう。動揺されるのも当然です」

「心配をかけて…すまない」

「滅相もありません。…八潮さま。寝台で休まれた方がよいかと思います。さ、手を…」

湘君の助けを借り、八潮は寝台のある奥の部屋へと移動した。横になった八潮に、湘君は他に用はないかと尋ねる。

「…いや。このまま入江が戻って来るまで休む。迷惑をかけた。申し訳ない」

「兄を呼んだ方がいいのではないですか」

「空耳だと分かったら安心した。…このことは入江には言わないでくれるか。余計な心配をかけたくない。入江も父の死で心痛を受けている」

「…分かりました。では、海子の屋敷の使用人を探し、部屋の外で待機させるようにしますので、何かありましたらお声をおかけ下さい」

「ありがとう、湘君」

八潮が微かな笑みを浮かべると、湘君は安堵した顔つきになって部屋を出て行った。扉が閉められると、八潮は大きな溜め息を零す。

最初は入江を探して、事情を話さなくてはと思っていたが、気分が落ち着いてくるにつれて、考えは変わっていった。あれが聞き間違いだったとはとても思えないが、湘君の言う通り、隣に誰もいなかったのだとしたら、説明のしようがなくなる。それに海葬の最中だというのに、清栄とバルコニーで抱き合っていたこと自体、過ちだった。

もしもこのまま…何事もなく済むのであれば、入江にも告げない方がいい。不謹慎ではないかと迷った清栄にも、お互いの秘密にしようと言ったのだから。

「……」

あれはきっと、幻覚の類だったのだ。初めて自分のものに触れ、いけない真似をしているような気持ちを抱きながら、達してしまった。その罪悪感めいたものが生んだ、妄想だったに違いない。

そう信じることにして、八潮は目を閉じた。清栄と抱き合い、その後ひどく動揺して駆け回ったせいもあり、とても疲れている。その前にも長い間、葬儀への参列で緊張を強いられていた。心が抱く不安をよそに、いつしか眠りについていた。


八潮さま…と呼ぶ声で目を覚ました。重い瞼を開けると、入江の顔が見える。お時間でございます…という声に頷き、のそりと寝返りを打って、起き上がった。

「よくお休みになられましたか？」

「……ああ…」

「本当は朝までお休み頂きたいのですが…申し訳ございません。夜の儀には皆様揃って参列なされますので…しばらくご不自由を我慢下さい」

体調を気遣う入江に「大丈夫だ」と返し、八潮は寝台を下りる。立ち上がろうとした時、バルコニーへと続く扉が目に入り、どきりとした。

眠る前、起きた凶事はまだ記憶に鮮やかだ。入江には告げないでおこうと決めたが、本人を前にすると心が揺らぎそうになった。

「八潮さま？　如何なさいましたか？」

「…いや…」

「そう言えば、清栄さまがこちらをお訪ね下さったと聞いたのですが…」

緊張する心を隠し、入江を見ると、思惑などは全く見られず、逆に嬉しそうにさえ見える表情だった。入江は純粋に、自分を想う清栄の気持ちを喜んでいるのだろうと思いながら、八潮は「ああ」と返事をする。

「清栄さまも休憩に入られようとしたところ、使用人を見かけたそうで…ここを聞き、訪ねて下さったのだ。清栄さまは私をとても心配して下さっていて…」

「本当にお優しい方ですね、清栄さまは。八潮さまはおしあわせです」

「……」

「海葬の間、清栄さまとお会いになれる時間が取れないのがご不便でしょうが、儀式が終われば清栄さまもまた屋敷を訪ねて下さいますから」

「…そうだな…」

入江に相槌を打ち、八潮は黒衣の乱れを直すと、外へ出る為に薄布を被った。普段であれば入江は八潮の僅かな変化も見逃さない。しかし、突然の不幸と、それに続く宮殿での葬儀が、入江から余裕を奪っていた。

それは八潮も感じており、入江に余計な心配はかけてはならないと思った。あれは幻覚だったのかもしれないし、現実だったとしても、こうして薄布を被ってしまえば、相手から見られることもない。それにたとえ、分かったところで、清栄は自分の支えであるのだし、恥ずべき真似ではあったかもしれないが、許されないわけではない。

そんな言いわけを胸に、八潮は入江に導かれ、再び儀式の会場である大広間へと向かった。深夜となり、宮殿内にはそこかしこに蠟燭の灯りが点されていたが、儀式の会場である大広間は照明の数が少ない。薄布を被っている八潮にとっては暗闇を歩いているようなもので、入江の助けがなくては満足に進めなかった。

「八潮さま。段差がございます。お気をつけて」

入江の手を借り、何とか席へ着くと、ほっと息を吐いた。足下さえも見えないほどだ。誰が自分を見ているのかも見当がつかなくて、それが八潮には怯って好都合だった。

八潮が席に着き、間もなくして、次期国王となる流沙が波紋に導かれて大広間へと入って来た。それを合図とするように鐘が鳴らされる。漆黒の海へ捧げられる鐘の音は高く、国中に響き渡る。父への祈りを捧げる為、八潮はすっと息を吸って背を伸ばした。


宮殿を照らす弔いの灯りを眺めながら、時間を忘れて緋波と六陽はバルコニーでぽつぽつと会話を交わしていた。緋波が小さなくしゃみをして、六陽ははっとして声をかける。

「大丈夫か？　夜風に当たりすぎたか」

「…平気だ」

「中へ入ろう。瑠璃国は夜でも温暖だが、風に当たると身体が冷える」

緋波を心配し、六陽は扉を開けて室内へと誘った。風のない部屋の中は温かく感じられ、いつの間にか冷えていたのだと知る。バルコニーへと続く部屋に置かれた寝椅子に緋波が腰を下ろすと、六陽が心配するように聞いた。

「もう休むか？」

「いや…。もう少し起きていたい」

闇間に点る灯りに目を奪われている内に、食事を済ませてから随分時間が経っていた。六陽は下の食堂から飲み物を取って来ると言い、塔の部屋を出て行く。夜は視力が落ちるという癖に、緋波には慣れぬところを暗い時に歩くのは危ないからと言って、同行させてはくれなかった。

しばらくして六陽は自分用の葡萄酒と、緋波の為に温めた山羊（やぎ）のミルクを運んで来た。

「…これは何だ？」

「山羊の乳だ。飲んだことないのか？　…瑠璃国ではこのまま飲んだりはしないのかもしれないな。料理に使う為、置いてあったのか」

不思議そうに聞く緋波に、六陽は首を傾げながら、他国では飲み物として利用されているのだと教える。ミルクを温め、粉糖と少しの酒で風味づけしたものが入ったコップを、緋波は珍しそうに覗き込んだ。

「…何か…匂う…」

「酒を入れたからな」

「六陽は酒が好きだな」

「飲んでみろ。先ほどとは違い、温めてあるから、アルコールも飛んで、風味しか残っていない筈だ」

六陽の勧めに頷き、緋波は両手でコップを持ち、温かいミルクを口に含む。ほんのりとした甘さと、上品な香りが乳臭さを消していて、とても美味しく感じられた。

「…美味しい」

「そうか」

緋波の呟きを聞き、六陽は嬉しそうに笑って、寝椅子の前に腰を下ろす。一緒に座ればいい…という緋波の勧めは断り、床の上へあぐらをかいて、葡萄酒をグラスに注いだ。

「こうやって座って飲む方が落ち着く。それに緋波と話をするにはちょうどいいだろう」

大柄な六陽が同じ高さに座れば、緋波はずっと見下ろされている形になる。床に座れば高さが釣り合うと言う六陽に、緋波は笑って頷いた。ミルクの入ったカップを傍らのテーブルへと置き、葡萄酒を飲む六陽を見る。

「うまいか？」

「ああ。食事の時に飲んだものもそうだったが、ここには上等な酒しか置いてないようだ。お父上が好まれたのか？」

「さあ…。俺は父さまと食事をしたことがないから分からない。兄さまか入江ならば知っているだろう」

「…そうだったな」

　自分が失言をしてしまったのに気づき、六陽は申し訳なさそうな顔になる。それを見て、緋波は笑みを浮かべたまま首を横に振った。

「気にするな。…六陽には…俺のことを気の毒に思って欲しくない。自由な六陽から見れば不憫なのだろうが…それでも、十分な暮らしが送れていると思っている。俺には兄さまのような苦労もないし……やはり、六陽と同じだな。気楽なものだ」

　塔の部屋から出られない自分はとても気楽とは言えないとは思ったが、余計な同情は寂しくなるだけのような気がして、強がりを口にした。六陽は真面目な顔で頷き、「分かった」と言って葡萄酒を飲む。部屋には洋燈を点しているが、昼間のような明るさはない。グラスの葡萄酒がより深い色合いに映り、六陽の顔にも影が出来ていた。

　夜にこうして六陽と話すのは初めてだ。これまで六陽は明るい内に帰っていた。緋波にとって夜の闇は親しみ慣れたものだ。八潮も入江も…亡くなった父も…緋波と親しく話をしてくれるが、青い瞳の魔力が薄れるとされる夜だけだった。だから、緋波にとって夜は思う存分、話が出来る時間だった。

「…六陽には迷惑をかけているが、こうして、長く一緒にいられるのが、とても嬉しい」

「全然迷惑なんかじゃない。どうせ宿屋に帰っても寝るだけだ」

「ならば…海葬の間はここで泊まっていったらどうだ？　使用人たちもいないし、食事も出来る。見つかる心配もない」

「緋波がそう望むなら」

にっこりと笑った六陽が頷くのを見て、緋波も小さな美しい顔を綻ばせる。その時、カラーンと高い鐘の音が外から聞こえて来た。深夜に鐘を鳴らすなど、普通は有り得ない。これも海葬の儀式の一つなのだろうと思い、緋波はすっと表情を引き締める。

六陽が傍にいてくれる嬉しさを思うと、葬儀の最中であるのをつい、忘れてしまう。父の魂は今頃、何処にあるのだろうか。海の深く、深くに、明渚王の魂と共にあるだろうか。

せめてもの幸いはきっと、父が明渚王と一緒だったことだ。夕汐は八潮のように頻繁(ひんぱん)には緋波の許を訪れなかったが、それでも会った時には色んな話を聞かせてくれた。支えである明渚王を、大切に想っていることも。

「…六陽のお父上は……どんな方だ？」

「…俺が小さな頃に亡くなってな。余り記憶はない」

「……そうだったのか。…すまない」

「気の毒に思って欲しくないと言ったのは緋波だろう？」

からかうような調子で言われ、緋波は目を丸くする。自分がそう思うならば、六陽も同じなのだ。そんな当たり前のことが、緋波には新鮮に感じられた。

新しい発見をした緋波は、驚いた顔のまま、「そうだったな」と相槌を打つ。

「どうして亡くなられたのだ？」

「俺は…事情があって、疾風の国ではなく、北の果てにある氷の国、カレンジュラで産まれたんだ。その地にはオウリーという大熊がいるんだが、それに襲われた氷の民を助けようとして亡くなったと聞いている」

「……」

六陽の口から語られたのは思いがけない話で、緋波は一呼吸置いて、「そうか」と頷いた。カレンジュラという国も、大熊も、緋波には書物で読んだ覚えさえも薄い、全く縁のない話だった。

それにどうして、風の民である六陽が氷の国で産まれたのか。そう考えて、六陽の容貌が疾風の国では異質なものであると聞いたのを思い出した。はっとして、緋波は六陽に問いかける。

「六陽は…血が混じっていると言っていたな？　その…氷の国の者の血が？」

「ああ。俺の母親は氷の民だ」

「そう…なのか」

六陽の銀髪は夜の闇にもよく映える。腰近くまで伸ばした銀髪は、昼の光を浴びると眩しいほど、輝く。きっと、氷の国にはこのような髪を持つ者が大勢いるのだろうと想像しながら、緋波は母親について尋ねた。

「では…お母上は？　氷の国…そのカレンジュラだったか。そちらにいらっしゃるのか？」

「いや。母も亡くなっている。俺が十三歳の時だ。病気でな。助からなかった」

「…そうか…」

「それからカレンジュラを出て、疾風で暮らした。…まあ…そんなこんなで色々事情があってな。余り国にいたくないんだ。面倒ごとが多い」

苦笑する六陽を見て、緋波は神妙な表情で頷く。混血で、容姿が周囲と違うことを六陽は気にしている様子はなかったけれど、事情を抱えた身の上では国にいづらいというのも納得出来る。実は自分と同じように、本当に気楽ではないのかもしれないなと思いながら、緋波はテーブルに置いたコップを手にした。

甘い味のするミルクを飲む緋波の前で、六陽は空になったグラスに葡萄酒を注ぎ、懐かしむように言う。

「俺の母親は美しかった。緋波に勝るとも劣らない」

「…俺は…美しくはないぞ？」

「そんなことない。緋波は美しい。…この髪も、瞳も。八潮も美しいと思ったが、俺は緋波の方が好きだ。緋波の瞳は…深く澄んだ青で…ここの海のように、いつまでも見ていたいと思わせる」

「……」

六陽に初めて会った時も同じようなことを言われて、おかしな奴だと思った。災いが訪れるとされ、周囲の者は自分に見られることさえ、恐れる。そんな青い瞳を六陽は綺麗だと言った。

こうして親しくなり、改めて言われると、恥ずかしくなる。何も言えず、緋波はごまかすように残りのミルクを飲み干した。身体が中から温かくなって来る気がする。六陽が入れた酒のせいだとは気づかず、緋波は熱い頬を押さえ、そろそろ眠ると告げた。

「六陽も一緒に寝ないか」

「まさか。俺はここでいい」

肩を竦めて六陽が指すのは床の上で、緋波は怪訝そうに眉を顰めた。こんなところで眠るなんて、身体を痛めると言う緋波に、六陽は慣れているから平気だと返す。

「屋根があるだけでもずっとマシだ」

「しかし…。寝台で寝た方がいいに決まってる。俺を気遣っているのなら、いつも兄さまと寝て、慣れているから大丈夫だ」

「八潮と俺では大きさが違うぞ。緋波を潰してしまうかもしれない」

六陽は笑って緋波をからかい、立ち上がると緋波を奥の部屋にある寝台へと誘った。敷布の上へ緋波を寝かせ、毛布をかける。寝台の脇へ座り込むと、じっと見ている緋波の顔を覗き込んだ。

「緋波が眠るまでここにいてやるから」

「……。じゃ、せめて、そっちにある毛布を使って、ここの床で眠ってくれ」

「分かった」

床の上という悪環境も心配だったが、六陽に傍にいて欲しいという思いも強かった。緋波の求めに苦笑し、六陽は床に毛布を敷き、洋燈を消して横になる。暗闇となった室内で、「六陽」と存在を確認するように呼ぶと、「なんだ」と聞く返事がある。

その声を聞いただけでほっと出来た。緋波が安心して小さな声で「お休みなさい」と告げると、「お休み」と返してくれる。小さく息を吐き、目を閉じる。遠くで一つ、また鐘が鳴った。

七日七晩、海葬は続いた。宮殿において昼夜なく続けられる儀式に参列するには体力的にも苦労を伴ったが、八潮は入江の助けを受け、つつがなく過ごすことが出来た。隣の部屋のバルコニーから見られていたのが現実だったとすれば、葬儀の間に何かあるかもしれないと恐れてはいたものの、八潮の前には誰も現れなかった。清栄も行動を慎んでいるようで、顔を見ることはなく、八潮は海葬が終わって海子の屋敷へ帰れるのを待ち望んでいた。

七日目、最後の儀式は深夜まで続いた。八日目を迎えると同時に、国中に海葬の終わりを告げる鐘の音が高らかに、幾重にも響き渡る。八潮もようやくほっとし、席を立つ参列者の波に紛れ、入江と共に大広間をあとにしようとした。

だが、しばらく歩いたところで八潮は声をかけられた。

「海子よ。屋敷へ戻られる前に一杯どうか？」

背後からの声に、八潮はぎこちなく振り返る。そこには海葬の初日、居丈高な口調で話しかけて来た波紋が立っていた。どう応えればいいのか惑う八潮を庇うようにして、入江がその前に立ち、「波紋さま」と呼びかける。

「申し訳ございません。長い海葬でお疲れでございますから、今宵は…」

「王位継承権を持たぬ相手とは話も出来ないと？」

「そのような……」

「部屋で待とう。…入江。あちこち嗅ぎ回っているようだから、状況は分かっておるだろう？」

低い声で意味深な台詞（せりふ）を向け、波紋は足早に八潮たちの横を通り過ぎて行った。窺うように息を潜め、やりとりを遠巻きに見ていた葬儀の参列者たちが、波紋が去ると同時に密やかな会話を交わし始める。それらの視線は全て八潮に向けられており、薄布のせいもあり、視界がほとんど遮られている夜であるのに、息が詰まるほどだった。

「…八潮さま」

入江が小声で促して来るのに頷き、八潮は手を引かれてその場を足早に立ち去る。廊下や階段も逃げるように進み、部屋へ入ると、八潮は大きな息を吐き出して薄布を自分で外した。

「入江……」

「…八潮さま。お疲れのところを申し訳ないのですが……」

「行かなくてはいけないのか」

辛そうな入江の表情を見ているだけで、何を言おうとしているのか分かる。本当は波紋の誘いを断りたいのだが、そうもいかない事情があるのだろう。八潮自身、横柄な口調や見慣れないいかつい容姿から、波紋に対する嫌悪感めいたものを覚えていた。とても親しく話したいとは思えない相手だが、入江を困らせるわけにはいかない。

「波紋さまは…先だっても申し上げました通り、王位継承権を失われたお方なのですが……まだ幼い流沙さまの後見には、波紋さまが立たれるであろうという見方が強くなっているのでございます…」

「…そうなのか…」

海葬の間、八潮が休憩に入る度、入江は姿を消していた。先ほどの波紋の言葉からも、色々と情報収集に当たっていたのだろうと思われる。次期国王となる流沙の後見に波紋が立つ…という言葉の意味が、八潮には具体的には理解出来なかったのだが、波紋の求めは断れないと入江が判断したのだとは分かる。

そして、父を亡くした八潮が頼れる相手は入江だけだった。清栄も支えになってくれるが、入江とは違う。海子を継ぐのも、海子の屋敷を守っていくのも、入江なくしては為し得ない。

「…分かった。私は…波紋さまの部屋でお話を聞けばよいのか？」

「私も一緒に参りますから、どうぞご安心下さい」

「頼む、入江。私は何も…分からないから…」

「いいえ。本来であれば、このようなご苦労を八潮さまにおかけすることもなかったのですが…。夕汐さまと明渚王が…あんなことにならなければ…」

辛そうに表情を歪める入江に、八潮は「いいのだ」と声をかけ、首を横に振った。改めて見ると、入江の顔はとても疲れていた。自分以上の心労が入江にはあるに違いない。自分に出来ることならば、なんでもしようと思い、八潮は再び薄布を被り、入江と共に部屋を出た。

波紋の部屋は王家の者が暮らす王宮の中にあり、大広間とは違う方向へ進んだ。深夜、長かった葬儀がようやく終わり、大勢の参列者は宮殿から自宅へと戻っている。人気のない長い階段を上りながら、入江は八潮に心の準備をするように求めた。

「…八潮さま。波紋さまは気性の荒い方です。八潮さまが驚くような発言をされるかもしれませんが、落ち着いてお聞き下さい。質問には出来る限り、私がお答えします。八潮さまからは何も申し上げなくて結構です」

「分かった…」

「……八潮さま」

「なんだ？」

「…入江の力が足りず、申し訳ございません」

隣を歩きながら、深々と頭を下げる入江に、八潮は不安を覚えた。何を言ってるんだ…と努めて軽い口調で返したが、動揺は消せなかった。入江が苦しげな顔で詫びた理由は…もしかすると、清栄を支えにするよう、強く勧めたことにも繋がっているのかもしれない。そんな予感が頭を過ぎり、薄布を介して見た階段の先が闇へと溶けていくような気がした。

王家の者が暮らす王宮は、海子の屋敷と同じ、白桜石で造られていた。儀式や執務が行われている宮殿よりも豪奢で、高台に建てられた屋敷からは国中が見渡せる。その中ほどに波紋の部屋はあり、重厚な扉を入江が叩くと、内側から開けられた。

現れた使用人に案内され、奥の部屋へと通される。中央に円卓が置かれた広い部屋には、波紋の他に、数名の男がいた。その服装や髪型から、白家と赤家の者だと分かった。

部屋の隅には背の高い洋燈が置かれ、円卓の中ほどにも蠟燭立てが置かれている。仄かな橙(だいだい)色で照らされた室内へ八潮が足を踏み入れると、上座に座った波紋が声をかけた。

「遅いので逃げ帰ったかと思ったぞ。海子はそちらへ。入江は下がれ」

「いえ。まだお披露目が済んでおりませんので、私も同席させて頂きます」

席を外すように言われながらも、入江はきっぱりとした口調で波紋へ返す。波紋は微かに眉を動かしただけで、重ねて入江に出て行けとは言わなかった。入江は八潮を促し、波紋が指示した席へと座らせ、その背後に立つ。波紋と共に円卓を囲んでいる者たちは席を空けずに両脇へ並んでいたが、八潮の席はそれらと対峙するように、波紋から見て正面の位置にあった。

八潮は戸惑いを見せぬよう、毅然(きぜん)と顎を引き、姿勢よく席へと着く。椅子に座ると薄布を被っている八潮にも同席している者たちの姿が窺えた。波紋の他に、白家の者が三名、赤家の者が二名。皆、波紋と同じくらいか、それよりも年長に見えたが、赤家の一人だけが若かった。分かるのは家柄と年の頃程度で、面相まではっきり捉えることは出来ない。

「海子はいつ、お披露目だ？」

波紋の右隣に座った一番の年長者だと思われる白家の者が尋ねて来る。八潮がどう答えるか考える前に、後ろに立った入江が返事をしていた。

「次の年には」

「海子の背中には証が出るというじゃないか。それはもう出ているのか？」

続けて尋ねたのはその隣に座る者だった。先ほどの者よりも若いが、声の質は似ている。恐らく、親子なのだろうと推測出来た。

「いえ。証が次の年に出ますので、それを待ってのお披露目となります」

今度も答えたのは入江だった。一瞬、白けたような空気が流れたが、海子というものに対する興味の方が深いようで、次の問いは入江に対して投げかけられた。

「その証とやらが出なかったらどうするのだ？」

「証は海子の長子に必ず表れます。過去に表れなかったことはございません」

「万が一ということもあるぞ」

「ご心配は無用にございます」

窺うような口調に対し、入江は丁寧ではあるが、きっぱりと拒絶するように答えを返す。八潮は薄布を被っていても感じる強い視線に耐えながら、何も言えないまま、黙って座っていた。そんな二人の態度に対し、波紋は気に入らないというように顔を顰める。

「俺は出来れば、お前たちの味方になってやりたいと思っているのに、そういう態度は好ましくないな」

「誠実にお答えしているつもりですが…」

「海子はどう思われる？」

波紋が声の調子を強めて聞いて来るのに、八潮はすっと身体を強張らせた。波紋の声は野太くて、張りがある。野卑な感じさえするその声は八潮にとって聞き慣れないもので、少し声を大きくされるだけで緊張を覚えた。

何を言えばいいのか。惑う八潮に代わり、再び入江が答えかけたのだが、今度は強く制された。

「本来であれば…」

「お前は黙ってろ！　俺は海子に聞いている」

強い調子で入江を叱りつける波紋に対し、八潮は次第に恐怖を感じ始めた。初めて見た時にその容貌に違和感を覚えたが、直感は当たっていた。感情的に声を荒げる者など、八潮の回りにはおらず、初めて遭遇した相手に対する言葉が見つからない。

入江を頼りたいけれど、先ほどのようにまた怒鳴られ、部屋を無理矢理出されてしまう可能性もある。ここは自分が何かしら言わなくてはと思うのに、声が出ないまま困惑する八潮に、波紋は早々に愛想を尽かした。

「…ふん。受け答えも満足に出来ぬ者がどうして国を守れよう」

「……」

吐き捨てるような言葉にも八潮は何も言えなかった。父の代わりに海子となり、自分は瑠璃国を守らなくてはいけない。そう頭では分かっていても、自分自身が追いついていないのは確かだ。証も出ておらず、お披露目も済ませていない自分は、ひどく宙ぶらりんな立場にある。

そんな現実を更に知らしめるような声が聞かれた。

「そもそも曖昧(あいまい)な言い伝えだけで、海子が何をしてくれるのかも分かっておりませんからな」

「古くから続いているだけのことだ」

「明渚王の一件で露呈されたではないか。海子にはなんの力もないのだと」

八潮に対する波紋の批判を待っていたかのように、その場にいた者たちが口々に非難を並べ立てる。その中でも、最後に聞こえた言葉が八潮の耳に残った。海子にはなんの力もない。まだ海子としての自覚が追いついていない八潮には気にかかる言葉で、微動だにしていなかった身体を僅かに動かす。それを見た波紋は、にやりと唇を歪めて笑った。

「海子は海難から瑠璃国を守ると言われているが、お前の父、夕汐は明渚王と共に船に乗りながら、王を海難から守ることが出来なかったではないか」

「……」

厳しい言葉を投げつけられ、八潮は息を呑んだ。

敢えて考えないようにしていたが、事故の一報を受けた時、八潮の頭にも過ぎった考えだった。父さまが一緒だったのに。海子である父は、海で亡くなることはないと、心の何処かで信じ込んでいたから、ご無事でお帰り下さいと言いつつも、本心から心配はしていなかった。

動揺する八潮に、波紋は追い打ちをかけるように意地悪な言葉で嘲ってみせる。

「あの人は海子が守ってくれるものだと信じ込んでいて、あちこち出掛けていたが……あのざまだ。ただの言い伝えで、海子に海難を防ぐ力など、あるわけがないのだ。海子など、ただのお飾りだろう」

「それにしては……金がかかりますがな」

波紋に同調し、低い声で囁いたのは左側に座った白家の者だった。つまり、この場の全員が海子に対し懐疑的で、好ましく思っていないのだ。八潮がそう悟った時、控えるように命じた入江に対し、波紋がからかうように聞いた。

「入江。今度の王は幼くて海子の支えには相応しくないだろう。まだ十の流沙を誑かすことはさすがに出来まい。一体、誰に狙いをつけているのだ？」

「…誑かすなどと…」

「お前たちが望むなら俺が支えとやらになってやろうか？　顔ははっきり見えぬが、父譲りの美貌なのであろう。身体の方も…色を好むと言われる海子の血筋だ。さぞ、楽しませてくれるのであろうな」

「波紋さま…！　無礼にもほどがあります。……失礼させて頂きます」

入江は声を荒げるような真似はしなかったが、その声音が怒りに震えているのが八潮にも分かった。低く促す入江に従い、八潮は席を立つ。波紋たちが退室する八潮と入江を引き留めることはなかった。


波紋や他の者から聞いた話が頭の中を占領し、得体の知れぬ不安が八潮の心を埋め尽くしていた。震える指先を握り締め、足早に歩く入江の後に続く。長い階段を下りる途中、入江が足を緩め、「申し訳ありません」と辛そうな声で詫びた。

「……入江……」

「お聞きになられたいことがたくさんおありでしょうが、屋敷へ戻ってからお話しします。急いで支度を…」

「このような…夜にか？」

外はまだ真っ暗で、日が昇る気配もない。最後の儀式が深夜に終わった後、部屋で休み、明るくなってから海子の屋敷へ戻るという予定を聞かされていた。宮殿と海子の屋敷を繋ぐ細道には急な坂もあり、外歩きに不慣れな八潮が暗い中を歩くのは危険を伴う。八潮に確かめられた入江は、はっとしたように息を吐き、再度謝った。

「すみません…八潮さま…」

「……ひとまず、部屋へ戻ろう」

八潮の声に頷き、入江は休憩所として使っていた部屋へと向かった。帰りを待っていた使用人たちに部屋を出るよう命じ、八潮と二人になると、入江は床に跪き、深々と頭を垂れる。

「…八潮さま。入江がついておりながら、あのような不快な目に遭わせてしまうとは…。お詫びのしようもございません」

「…入江……」

寝椅子に腰かけた八潮は、頭を下げたままの入江を見つめ、穏やかな声で呼びかける。波紋に呼びつけられた部屋ではかなり動揺してしまっていたが、入江がらしくなく感情を波立たせているのだと悟り、逆に落ち着きを取り戻していた。

困惑しているのは事実だが、それよりもどういうことなのか、正確なところを知りたい。八潮は強く思い、入江に正直に話して欲しいと求めた。

「入江は私を気遣って色々と隠したいのかもしれないが、海子となり、現実に直面しなくてはならないのは他でもない、私だ。衝撃を受ける覚悟はしている。いずれは知らなくてはいけないことでもあろう。…今…瑠璃国において、海子がどういう状況にあるのか、教えてくれ。私はずっと、海子は瑠璃国に必要なもので、大切にされていると思って来たのだが……実は違うのではないか」

そうでなければ、あのような非難の声は聞かれないだろう。海子の屋敷で大切に守り育てられた八潮の耳には、外界での真実は全く入って来なかった。

実際のところ、どうなっているのかという問いかけに、入江は小さな溜め息を吐いてから答えた。

「八潮さまには…私と夕汐さまから、少しずつお教えしていくつもりではありましたが…状況が急転直下で変わってきているのは事実ですので、お話し致します。…八潮さまにはお伝えしておりませんでしたが、以前から海子の存続に関し、反対する者はいたのです。海子は瑠璃国を守るもので、古来より受け継がれて来た特別な血ですが、もう長い間、瑠璃国は嵐に襲われておらず、実際、海子がその時にどういう役割を果たせるのかと、怪しむ声が多いのです」

「役割…というと…。嵐が来た折、岩礁の祈所で祈りを捧げ、鎮めるのが海子の役割ではないのか」

「はい。そう伝えられております。ですが、それを実際に目にした者は今の瑠璃国にはおりません。ですから、海子などお飾りだと無礼な口をきく者も現れるのです」

波紋から受けた侮辱を思い出しているかのような苦々しい表情で言い、入江は先を続ける。

「しかし、幸いにもこれまで、歴代の王は皆、海子に対する理解が深く、瑠璃国には必要であるとして、大切にして下さいました。明渚王もそのお一人でした。執政所の重役の方々もそれに従って保護して下さっていたのですが、その皆様が今回の事故で亡くなられてしまったのです」

「……そう…なのか…」

「先ほどの部屋におられたのは、明渚王が夕汐さまとご一緒だったのに亡くなられたことを取り上げ、海子は瑠璃国には必要ないという声を大きくしていこうとなさっている方々です。波紋さまの右側におられたのは白家の…白津波さまと、その跡取り、浦里さまです。その隣が赤家の…赤満山さま。それと、もう一人、赤家の方がいらっしゃいましたが、入江は存じ上げないお顔でした。中でも、波紋さまの左側に座ってらした、白洋行さまが…問題かと…。白洋行さまは海子に無駄金を投じているとして、取り潰すよう進言しているのです」

「進言とは……流沙さまにか？」

次の王は幼いが、明渚王の長子である流沙と決まっている。しかし、十の幼子に古くからの決まり事を潰せる力があるのだろうか。怪訝な顔つきで尋ねる八潮に、入江は硬い顔で相手は波紋だと答えた。

それを聞き、八潮はすっと眉を顰めた。波紋が流沙の後見に立つようだという話は、入江から聞いている。幼き次期国王の後見に立つということは…国政の実権を握るということだ。

「波紋さまは明渚王とは全く正反対の性格で、直情的なところもあるので、明渚王は距離を置かれていました。ですから、これまで国政に関わった経験はございません。流沙さまの後見には長老会が立たれると思っていたのですが…。本来であれば、長老会を退けて後見に立つ画策が出来るほど、波紋さまは知恵の働くお方ではないのです。恐らく、白洋行さまが波紋さまに入れ知恵しているのではないかと、私は見ております」

「…これから……どうなるのだ？」

聞けば聞くほど、自分の立場が危ういものだというのがよく分かる。厳しい表情で尋ねる八潮に、入江は真剣な口調で海子を取り潰すなど有り得ないと言う。

「海子を失えば瑠璃国を守る者がいなくなります。…それに、波紋さまが流沙さまの後見に立たれることを懸念しておられる方も多いのです。清栄さまのお父上、白洞門さまもそのお一人です」

「清栄さまの…？」

「はい。洞門さまは白家の皆さまを纏める中心的な立場にあられる方です。たとえ、波紋さまが流沙さまの後見に立たれ、白洋行さまたちの力添えを得たとしても、白家の皆さま方の声を無視することは出来ますまい。海葬の間、洞門さまにもお会い致しましたが、清栄さまのこともあり、海子が存続出来るよう、取りはからって下さると約束して下さいました」

　儀式の間、休憩に入る度、姿を消していた入江が情報収集に当たるだけではなく、清栄の父にも会っていたというのは驚きだった。何も気づいていなかった八潮は自分を反省し、入江に詫びる。

「そうだったのか…。すまなかった。私は……何も知らず…」

「八潮さまが謝られる必要などありません。このようなお話をお聞かせすること自体、本来であれば有り得ないのですから」

　八潮を安心させる為、入江は微かな笑みを浮かべて、緩く首を振る。膝に置かれた八潮の手を取り、子供をあやすように「さあ」と優しい声で呼びかけた。

「さほど時間はありませんが、朝になるまで寝台でお休み下さい。長い海葬でお疲れでしたでしょうに、更に心労をおかけするような羽目になり、申し訳ありませんでした」

「…入江。お前も休んでくれ」

「八潮さまは私のことなど、お気遣いなさらないでいいのですよ」

　入江に促され、八潮は寝椅子から立ち上がると、奥の部屋にある寝台へと移動した。八潮が横になったのを見届け、入江は部屋を出て行く。扉が閉められると部屋の中が暗くなり、八潮は長い溜め息を吐いた。

父も海子として、こんな気持ちを抱いた時があったのだろうか。明渚王という大きな支えを手に入れていた父には無縁の不安だっただろうか。自分は清栄を支えとして選んだけれど、このような状況で清栄は本当に守ってくれるだろうか。

憂い始めればきりがなく、瞼を閉じても寝つけなかった。必ず支えると約束してくれた清栄の言葉を、あれほど力強く感じたのに。実力者である清栄の父も味方についてくれると入江に聞いても尚、心には暗雲が立ち込めたままだ。

それはきっと、自分に対する不安が大きいからだ。もしも…もしも、瑠璃国が嵐に襲われたりしたら、自分は守れるのだろうか。どうやって？　想像もつかなくて、何度も寝返りを打っている内に、いつしか窓から明かりが差し込んでいた。

海葬が終わり、夜が明けた。長い喪から抜けたというのに、その日の瑠璃国の空には薄鼠色の雲が多く浮かんでいた。

海子の屋敷、東の棟にある塔の上。扉を叩き、「緋波さま」と呼ぶ使用人の声が聞こえる。ぐっすりと眠っていた緋波は、その声ではなく、自分を揺する大きな掌に起こされた。

「…ん……」

「呼んでるぞ」

声を潜めて教えてくれたのは六陽だ。緋波ははっとし、寝台に飛び起きると、「なんだ？」と寝惚けた声で返す。

「おはようございます。深夜に海葬が終わりまして、間もなく、八潮さまたちも宮殿からお帰りになられます。本日よりこちらの棟にも出入りさせて頂きますので…」

「わ…分かった。元通り、ちゃんとやる！」

「では、後ほど、朝食を運んで参ります。湯浴みはどうされますか？」

「明日でいい」

承知致しました…という返事がして、何も聞こえなくなると、緋波ははあと大きく息を吐いた。災いを恐れる使用人は決して、部屋を覗いたりしないと分かっているが、隣の床に六陽が寝そべっている状況は、緊張を強いられるものだ。

「もう朝か。曇っているから目が覚めなかった」

「自由時間は終わりのようだな」

六陽は苦笑を浮かべて言うと、よっと声をかけて起き上がる。さっさと毛布を畳む姿を、緋波は無言で見つめながら寝台を下りた。

七日続いた海葬の間、緋波の望みに応え、六陽は宿屋へは一度も帰らず、海子の屋敷で過ごした。特別に自由を許された東の棟の中で、緋波と六陽は何度も料理をして食事を共にし、塔の部屋で枕を並べた。

ずっと独りで暮らして来た緋波にとって、誰かと共に過ごすのは初めての経験だった。朝も昼も夜も。六陽といつだって話せるし、色んなことが出来る。贅沢な時間ほどあっという間に過ぎてしまうものだ。今日からまた、独りの暮らしに戻らなくてはならない。

「緋波」

寝乱れた髪を梳いていた緋波は、六陽の呼びかけに振り返る。窓から外を見ながら手招きしている六陽の許へ駆けつけた。何を見ているのかは見当がついていた。

六陽の隣に立つと、望遠鏡を手にする。細い筒を覗けば、宮殿からの細道を黒衣の一行が歩いて来るのが見える。

「……兄さまだ」

「よかったな」

六陽が長く留守にしていた兄の帰宅を純粋に喜んでくれているのだと分かっていても、緋波はすぐに頷けなかった。無言でいる緋波に、六陽は不思議そうに「どうした？」と問いかける。

「……いや」

なんでもないと首を振り、緋波は望遠鏡を横へ置いた。寝椅子に座り、再び髪を梳く緋波の前へ腰を下ろして、六陽は窺うように小さな顔を覗き込んだ。

「八潮が帰って来るんだぞ。嬉しくないのか？」

「……。…嬉しい」

「嬉しいって顔じゃないぞ」

「……」

八潮が帰って来るという喜びよりも、六陽が帰ってしまうという寂しさの方が大きいのだ。本心を答えようかどうか迷ったが、緋波は口にしなかった。六陽を困らせるだけだと分かっている。海葬の間、一緒にいてくれたのは、八潮が留守にしていたからだ。

本来であれば、異国の者である六陽は海子の屋敷を訪ねること自体、禁じられている。その上、災いを招くとされ、秘密にされている自分に会っているのは…。

我が儘を言ってしまいそうな心を抑えようとして、色々な現実を上げてみるのに、うまくいかない。それどころか、益々不満が膨れ上がって来るように感じ、緋波は苛ついて櫛を乱暴に扱った。

その結果。

「っ…！」

細い櫛がばきんと音を立てて割れ、緋波の手を傷つける。目の前で見ていた六陽は驚き、細い腕を摑んで引き寄せた。

「大丈夫か？」

「…っ……」

白く華奢な手の甲に一筋の傷がつき、赤い血が滲んでいる。六陽は迷わず唇を寄せて緋波の血を吸い取った。

「……すまない…」

思い通りにならないからといって、物に当たるなど、子供のすることだ。緋波は反省し、手当てをしてくれる六陽に詫びた。幸い、傷は浅く、血はすぐに止まった。六陽は箪笥から湯浴みに使う浴布を取り出し、それを引き裂いて、緋波の手に巻きつけた。

「…しばらくこうしておけ」

「ありがとう…」

「緋波」

布を巻いた緋波の手を脚の上へ置かせ、六陽はその上へ大きな自分の掌を重ねる。火を扱ったことさえない、薄く可憐な緋波の手はすっぽり覆われて見えなくなる。間近から緋波を見つめ、真剣な表情で尋ねた。

「俺と一緒に来るか？」

「……」

唐突な問いだったけれど、六陽には自分の気持ちが読めているのだと分かり、緋波は小さく息を呑んだ。海葬の終わりが近づくにつれ、焦りに似た苛つきを覚えていた。あと少しで六陽との時間が終わってしまう。海葬が終われば帰ってしまう。

このまま、海葬がずっと続けばいいのに。六陽とずっと二人でいられたら。そんな願いを抱いていたのを、六陽は気づいていたに違いない。

緋波は小さく息を吐き、ゆっくり首を横に振った。

「…言っただろう……。俺はここから…出られないと」

現実を告げる声はか細く、以前とは違う響きで六陽の耳に届いた。拗ねた物言いではなく、自分の心をねじ曲げなくてはならない辛さに満ちている。六陽は正面からじっと緋波の瞳を見つめ、強い調子で語りかける。

「俺ならお前をここから連れ出してやれる」

「……」

緋波にとっては最高の…これ以上はない、誘惑の言葉だった。空を飛べる六陽ならば誰にも知られず、自分をここから連れ出すことが出来る。それだけではなく、自分を恐れる者のいない異国の地にだって、連れて行ってくれる。

そこで六陽と過ごせたら。誰とでも会話をし、何

処へでも出掛けられる。そんな普通の生活を送れたら。まるで夢のようだ…と思って、緋波は溜め息を吐いた。そうだ。夢なのだ。自分には叶わぬ…。

「……無理だ」

「俺が一緒でもか？」

「兄さまが……ここには兄さまがいる」

周囲から見れば自分は八潮に世話をかけるだけの厄介者だろう。しかし、緋波はそれだけじゃないと感じていた。八潮は自分を必要としてくれている。そう信じていたから、六陽の誘いにも本気で心を動かすことが出来なかった。

「兄さまは…これから海子となる為、色々と大変なんだと思う。そんな時に…俺だけ自由になるわけにはいかない」

塔に閉じ込められている自分を不幸だと六陽は思っているのかもしれないが、海子の後継者という立場に縛られた八潮もまた、不幸だ。跡継ぎでさえなければ、支えなど必要とせず、自分の道も自分で選べただろうに。八潮も同じように、海子という戒め(いまし)に絡め取られている。

「俺が兄さまの助けになるとは……はっきりとは言えないけれど、俺がいなくなれば、兄さまは哀しむだろう」

「……」

苦しげな表情で話す緋波を見つめていた六陽は、少しして「すまない」と詫びた。重ねた掌を外し、怪我をしていない方の手を引き寄せる。小さなそれを包み込むようにして握り締め、余計なことを言ったと、緋波にもう一度謝った。

「浅はかだった。許してくれ」

「…謝らないでくれ。俺は嬉しかった」

「……」

「六陽に会うまで、ここから出られるなんて考えもしなかった。…でも、出ようと思えば出られるのだと…そういう希望を貰えたのは、本当に有り難い」

改めて、「ありがとう」と凜とした顔つきで言う緋波に対し、六陽は首を横に振って、握り締めている手の甲へ口付けた。敬虔な面持ちで唇を離すと、宿屋へ帰ると告げる。

「使用人たちも来るだろう」

「…ああ」

八潮が帰って来たのだから、いつもの生活に戻らなくてはならない。六陽と共にバルコニーへ出ると、雲の多い空が気になった。

「…海葬も終わったというのに…すっきりしない天気だな。大丈夫か？」

「ああ。風はさほど強くない。…また明日」

「……」

六陽が軽い調子で「また明日」と言ってくれたのが、緋波にはとても嬉しかった。一緒に来るか…という誘いを断ってしまったのを、六陽がどう思っているのか、本当は不安に感じていた。緋波はにっこりと笑みを浮かべ、「ああ」と頷く。

「待っている」


バルコニーの手摺りに脚をかけ、六陽が空へと飛び立つ。軽やかに風を切るその姿が見えなくなっても、緋波はずっとバルコニーから外を眺めていた。


六陽が去って間もなく、使用人が朝食を運んで来た。それから、緋波はいつも通りに、掃除にやって来た使用人たちと鉢合わせしたりしないよう、避けながら過ごしたりした。そして、久しぶりの独りきりの一日が終わり、夜が訪れる。運ばれて来た夕食を食べ終え、日が落ち、真っ暗になったバルコニーで六陽のことを考えていると、「緋波」と呼ぶ八潮の声が聞こえた。

はっとしてバルコニーのベンチから立ち上がり、部屋の中へ入る。扉を開けて入って来る八潮の姿を見た緋波は咄嗟に抱きついた。

「兄さま…！」

「緋波。長く留守にしてすまなかった。寂しかったであろう」

　心配そうに声をかけてくれる八潮に対し、緋波は首を横に振って寝椅子に座るよう勧める。その隣へ腰かけ、八潮が心配するような寂しさはなかったのだと告げた。

「海葬の間、六陽が一緒にいてくれたんだ」

「六陽さまが？」

「兄さまのお供で皆出掛けたというので、東の棟には入らないでくれって使用人に頼んだんだ。そうしたら、自由に動き回れるじゃないか。だから、六陽に泊まって貰って…一緒に料理をしたりした」

「料理を」

　嬉しそうな緋波の話を聞き、八潮は驚いた表情になる。海子の跡継ぎとして大切に育てられた八潮は、自ら料理をした経験などない。塔の部屋から出られない緋波は尚更の筈で、そんな彼が料理をしている姿など、すぐには想像がつかなかった。

「ま…一緒にと言っても、俺は横で見てて…皿を運んだりしただけなんだけど。六陽は旅をして回っているだけあって、なんでも出来るんだ。料理もうまくて…色々作ってくれた。野菜と魚を煮込んだスープや、魚の香草焼きとか…。あと、兄さまは山羊の乳を温めて飲んだことはある？」

「山羊の乳…？　いや。あれはそのまま飲むものではないだろう」

「それが美味しいんだよ。あれに粉糖と…何か分からないけど、酒を入れて温めたのを六陽が作ってくれて、気に入ってしまった。山羊の乳を他国では飲み物としているそうだ」

「酒…？」

　山羊の乳はともかく、酒というのは驚きを通り越して、怪訝に感じられた。八潮は明渚王やその連れが酒を嗜んでいる姿を目にしたりしていたが、とても自分には飲めないものだと感じていた。それを緋波が…？　心配そうな顔になる八潮に、緋波は誤解しないようにと説明する。

「酒といっても、風味づけにほんの少量入れてるだけみたいだ。六陽は酒好きで、俺も勧められたが、あれはとても飲めなかった」

「だろうな」

「でも山羊の乳は本当にうまいんだ。今度、是非、誰かに作って貰ってくれ」

　分かった…と答えながら、八潮は小さく肩で息を吐き、笑みを浮かべる。改めて見たその顔は疲れているように見え、緋波はすっと表情を改めた。

「…ごめん。兄さまは……大変だったのに…」

「いや。緋波が寂しくなかったと分かって、安堵したのだ。こんなに長い間、緋波と離れるのは初めてで…独りで大丈夫だろうかと心配だった。六陽さまがお前の傍にいて下さって…本当によかった」

「兄さま……」

　八潮がよかったと思っているのは本心だろうけれど、それ以上に元気がなさそうなのが気になった。久しぶりに会えたのが嬉しくて、その上、六陽と過ごして楽しかったことをたくさん話したかったから、八潮の様子を全く気遣えていなかった。本当はまず、初めて外へ出て、緊張を伴う儀式に長い間出席した八潮を労い、話を聞くべきだった。

　子供っぽい自分のことを反省したばかりだというのに。緋波は息を吸い、努めて抑えた声で海葬の様子を聞いた。

「…宮殿には大勢が来ていたの？」

「ああ。王家を始め、白家や…赤家の主な方々が出席されていた。宮殿はとても広くて、案内なしでは歩けなかったよ」

「そう。……白家というと…あいつも？」

「…清栄さまか？　…ああ。一度、お会いした」

　微かに笑みを浮かべて言う八潮の様子がおかしいのを、緋波は敏感に感じ取る。海葬に出掛ける前、父を亡くし動揺する緋波に対し、八潮は清栄がいてくれるから大丈夫だと信じている様子だった。しかし今は、あの時感じられた自信のようなものが消えている。何かあったのだろうか。聞いてみたかったが、八潮の心労を増やしてしまいそうな気がして、緋波は何も言えなかった。

「兄さま……お疲れだね」

「すまない。海葬は昼夜構わず儀式があって、とても不規則な生活を送っていたんだ。朝、帰って来てから休んでいたのだが、本調子に戻るまで時間がかかりそうだ」

「そう。…俺のことは心配しなくていいから…。兄さま、ゆっくり休んでくれ」

　ありがとう…と八潮は微笑んで礼を言い、緋波の言葉に甘えて自室へ戻ると言った。塔の部屋の出入り口まで見送りに出た緋波は、何処か影があるように感じられる八潮の背中に、「大丈夫？」と尋ねる。

　考え事でもしていたのか、八潮は小さく身体を震わせて振り返った。「ああ」と硬い顔で頷き、緋波の方へ向き直る。

「…緋波」

「兄さま……？」

　ふいに抱き締めて来た八潮を不思議に思い、緋波は微かな声で呼びかける。ぎゅっと抱きつく八潮の力は強く、しがみつかれているような気分になった。

　まるで…悪い夢を見た子供がするような…そんな仕草は、緋波が知る八潮には不似合いなものだ。負の気持ちは伝染する。わけもなく心許ない気分になり、緋波はもう一度「兄さま」と口にした。

　緋波の背に両手を回したまま、八潮はすっと息を吸う。

「……何があっても……必ず、お前だけは守るから…」

「………」

　掠れた声で呟いた八潮の言葉は、緋波の耳に届いていたけれど、意味が分からなかった。何があっても？　どういうことなのだろう。怪訝な思いで眉を顰める緋波から離れ、八潮は哀しげな表情で「すまない」と詫びる。

「…疲れてるんだ。気にしないでくれ」

「…兄さま」

「部屋へ戻って休む」

八潮は緋波の頬に触れ、小さく笑ってから背を向けた。扉を開け、出て行く八潮を引き留められず、緋波はその場に立ち尽くす。重い扉が閉まり、微かに震えた空気が緋波の長い髪を揺らした。


長い螺旋階段を一気に下りきってしまうと、八潮は目眩に襲われた。宮殿から海子の屋敷へ戻りずっと自室で横になっていたが、眠れなかった。ふらつく身体を壁に凭れかかって支え、目眩が収まるのを待つ。少しマシになったのを見計らい、壁を伝うようにして自分の部屋へと戻った。

海葬の後、重い現実を知った八潮は、押し潰されてしまいそうな大きな不安を抱え、海子の屋敷へ戻って来た。慣れない儀式への参列と、初めて外界に触れたことで身体が疲れているのは事実だったが、体力が回復しても心の疲労は解消されない気がした。それでも、身体を休めればよい考えも浮かぶかもしれぬと思い、長い休息を取りながら夜を待った。

七日もの間、塔の部屋で独りきり、過ごしていた緋波はさぞ寂しく不安であっただろう。海子の屋敷に着き、真っ先に思ったのは緋波のことだった。しかし、八潮の心配に反し、緋波は六陽と楽しく過ごしていたようだった。嬉しそうに話す緋波の顔を見て、よかったと思いながらも、少しだけ羨ましくも感じた。

海子そのものが取り潰されるかもしれないと聞いたら、緋波はどう思うだろう。意味が分からないかもしれない。海子が失くなれば緋波はどうなるのか。災いをもたらすとされる、青い瞳を持った緋波が行く先は、この国にあるのだろうか。

あったとしても、場所を変えてまた閉じ込められるだけか。それもきっと、今よりも劣悪な環境に違いない。楽しげに話す緋波を前にしていても、よくない想像ばかりが浮かんでしまい、つい表情が曇った。緋波は敏感に気持ちを悟る。別れ際にも余計なことを言ってしまった。今頃、不安に思っているかもしれない。

自室へ入り、扉を閉めると、八潮は大きな溜め息を吐いた。ふらふらと力なく寝台へと向かい、怠い身体を横たえる。父が亡くなった今、不幸な緋波を守れるのは兄である自分だけだ。自分がしっかりしなくては。弱くなっている心にそう言い聞かせた時、入江が呼ぶ声がした。返事をすると、扉を開けて入って来る。

「八潮さま。お加減は如何ですか？」

「…すまない。体調はさほど悪くないんだが、気が滅入って…。疲れているのだと思う」

「緋波さまのところへは？」

「行って来たよ。元気そうで安心した。お前もよかったら、訪ねてやってくれ」

「承知致しました。……八潮さま」

頷きながらも、意味ありげな調子で呼びかけて来る入江に、どきりとする。横たわったままだった八潮は起き上がり、「どうした？」と尋ねた。入江は硬い表情で申し訳なさそうに伝える。

「お疲れのところ、申し上げにくいのですが…清栄さまがいらしておいでです」

「……」

先日までであれば、喜んで迎えるところであったが、心配事に囚われていたから、つい返事が遅れた。入江の顔つきが硬いのも気になる。

「…何か…まずいことでもあるのか？」

「いえ…。お訪ね頂くのは嬉しいのですが…少々、清栄さまはお気遣いが足りないような気がしまして…。八潮さまは朝方、こちらへ戻られたばかりでお疲れですのに…。そう申し上げて、下でお待ち頂いているのです」

「…私は大丈夫だ。体調が悪いわけじゃないと言っただろう。それに…清栄さまとお会いした方が気も紛れる」

「本当でございますか？」

ああ…と頷き、八潮は入江を心配させない為にも笑みを浮かべた。入江が怪訝に感じる意味も分かる。八潮自身、一瞬、戸惑いを感じたからすぐに返事が出来なかったのだ。

だが、もう少し日を置いてからでも…と思いながらも、支えである清栄と会えるのは喜ばしい。八潮は入江に、清栄を寄越すよう伝えた。

入江が部屋を出て行き、間もなくして清栄が現れた。

「八潮」

「清栄さま…」

顔を見た途端、抱き締めて来る清栄に八潮は身を預ける。清栄は自分でも思慮が足りないと思っているのか、「すまない」と先に詫びた。

「本当は…八潮の疲れが癒えてからと思ったのだが、どうしても会いたくなってしまって…。断られたら帰るつもりで訪ねて来たのだ」

「清栄さまを断るなど…。慣れない儀式で疲れましたが、一日休んでおりましたら、少しよくなりました」

「そうか。…八潮。会いたかった」

「私もでございます」

清栄の唇を受け止め、深く口付けている内に、すぐに身体が熱くなる。鼻先から甘い声を上げ、口付けに夢中になる八潮を見て、清栄は満足げに笑った。

「…八潮も……望んでくれていたのだな」

「っ……ん……清栄さま……」

細い身体を抱き上げ、清栄は八潮を寝台へと横たえる。帯を解き、着物をはだけて、露わになった白い身体に口付けを落とす。滑らかな肌に赤い痕を残しながら、ぷっくりと硬くなった印に舌を這わせた。

「あ…っ……ん…っ…」

「…本当に…八潮の身体は素直で…愛おしい」

低い声で囁く清栄の息遣いが肌にかかるだけで、敏感な身体に震えが走る。疲れを覚えながらも眠れず、清栄によくなったと言ったのも嘘だった。疲労が溜まった身体は、階段を下りただけでも目眩を覚えたのに、清栄が与えてくれる快楽にはちゃんと反応する。

それが何故だか、辛いように感じられて、八潮は大きく吐息を零す。清栄と味わう快楽は身体を夢中にさせているけれど、今日は心が追いついていないような気がする。

そんな風に思った時、聞こえて来た清栄の呟きで悪い記憶が甦ってしまった。

「…この前は…いいところで邪魔が入ってしまったからな。今宵は八潮の望むだけ、与えよう」

「……」

耳元を唇で舐(ねぶ)りながら、清栄が言うのを聞き、八潮は息を呑んだ。この前…というのは、海葬の際、清栄が部屋を訪ねて来た時のことだ。バルコニーで抱き合い、清栄と繋がったところで、使用人の呼び声で離れなくてはいけなくなった。

あの後……自分は……。

「っ…」

恐ろしい目に遭ったのを思い出し、八潮が眉を顰めたのに気づいた清栄が不思議そうに覗き込む。

「どうした？」

「……」

清栄が立ち去った後、つい、誘惑に駆られて自分を慰めた。それだけならまだしも、その姿を隣のバルコニーから見られた。自分を揶揄した声の持ち主は結局、分からず仕舞いで、本当に見られたのかどうかも定かではないのだが、あの時感じた恐怖を思い出すと、身体が強張る。

「八潮？」

「……すみません……」

すっと清栄の手を離れ、八潮は寝台の上へ起き上がる。はだけられた着物を引き寄せ、俯く八潮の横顔は硬い。清栄は戸惑った顔で見て、華奢な肩を後ろから抱え込んだ。

「…どうしたのだ？」

「………」

どういう目に遭ったのか。清栄に正直に話してしまいたいが、口に出せなかった。自分自身、現実だったのかどうかも怪しく思っている。疚しさが生んだ幻覚だったのかもしれない。…そうだといいと、願っているところだ。

何でもありません…と俯いたまま言い、八潮は首を振る。八潮の態度に困惑しながらも、清栄は細い身体を背後から抱き締めた。

「……この前……途中でやめてしまったのを怒っているのか？」

「そういうわけでは…」

「では、どうしたのだ？」

穏やかな聞き方であっても、清栄には答えを返さなくては引き下がらない雰囲気があった。しかし、本当のことはやはり言えず、困り果てた八潮は別の不安を口にする。

「気にかかっていることがあって……」

「何を気にかけているのだ？」

「海子を……取り潰そうと考えている方たちがいると…耳にしたのです」

実際、それが原因ではなかったが、心を大きく占めている憂鬱であるのは確かだ。ただ、波紋に呼び出され、直接無礼な言葉を投げつけられたことまでは言えなかった。波紋は先代王の実弟であり、次期王の後見に立つと言われている相手である。清栄に余計な迷惑がかかるやもしれない。噂として聞いたのだと伝える八潮に、清栄は苦笑混じりに「あれか」と口にした。

その口振りは話を聞いているかのようなもので、八潮は驚いて背後の清栄を見る。

「ご存知なのでございますか？」

「ああ。しかし、そういう者は昔からいるようだし、取るに足らない話だ。海子は瑠璃国を守る大切な存在ではないか。それを潰そうなど…不心得にもほどがある」

「……」

「そんな噂で八潮が心を痛める必要などない。…八潮には私がついている。父も海子を大切だと考えている。何を気にかけることがある？」

「清栄さま……」

　自信に溢れた清栄の言葉は、八潮の心を覆った厚い雲を晴らしてくれる。入江からも清栄の父が確かな味方になってくれると聞いたが、その表情が硬いものだったせいか、不安は拭えなかった。しかし、迷いのない清栄の話を聞いていると、不思議と気が楽になった。

　実際、本当は別に気にかけていることがあったし、清栄の言葉一つでは解決のしようがない問題だった。それでも、傍にいる清栄が「案ずるな」と囁いてくれるだけで、全てを任せようという気になれる。


「八潮……」

　低い声で名前を呼び、清栄は八潮の中心へと手を伸ばす。着物の下にあるそれは、口付けで熱くなりかけたものの、ふいに思い出した記憶により冷めてしまっていた。けれど、清栄の手が触れるだけで、ぴくりと震える。

「…っ……ん……」

　背後から覆い被さるようにして、清栄は八潮の小さな頭を支えて口付けを与える。唇が重ねられるだけで、八潮の身体は素直に反応を示し始める。深くなっていく口付けに、ほどなく八潮は憂いを忘れた。

「…ん……っ……ふ……」

　唇だけでなく、清栄は頬や耳朶（じだ）、項など、八潮を食い尽くすような勢いで唇を這わせる。清栄の唇が触れるところが全て熱くなり、あっという間に甘い熱は全身へと伝染していった。

　中心を包む清栄の掌は八潮の形を簡単に変え、硬くなったそれを指で扱き、愛撫する。背後から八潮を抱え込んだ清栄は、その膝を立てさせ、大きく開いてみせた。

「あ…っ……清栄さま…」

「誰も見てはおらぬ。…私と八潮だけだ」

　座ったまま、大きく脚を開かれるという体勢に羞恥を覚え、声を上げる八潮を、清栄は掠れた声で諭す。あぐらをかいた自分の上へ八潮の身体を載せ、細い脚を更に広げると、秘所までもが露わになった。

「…っ…ふ……あ…ん…っ…」

「…こちらも弄って欲しいのだろう？」

　淫靡な囁きが聞こえると同時に、清栄の指が後ろの孔を突くように弄る。思わず、高い声を上げ、八潮は清栄の上で身体を震わせた。

「…あっ……やっ…」

「八潮の身体は……やはり極上だ。少し弄るだけで……ほら、液が溢れ出す」

「っ……」

　清栄に掌で包んだものを見るように促され、八潮はつられるようにして視線を落とした。清栄の言う通り、形を変えたものの先から液が滲んでいるのが見える。自分の身体の一部とは思えないそれをじっと見ているのは辛く思えて、八潮は吐息を零して目を閉じた。

　清栄に教えられた快楽を身体はちゃんと覚えている。こうして熱くて堪らないのが証拠でもあると分かっているのに、どうしてだか、夢中になりきれない自分を感じていた。それは先ほども浮かんだ小さな違和感で、八潮は心の奥に戸惑いを隠しながら、清栄が与えてくれる快楽だけ見つめようと、意識した。

　清栄さまが傍にいて下さるのだから。何も不安に思うことなどないのだ。こうして…与えられる快楽を素直に受け取ることを…清栄さまは喜んで下さる。そう自分に言い聞かせ、八潮は清栄の愛撫に身を委ねる。

「ふ…っ……あ……」

濡れた指先が孔の中へと入って来る。座ったまま、膝を立てているせいか、指は奥までは入りきらない。入り口の浅い部分を弄っているだけなのだが、それでも十分に快感を覚えて、八潮は甘い声と吐息を零した。

「…ん…っ……あ…っ…」

「八潮……」

掠れた声で呼ばれ、項や肩に熱い口付けを落とされる。前と後ろを弄られる刺激で、次第に頭の芯までもが熱くなり、何も分からなくなる。清栄に扱かれているものがぐっと硬さを増したと思った瞬間、昂りきった欲望が掌の中で弾け散った。

「っ…あっ…」

大きく開いた足先を震わせ、八潮は切なげな声を上げてぎゅっと眉を顰める。高い鼓動に合わせて、液がどくんどくんと溢れ出す。清栄は小刻みに震える八潮自身を更に扱き、残滓までも搾り取った。

「は…っ…あ……んっ…」

清栄の指を含んだままの後ろは、前の動きに合わせて、びくびくと収縮を繰り返している。液で濡れた入り口を更に柔らかくする為、清栄は悪戯するように指先を抜き差しした。

くちゅくちゅという粘着質な音が八潮の耳にも届く。淫靡な音色は八潮の中を疼かせ、清栄と繫がった時の快感を想像させた。

「…っ……清栄さま……」

「そのように…甘い声を出されると、急かされているように感じるではないか」

「…ん…っ…は…あ…」

急かしているつもりはないが、自分の身体はもう欲しいと思っている。浅い場所だけでなく…もっと奥も弄って欲しいと、望んでいる。

八潮は長い溜め息を吐き、背後にある清栄の顔に手を伸ばした。顔を斜め後ろへ振り向かせ、口付けを請う。清栄の唇が重ねられると、自分の欲情をぶつけるように、淫らに舌を差し入れた。

「んっ……っ……ん……」

清栄の舌を絡め取り、きつく吸い上げる。唇を甘く食み、深いところまで咬み合う。口付けが解かれると、八潮は熱く潤んだ瞳で清栄を見つめた。

「清栄さま……」

名前を呼ぶ声には、耳にするだけで蕩けてしまいそうな、甘美な響きが滲んでいた。清栄は小さく息を吐き、唇の端を歪めて笑う。

「…私は…八潮に…狂わされているのかもしれぬ…」

「清栄さま……？」

自嘲するように呟き、清栄は不思議そうな顔をする八潮に再び口付けた。激しく唇を重ねながら、八潮の孔へ含ませていた指を抜く。

「…っ…ん…」

脚の上へ載せていた八潮の身体をずらすと、清栄は自分の着物をはだけた。既に硬くなっているものを取り出し、八潮の腰を掴んで持ち上げると、自分の上へと載せていく。


「あ…っ……な…にを……」

「…怖がらなくてもいい。八潮の……望むものが…手に入るのだ」

濡れて柔らかくなった孔に、熱いものが触れているのが分かる。清栄に任せようと思っていても、未知の体験が身体を強張らせる。息を吐くように求められ、八潮は必死で従った。

「はっ……あ…っ…んっ…」

身体を緩めるよう努力しても、奥まで解されていない孔に、清栄のものを含むのには時間がかかった。それでも全部を飲み込んでしまうと、全身が震えるように感じて、八潮は高い声を上げる。清栄の大きさをきつく感じながらも、痺れるような快感が全身を貫いた。

「あっ…ああ…っ…！」

「八潮…」

繋がりきった細い身体を抱き締め、清栄は白い項に口付ける。衝撃にひくつきながらも、八潮の内部は清栄を貪欲に締めつけている。その感触は清栄に最高の快楽を与え、八潮への愛おしさを増幅させる。

「…ああ……八潮…。…入れただけで…こんなにも感じるのは初めてだ。八潮……」

「せ…いえい……さま…」

清栄が嬉しそうだと感じるだけで、八潮の内壁は淫らに蠢く。その動きに溜め息を吐き、清栄は八潮の前に手を伸ばす。先ほど、達した筈の八潮自身は、後ろに清栄を含んだことで、またしても硬くなり液を零していた。

「っ…あ…」

大きな掌に包まれ、緩く撫でられるだけでも感じてしまい、八潮は咄嗟に清栄の腕を摑んだ。きつく扱かれたりしたら、すぐにでも達してしまいそうだ。慌てて制しようとする八潮を構わず、清栄はゆっくりと上下に掌を動かす。

「あっ…んっ……清栄…さまっ…」

「…こうして…弄るだけで……八潮の中が締めつけて来る…」

うっとりした口調で言い、清栄は八潮のものを愛撫する手の動きを速めた。前で感じる快楽が後ろへも伝わり、中にある清栄に貪欲な肉壁が絡みつく。

清栄のどんな淫猥な要求にも八潮の身体は素直に応え、それだけでなく、悦んで享受した。身体の温度が上がるほどに、不安も戸惑いも消え、八潮は清栄との快楽に没頭出来た。淫らな格好で何度も繋がり、果て、そして、ようやく八潮は何もかもから解放されるようにして、深い眠りについた。


八潮が帰った後、しばらくして緋波は床についた。眠いわけではなかったが、起きていれば余計なことを考えてしまいそうで、それを避ける為にも寝台に入った。

けれど、八潮を気にかける心は大きくなるばかりで、布団の中で溜め息を吐いていると、扉が叩かれる音が聞こえた。

「……」

はっとして起き上がり、緋波は夜着のまま駆けつける。八潮は疲れているから部屋へ戻ると言ったけれど、気が変わって来てくれたのだろうか。それとも自分と同じように不安で眠れずに、訪ねて来たのだろうか。そんなことを考えたけれど、緋波に聞こえたのは望んだ声ではなかった。

「緋波さま。入江でございます」

「……」

一瞬、残念に思ったが、入江にならば色々と話が聞ける。緋波が急いで扉を開けると、入江は深々と頭を下げていた。

「緋波さま。慌ただしくしておりまして、大切なご報告を八潮さまにお任せしてしまい、申し訳ありません」

「…それはいいから、入れ」

入江が詫びるのは、父の訃報を伝えられないまま、宮殿に出向かなくてはいけなくなったからだろう。それよりも今は八潮のことが気がかりだ。緋波は入江を招き入れると、バルコニーへ続く奥の部屋へと誘い、寝椅子に腰かけた。

入江にも座るよう勧めたが、彼は断り、扉の近くに立つ。夜も更け、部屋の隅に一つだけ洋燈が点っている部屋は暗く、入江の表情ははっきりと見えなかったが、八潮と同じように疲れている気配が感じられた。

「先ほど、兄さまがいらして下さったのだが、随分、お疲れのご様子だった。大丈夫なのか？」

「はい。…ただいまは…お部屋で休んでおられます」

頷きながらも、入江の口振りには少し、引っかかるところがあった。気になったけれど、追及するまでの要素はなく、緋波は「そうか」と頷く。

「海葬は…大変だったのか？」

「昼夜なく儀式が続きますし、出来るだけ八潮さまにはお休み頂いておりましたが、どうしても出席して頂かなくてはいけない場面も多かったのです。ですから、八潮さまが大変お疲れになったのも無理はないかと…」

「…お前も疲れているようだな？」

「私は平気でございます。…緋波さまにも色々ご不便をおかけしました。使用人から聞きましたところ、東の棟をご自由に使われたとか。料理もされたようだと聞いたのですが…」

「あ…ああ。書物で読んで……前からやってみたいと思っていたのだ」

八潮には六陽が訪ねて来ている話をしたが、入江には言えなかった。入江は海子の屋敷を管理する屋敷守の立場にある。外からの訪問者を制限している海子の屋敷に、異国の者である六陽が出入りするのを好ましく思わないに違いない。

その上、泊まっていたと知れば……寛容な入江でも問題視する可能性は大きいと思い、緋波は曖昧にごまかした。


「左様でございますか。こちらに…台所を作るわけには…参りませんので…」

申し訳なさそうに部屋を見回す入江に、緋波は首を横に振る。塔の上にある緋波の部屋は狭くはないけれど、場所が場所だけに、火を扱うような台所は設けられない。緋波にもそのような希望はなく、もう満足したのだと伝える。

「海葬の間だけでも、屋敷の中を自由に動くことが出来て楽しかった」

「それは…よかったです。緋波さまには…ご不自由をおかけします」

丁寧に頭を下げる入江を見ながら、緋波は小さく息を吐く。八潮と同じく、疲労が溜まっている様子の入江に深刻な話題を向けるのは申し訳なくも思えたが、聞ける相手は他にいない。それに八潮の状況を一番把握しているのは入江だ。

「…入江。父さまが亡くなられて……兄さまが跡を継がれるのだろうけれど…。大丈夫なんだろうか」

「八潮さまは海子として、十分な素養を備えておいでです。緋波さまがご心配なさる必要はございません」

「でも……兄さまは…不安そうだ」

「それは…当然だと思います。お披露目も済ませていないのに、夕汐さまを失ってしまったのですから…。けれど、入江が傍についておりますし、八潮さまには清栄さまという支えもいらっしゃいます」

「……」

それも気がかりなのだとは言えず、緋波は口を閉じた。自分の心配は一朝一夕に解決するものではないと分かっている。このように気を煩わせていても、時が経てば、杞憂だったと言える日が来るのだろう。緋波は小さな溜め息を吐き、「そうだな」と相槌を打つ。

「すまない…。俺はここから出られないし…兄さまの傍で助けることが出来ないから、心配しすぎてしまうんだと思う。入江。兄さまをどうか…見守ってくれ」

「もちろんでございます。緋波さまもどうぞ、八潮さまをお慰め下さいませ」

「分かった」

頷いた緋波を見て、入江はにっこりと笑い、暇を告げた。帰って行く入江を見送る為、出入り口の扉までつきそった緋波は、ふと、八潮が気になることを言っていたのを思い出す。失礼致します…と頭を下げる入江に、躊躇いがちに呼びかける。

「入江……。大した意味はないのかもしれないが…。…先ほど、兄さまが帰られる間際、何があってもお前だけは守ると仰ったんだ……」

あれはどういう意味だったのだろう。心に疑問が残ったままだった。実は何か、深刻な問題でも起きているのではないか、それを入江は知っているのではないかと思い、尋ねた緋波に対し、入江は微かな笑みを浮かべた。

「夕汐さまが亡くなられて、八潮さまは緋波さまを守れるのは自分しかいないと思ってらっしゃるのでしょう。八潮さまは責任感の強いお方ですし、緋波さまのことをとても大切にしてらっしゃいます」

「……」

「八潮さまと共に、入江も緋波さまのことをお守り致しますから。どうぞご安心下さい」

　微笑んで諭す入江の顔が仮面を被っているように感じられ、緋波は何も言えなかった。戸惑っている内に、入江は「お休みなさいませ」と挨拶し、部屋を出て行く。扉が閉まり、緋波は大きく肩で息を吐いた。入江は認めなかったけれど、何かあるのは確かなようだ。しかし、どんなことが起こっていようとも、塔の上から出られない自分にはどうにも出来ない。歯痒い思いが、身体中を蝕（むしば）んでいくような気がした。


　夜が明け、部屋の中が明るくなった気配に気づき、八潮は目を覚ました。隣には清栄が眠っており、穏やかな寝顔を見てから、起き上がる。清栄に脱がされた着物を手に取り、袖を通してから寝台を下りた。

　部屋を出ると、人気のない廊下を歩き、浴室へ入る。湯浴みの用意がなされており、八潮は着物を落として温かな湯に浸かった。夜遅くまで清栄に抱かれた身体からは甘い疲れが抜けておらず、何度も繋がった秘所はまだ形を変えたまま、熱を含んでいる。

「…ふう…」

　長く浸かっていたら湯あたりしてしまいそうで、八潮は早めに湯から上がった。浴布で身体を拭き、新しい着物に着替える。部屋へ戻ると、目覚めた清栄が着替えていた。

「清栄さま。起こしてしまいましたか？」

「いや。ちょうどよかった。戻らなくてはならないのだ」

「ご用事が？」

　ああ…と頷き、清栄は帯を締める。寝台の端に置かれていた清栄の羽織りを手にとって広げ、八潮はその背にかけた。袖を通しながら、清栄は帰る理由を説明した。

「今日は執政所で今後についての会合があるのだ。海葬も終わった。流沙さまの即位式についても早々に進めなくてはいけない」

「そうでございますか…」

「父と共に出席するのだが、その中で海子の話題が出ることがあれば、改めて海子が重要であるのを訴えて貰うよう、頼んでおこう」

「ありがとうございます」

　抱き合っている最中にも、懸念を訴えた八潮に対し、清栄は不要な心配だと明言してくれた。朝になり、改めて、自分の不安を取り除くような気遣いをみせてくれる清栄に感謝し、八潮は微笑んで礼を言う。

「父は白家を纏める立場にもある。父の意見に強く反論出来る者はいない。ましてや、覆(くつがえ)せる者などいないから、安心するがいい」

「清栄さま…」

　心強い言葉を聞き、八潮は清栄にそっと抱きついた。広い胸に顔を寄せ、目を閉じて深々と息を吐く。安堵した様子の八潮を抱き締め、清栄は口付けを落とす。

「……ん……」

　唇を重ねただけで、昨夜の快楽が甦ってくるように感じられて、八潮はすぐに夢中になった。深く咬み合うような口付けをずっと続けていたいと思うけれど、清栄は戻らなくてはいけない。名残惜しげに唇を離し、八潮は濡れた瞳で清栄を見上げる。

「…そのような目で見るな。…今宵も訪ねよう」

「本当でございますか?」

「ああ。…私も八潮が欲しくて堪らないのだ」

　再び口付けて来る清栄は、時も忘れて八潮を味わおうとする。甘く痺れ始める身体を弄られ、八潮は困った気分になり、口付けの狭間で清栄の名を呼んだ。

「…っ…ん……せい…えいさま…」

　行かなくてはいけないのでございましょう。掠れた声で八潮が告げると、清栄は手の動きを止め、小さな溜め息を吐く。

「…ああ、そうだった。…八潮に触れていると…何もかも、どうでもよくなる…」

「けれど…会合があられると…」

「分かっている」

　苦笑して頷き、清栄は八潮の身体から離れた。帰って行く清栄を見送る為、八潮も一緒に部屋を出る。庭の端にある宮殿へ続く細道の入り口まで、清栄と共に歩いて行った。

「ここでいい。…出来るだけ早く、戻って来る」

「清栄さま。お気をつけて」

　手を振り、細道を歩き始める清栄の姿が小さくなるまで、八潮はその場で見送った。清栄の背中がすっかり消えてしまうと、小さく息を吐き、踵を返す。


屋敷へ戻ろうと、一歩足を踏み出した時だ。

「日の光に照らされると、輝くような美しさだな」

「……」

　誰もいない筈の庭の隅で、声がしたのにも驚いたが、何より、その声音が聞き覚えのあるものなのが、八潮の心を震わせた。この声は…。驚愕に目を見開き、辺りを見回したが、姿はない。息を呑み、窺うようにして周囲に視線を走らせていると、木の陰から男が姿を現した。

　清栄と同じくらいの長身で、服装や髪型から赤家の者だと分かる。顔に見覚えはなかった。整った顔立ちだが、その目は鋭く、昏い色をしている。自分と同じ黒い瞳だというのに、一目見ただけで、異質さを感じさせるような、特別な色味だった。

　近づいて来る相手に怯え、八潮が背を向けて屋敷へと逃げ帰ろうとすると、恐ろしい事実が告げられた。

「この前は暗くて、はっきりと顔は見えなかった。

何をしていたのかは、分かったのだが」

「……」

「あのような姿をあの男にも見せているのか？」

　声を聞いた瞬間、もしやと思った。この声は…あの時、隣のバルコニーから聞こえて来たものと同じだ。そして、その内容も。八潮はぎこちなく振り返り、もう一度男を見る。

　男は微かな笑みを浮かべていた。蔑んでいるような…唇の端を歪めただけの笑みを見て、八潮は絶望的な気持ちにさせられた。やはり幻覚などではなかった。この男に見られていたのだ。恐ろしい現実に直面し、声も出せない八潮に男は更に近づく。触れられるほど、傍に寄り、真っ青な顔で見つめる八潮を眇めた目で見下ろした。

「あの男はお前を守ることなど、出来ないぞ」

「……」

「俺のものになれば、何でもお前の望みを叶えてやろう」

　何を言われているのか、意味が分からず、八潮は息も出来ずに男を見つめたままだった。微動だにしない八潮の腕を男が摑んで引き寄せる。その力は強く、非力な八潮には振り払うことなど出来なかった。

「っ……な…にを……」

「言い方を間違えたか。支えとか言うらしいな。…俺がお前を支えてやる。…お前の淫乱な身体も満足させてやろう」

「…っ…」

　低く囁かれた言葉には軽蔑が込められており、八潮は唇を噛んで男を睨みつけた。男の手から離れようと力を込めても、全く動けない。庭の外れではあるが、叫び声を上げれば誰かが声を聞きつけてくれるかもしれない。必死で息を吸い込もうとした八潮の口を、男は唇で塞いだ。

「っ……ん……」

　身体を押さえ込まれ、深く口付けられる。清栄と重ねるものよりも、ずっと濃厚で、巧みな口付けだった。自らは何もせずとも翻弄され、八潮は甘い声音を鼻先から漏らす。

「ん…っ……ふ……」

一頻り口付け、男が離れていく頃には頬が熱くなり、息が乱れていた。信じられない気分で吐息を零し、潤んでいる瞳を見られたくなくて、視線を伏せる。しかし、男は八潮の顎を持ち上げ、無理矢理その顔を覗き込んだ。

「俺の名は赤渡海（とかい）。…いずれ、お前の方から縋って来るだろう」

「……」

間近で告げられた名を、八潮は息を詰めて聞いた。縋って来るだろうという、厭な予言も。八潮が眉を顰めると、渡海は引き寄せていた身体を離す。子供が飽きたおもちゃを捨てるような、言葉とは裏腹の無関心な仕草で八潮から離れ、背を向けた。

再び木の陰に隠れ、渡海の姿はすぐに八潮の視界から消えた。しかし、口付けられた感触は残り、長い間、八潮の身体からは甘い疼きが消えなかった。

瑠璃国正伝〜白銀の風〜

世界の北の果て、氷の国と呼ばれるカレンジュラは、幾つかの氷の民の部族によって成り立っている。そのカレンジュラの中でも最北端に位置するキュルマエという村で、前例のない事件が起きたのは、今から十三年ほど前のことだ。部族長の孫娘が行き倒れていた旅人を助けたのがきっかけだった。

　旅人と孫娘は恋に落ち、子供が産まれた。それが事件として扱われたのは、旅人が氷の民ではなかったせいだ。カレンジュラでも最北部にあるキュルマエの村を違う民の旅人が訪れるだけでも珍しかったのに、その子供を産むというのは前代未聞だった。

　しかし、旅人はとても優れた者で、村やそこに暮らす民の為に真摯に尽くしたこともあり、その子と共に受け入れられていった。そして、その子が三つになった頃、再び事件は起きた。共に猟に出た仲間がオウリーという大熊に襲われ、それを助けようとした旅人は命を落としてしまった。

　旅人の妻となった孫娘は嘆き悲しんだが、忘れ形見である子を懸命に育てた。すくすくと育った子供は父親の血を受け継いでおり、氷の民とは異なる外見や特徴を持っていた。日に日に、父親に似ていくのを楽しみにしながらも、子が十二になる頃、孫娘は病に倒れてしまった。懸命の看病も虚しく、孫娘は子供を残し、天に召された。

　十三にして両親を亡くした子供は、部族長である曾祖父の許へ引き取られ、育てられることとなったのだが…。

　ふう…と吐いた溜め息まで真っ白になるのを目にすると、自然と眉間に皺が出来る。全く、寒いとは聞いていたし、覚悟もして来たつもりだが、ここまでとは。うんざり気分でいると、隣に立つ父から皮肉めいた笑みを向けられた。

「なんだ。寒いのか」

「当然でしょう。父上は寒くないと仰るんですか？」

「ふん。もう何度も訪ねているからな。慣れてるさ。これから行くキュルマエはここよりももっと寒い。無理してついて来なくてもいいぞ」

「そういうのを年寄りの冷や水というんですよ。見栄を張って無理をして、また腰が痛くて動けないとか、よして下さいよ。こんな寒いところでは助ける気も起きませんから」

「お前に助けられるものか！　行くぞ」

　年寄りと言われたのに腹を立てたのか、父は鼻息荒く言い返し、とんと地面を蹴る。氷の国には強い風が吹いているから飛びやすいものの、冷気によって皮膚を刺されているような痛みがある。それは父も同じ筈なのに、強がって飛んで行く姿を見ながら、息子も仕方なしに飛び立った。

　風の民である二人が氷の国、カレンジュラを訪れたのは、最北端にあるキュルマエという村から手紙が届いた為だ。先を飛ぶ紅髪の父…雲海は一人で行くと言ったのだが、事情が事情であるから、息子である薫風も付き添うことになった。既に老体である父を気遣ったせいもあるし、薫風が仕える主からの命を受けた為でもある。

「薫風。あそこだ」

「……小さな村ですね」

　雲海と並んで飛びながら、眼下に見える集落を見つけた薫風は意外そうに呟いた。最初に訪ねたカレンジュラの中心だという町も、薫風の想像よりもかなり小規模なものだった。カレンジュラを治めているという部族長の代表も、周囲の家々とさほど変わらぬ建物に住んでいた。

「この先に住む部族はいない。ここが本当の北の果てだ」

「なんでまたこんなところまで…」

　怪訝そうに呟く薫風に、雲海は「降りるぞ」と合図する。風に乗り、すーっと村の外れに舞い降りた二人は、凍てついた道を歩き、集落の中心へと向かう。本当は村の中心まで飛びたいところだが、違う民の国では驚かれることが多い。無用なトラブルを避ける為にも、手前で地上に降りるのが、異国を訪ねる決まりとなっていた。

「あの方と共に暮らしていらしたのは違う場所なのでしょう？」

「ああ。もう少し南の…さっき訪ねたヴィンテルという町の外れに湖があるんだが、その畔(ほとり)で暮らしていた。…ここまで来たからこそ、出会いがあって、お子が生まれたんだ。有り難いことだ」

「確かに……そうですね」

神妙な顔で言う雲海に、薫風もまた真面目な表情で頷(うなず)く。果ての地の中でも更なる果てにまで、どうして…と思うが、事情を考えれば納得も出来る。導きがあったのだと雲海はよく言うけれど、目の前に広がる色のない風景を見ていると、正しくそうとしか思えない。こんなところに、哀しみで凍りついた心を癒(いや)してくれる望みがあったなんて、奇跡とも言えよう。


雲海がキュルマエの村を訪れるのは三度目となる。初めて訪ねる薫風は、色々と聞きたいこともあるのだが、何分寒さがひどく、口を開くのも困難だ。話すだけで冷気が身体の中に入り、内側から凍らせていくように感じられる。

次第に無口になり、歩き続けていると集落の中へ入る。風の民である二人はキュルマエで暮らす氷の民とは全く容姿が異なっている。空を飛ぶ風の民は手足が長く、骨格もしっかりしており、肌や髪、目の色も濃い。対して、氷の民は肌が白く、がっしりとした身体つきであっても長身ではない。瞳は青が多く、髪は銀色か金色だ。

明らかに違う民であっても、風の民に親しみのあるキュルマエの住民は、二人を見るとにこやかに挨拶してくれる。中に、雲海と顔見知りの者がおり、部族長が待っていると教えてくれた。

「この度(たび)は…残念なことになり、エルッキさまもお気を落としておられるでしょう」

「ええ。色々と手だてを講じられていたのですが、本当に残念です。オネルヴァも大層悲しんで…。アンティアもあの子を遺(のこ)して逝(い)くのは心残りだったと思います」

「そうでしょう。まだ十三です」

「雲海さまは…あの子を連れに来られたのですか？」

遠慮がちに尋ねて来る相手に、雲海は小さな笑みを返しただけで、言葉にはしなかった。そうですね、その方がよいでしょう。そんな呟きを残し、去って行く相手を見送り、部族長の家へ向かう。

「エルッキさま…というのがここの部族長ですか？」

「ああ。オネルヴァさまはエルッキさまの娘だ。アンティアさまは孫に当たる」

「…では、お子の曾祖父…？」

確認して来る薫風に頷き、雲海は辿(たど)り着いた家の扉を叩いた。すぐに顔を出したのは中年の女性で、雲海と薫風を見ると目を見開き、「どうぞ」と中へ入るように勧める。

「すぐにエルッキさまを呼んで参ります」

扉から入ってすぐの小部屋で待つように言い、急いで奥へと向かう。氷の民は風の民よりも小柄であるから、家の造りも小さい。二人が身を小さくして待っていると、間もなく、女性が老人を伴って戻って来た。威厳ある顔立ちからもそれが部族長のエルッキであることはすぐに分かり、薫風はさっとお辞(じ)儀(ぎ)する。雲海もエルッキに頭を下げて挨拶した。

「エルッキさま。ご無沙汰しております。この度は誠に残念なこととなり、心よりお悔やみ申し上げます。我が帝、修禊(しゅうけい)帝よりもお悔やみ申し上げるよう、言いつかって参りました」

「お気を遣わせてすみません。我々も出来る限りのことはしましたが、病に勝てませんでした。…そちらは？」

哀しみの滲(にじ)んだ顔で言い、エルッキは雲海の隣に立つ薫風を見て尋ねる。雲海は紹介が遅れたのを詫(わ)び、息子だと答えた。

「薫風と申します」

「初めまして、薫風でございます」

「雲海さまにはこんな立派な息子さんがいらしたのですか。それは…頼もしいことですな」

「いえ。まだまだ、若輩者でして…。…ところで……六陽さまはどちらに？」

エルッキが連れて来たのは娘であるオネルヴァ一人で、雲海と薫風が目的としている相手の姿は見えなかった。雲海の問いかけに、オネルヴァが眉を顰めて説明する。

「それが……アンティアの墓に行って来ると言い、出かけてしまったのです。あの子は…口には出しませんが、疾風に行くのを厭がっているようで…」

「産まれ育った地を離れるのは、誰しも抵抗のあることです。薫風に迎えに行かせましょう。…薫風。これより北に飛び、集落を外れたところに墓地がある。迎えに行って来い」

「分かりました」


父の命に頷き、薫風は一人、エルッキの家を出た。

建物を出た途端、身が震えるような寒さを感じる。また冷気に刺されて飛ぶのは億劫だが、歩いて行くよりはマシだ。周囲に人気がないのを確認し、薫風はそっと地面を蹴って宙へ舞い上がった。


雲海の言った墓地はすぐに見つかった。さほどの数はなく、そこに立つ少年の姿もすぐに見つかる。空から近づく気配に素早く気づいた少年は、振り返って薫風を見上げ、微かに顔を顰めた。

風の民の視力は特別に優れている。少年もその特性を受け継いだのだろうと思いながら、薫風はその傍らに降り立った。十三と聞いているが、他の民よりも大柄な風の民にあっても、これほどの体格を持つ者は少ない。これもまた、「証拠」の一つでもある。薫風はさっと少年の前に跪いて頭を垂れ、自ら名乗る。

「六陽さま。お初にお目にかかります。薫風と申します」

「…どうして跪く？」

「……」

不機嫌そうな声で聞かれ、薫風はそっと顔を上げて相手を窺った。声音通り、表情も怪訝なものだ。どう対応したものか、悩みながらも、正直に告げてみる。

「六陽さまは我が国にとっては大切なお方。態度を弁えるべきは当然かと」

「そんな必要はない」

「……では…」

遠慮なく…と小さく言い、薫風は立ち上がった。

父から聞いていたが、実物を目にすると感嘆してしまう。銀色の髪に、琥珀色の瞳。父、雲海も疾風においては珍しい外見をしており、その瞳も琥珀色だが、目の前の少年の方がずっと澄んだ色をしている。

風の民である父親と、氷の民である母親の特性を受け継いだ少年は、否応なく、その特別な血によって数奇な運命を辿るに違いない。自分たちが迎えに来たのがその始まりになるのかもしれないと思いつつ、彼の母の死を悼んだ。

「お母上は大変残念でした。心よりお悔やみ申し上げます」

「……」

頭を下げる薫風から顔を背け、六陽は墓の方を見る。同じ形の墓が寄り添うようにして並んでいる。それを見た薫風はもしかして…と思い、六陽に尋ねた。

「…そちらの…古い方はお父上のですか？」

「…ああ」

墓石に刻まれた文字は氷の民のもので、薫風には読めなかった。しかし、その下に眠る故人は疾風の国にとっては、非常に重要な人物だ。父、雲海にとっても。改めて、二つの墓に向かい、祈りを捧げてから、再び隣に立つ六陽を見る。

「六陽さま。お聞きかとは思いますが…これより我々と共に疾風の国へ来て頂きます」

「我々？」

「私の父がエルッキさまたちと一緒に待っております」

　ぼそりと聞いた六陽に答えたが、反応はない。墓に目を向けたまま、黙って立っている六陽は、オネルヴァが言った通り、疾風に行くのを厭がっている様子だった。

　それでもはっきり抵抗を示さないのは、自分の立場や周囲の思いを分かっているからだろう。薫風は出来る限り優しく、言い聞かせるように説明した。

「六陽さま。疾風はいいところです。風は強いですが、ここほど寒くはないですし、争いもなく、民も豊かに暮らしております」

「寒いのは平気だ。キュルマエだって争いなどないし、十分な暮らしが出来ている」

「六陽さま…」

　待ち構えていたように言い返して来る六陽に、薫風は困った気分になる。これは…どうしたものか。単純に疾風へ連れ帰る際の行程だけを考えていた薫風にとっては、思ってもみなかった事態だった。父に説得して貰った方がいいだろうか…と考えていると、憮然とした顔で六陽が小さな声で続けた。

「……分かってる」

「……」

「俺はここにいちゃいけないんだって…分かってる」

　母の墓をじっと見つめ、呟く少年は、体格こそ立派だが、とても幼く見えて憐憫の情を誘った。この歳にして両親を共に失くし、故郷からも旅立たなくてはならないのだ。生まれ育った国で暮らし、いまだ父とここまで旅して来られる自分には、想像もつかない寂しさがあるに違いない。

「エルッキさまたちは…六陽さまのことを思われて、決断なされたのです。六陽さまだって疾風へ行けば、自分に相応しい国だと思われるでしょう」

キュルマエの村の長(おさ)であり、六陽の曾祖父であるエルッキから雲海へ手紙が届いたのは、二月(ふたつき)ほど前のことだ。手紙には、孫娘のアンティアが急な病で亡くなったことと、その息子である六陽を疾風へ行かせたいという旨が書かれていた。日に日に、風の民の特性が強くなっていく六陽は、疾風で暮らした方がしあわせだろうと、曾祖父は判断したのだ。

元々、六陽の父が亡くなった時に、疾風で引き取りたいという申し出はしていた。しかし、アンティアが納得せず、母親の手で育てられていた。そのアンティアも死に際(ぎわ)、六陽を疾風に預けて欲しいと言い残したともあった。

疾風には複雑な事情があり、六陽を必要としている。ただ、六陽はカレンジュラにいた方が自由でいられるのは間違いなく、薫風は強く勧められない自分を感じていた。そんな薫風の弱気を、六陽は鋭く突く。

「疾風にだって俺の居場所はないだろう。あんただって俺の姿を見て驚いたじゃないか」

「……」

悟られていたのかと、気まずい気分で薫風は押し黙る。六陽の言う通り、疾風へ行ったところで彼を好奇の目で見る者は絶えないだろう。そう思うと、何も言えなくなり、薫風は六陽と並び立って、墓を見つめた。

墓地の周囲は何もないせいもあり、凍てついた空気が遠慮なく吹きつけて来る。初めて氷の国を訪れた薫風には、長い間立っているだけなのは辛(つら)いものがあった。それでも、なんとか耐えて、六陽が自分から動いてくれるのを待っていたのだが…。

「何をしてるんだ？」

痺(しび)れを切らし、迎えに来た父の声が聞こえ、はっとして振り返る。怪訝な顔つきでゆっくりと地面に降り立った雲海は、六陽の前まで歩み寄り、頭を下げた。

「六陽さま。ご無沙汰しております。雲海です」

「……初めて見る顔だが？」

「いえ。六陽さまが三つの頃、お会いしております。……産まれた時にも。さ、行きますよ。飛べますね？」

「……」

　有無を言わせない口調で聞いて来る雲海に、六陽は渋々といった様子で頷く。では…と先に飛び上がる雲海に続き、六陽も地を蹴った。

　すーっと風に乗り舞い上がっていく様は、六陽がかなりの能力を備えているのだと教えている。長く付き合っていた自分の人の良さを嘆くよりも、疾風までは面倒なく行けそうだと思うことにし、薫風は溜め息を吐いてから二人の後を追った。


　エルッキたちの許へ戻ると、雲海は六陽に長く世話になった挨拶をさせた。仏頂面の少年は涙を浮かべて別れを惜しむ曾祖父や、祖母に殆ど何も言わなかった。機嫌を損ねているというよりも、口を開いて、もしも「行きたくない」と言ってしまった時のことを恐れているように見えた。

「エルッキさま、オネルヴァさま。色々とありがとうございました。また疾風に着きましたら文を出します」

「雲海さま。六陽をなにとぞよろしくお願いします。……六陽、元気で暮らすのだよ」

「六陽。元気でね」

　泣き声で別れを告げる祖母に頷き、六陽は小さく息を吐いてから、地面を蹴って舞い上がる。雲海と薫風もエルッキたちに挨拶した後、六陽を追いかけて空へ飛んだ。

「六陽さまはどのくらい、飛べますか？」

　高いところまで上がっていた六陽に追いつき、薫風が行き先を示しながら尋ねると、「いくらでも」という自暴自棄になっているような答えがあった。薫風と雲海は顔を見合わせ、ついて来るように言い、速度を上げる。

風の民は子供の頃から遊びながら飛ぶ能力を鍛(きた)えていく。飛行力には個体差があり、体格が大きい者ほど勝っているのが常だ。また、速く飛べる者の方が優れているとされる。

　そして、疾風の国において際立(きわだ)って体格が大きく、能力が高いのは王族である。その位が高くなるほど、立派な身体を持ち、飛行速度も速い。六陽はまだ子供であるのに、ともすれば薫風たちが遅れを取りそうになるほど、速く飛べた。

　キュルマエを遠く離れ、氷の国の外れまで来た頃、日が陰り始めた。暗い中を飛ぶのは危険を伴う。薫風と雲海は宿を取れそうな場所を探し、六陽に降りるよう合図する。

　風よけになりそうな巨大な岩の陰に降り立つと、雲海が「あいたた」と声を上げた。

「だから、無理はするなと言ってるじゃないですか」

「バカにするな。このくらい平気だ」

　加齢の為、腰痛を抱えている雲海が痛みを訴えるのを見て、薫風は呆(あき)れ顔で肩を竦める。そんな二人に、六陽は不思議そうに尋ねた。

「…何処(どこ)か悪いのか？」

「いえ。悪いところはありません」

「ただのトシです」

「薫風！」

「六陽さまはいつから飛べるようになったのですか？」

　色を成す父をさらりと交わし、薫風は六陽に問いを向ける。老いた父はともかく、自分でさえ、多少なりとも息が上がっているというのに、六陽は全く平然としている。疾風でもこれほど飛べる子供はいないだろう。

「父上が亡くなられてからだ」

「あの方が亡くなられたのは…」

「三つの時だ」

　憮然とした顔で雲海が横からつけ加える。亡くなったという報せを受け、父が真っ青になって飛んで行ったのを薫風も覚えていた。

「俺は余り覚えていないが、母上の話では父上は俺を飛ばせようとはしなかったらしい。けど、亡くなられてから自然と飛べるようになって…。母上は許して下さったから、村を離れたところでいつも飛んでいた」

「この辺りは風も強いですし、それで鍛えられたのかな。…冷たいし」

「風が強いのは疾風も同じだ」

難しい顔つきで言う父に頷き、薫風は背負っていた荷物を下ろすと、天幕を取り出した。六陽は家以外の場所で眠るのは初めてだと言い、物珍しげな表情で二人の作業を眺めていた。

雲海も薫風も旅慣れている様子で、あっという間に天幕を張り、食事の用意をした。食事と言っても、運べる荷物は限られているから、簡素なものだ。近くに水場があったので、そこから採ってきた水でスープを作り、干し肉とパンで腹を落ち着かせる。

「疾風に着くまでの間、しばらくはこのような食事で我慢下さい」

「これで十分だ。キュルマエでも似たような食事だった」

北の果て、氷に閉ざされたカレンジュラでは作物は育たない。その為、主な栄養源は肉類だ。他国から手に入れなくてはいけない穀類は貴重で、常に食べられるわけではない。

「パンも久しぶりに食べた」

「疾風は豊潤な国というわけではありませんが、穀物や野菜も十分にあります。パンもいつだって食べられますから」

「……疾風の国まではあとどれくらいだ?」

初めて、疾風の国について尋ねた六陽に、薫風は笑みを浮かべて、行程を説明した。これから氷の地を離れ、ビデンス山脈へ入る。幾つかの山を越え、ビデンス山脈の中でも一番の高さを誇るユーチャリス山も越えたスキミア渓谷に、疾風の国はある。

「山を越えるのは平地を飛ぶのとは違い、苦労を伴います。無理をせず、行きましょう。苦しかったりしたら遠慮なく言って下さい」

「平気だ」

「六陽さま。それと、一つ、お話ししておきたいことがあります」

ごほんと咳払いをして姿勢を正す雲海を、六陽は微かに訝しげな表情を浮かべて見る。雲海は真剣な口調で、六陽の「立場」について正直に告げた。

「疾風には六陽さまを歓迎する者ばかりがいるわけではありません」

「父上…！」

「最初からお話ししておいた方がいい。…六陽さまもそう思われますよね？」

止めようとする薫風を遮り、雲海は六陽を見据えて尋ねる。六陽は真っ直ぐに雲海を見返して、深く頷いた。その顔に戸惑いなどはなく、困難にも立ち向かえる強さが表れていた。

「疾風には六陽さまのように銀色の髪を持つ者は一人もおりません。他の民の血を持つ者も、おりません。奇異の目で見る者の方が多いでしょう。それでも、私も薫風も…疾風で六陽さまのお越しを待っている者たちも、六陽さまを大切にお育てしたいと思っております。疾風は六陽さまのお父上の国。どうぞ、遠慮なく、堂々とお振る舞い下さい」

はっきり差別されるだろうと断言する雲海に、六陽は再度頷いた。その仕草には力強さがあり、傍で見ていた薫風は複雑な気持ちになる。自分に対し、疾風にだって自分の居場所はないと拗ねてみせた時は子供のような顔だったのに。

雲海と対峙している六陽は大人の顔つきになっている。大人というよりも…王族の一員としての威厳に満ちているといった方がいいだろうか。父の方が六陽の扱いがうまいのは確かなようで、薫風は未熟さを痛感しながら、自身を反省した。

「…それから、六陽さまは歴とした王族の一員。その自覚を持って、行動して下さい」

「父上がどうであろうと、俺には関係ない」

「いいえ。非常に重要なことです。…六陽さまがお持ちのそれは王族の証でもあるのですよ」

六陽は小さく唇を尖らせて、真面目な顔で雲海が指した首飾りを、手で押さえた。疾風の国の守り神である黒曜鳥を象った首飾りには、青い石が埋め込まれている。父の形見だと、母から渡されたもので、肌身離さず持っているように言われていた。

「これは……父上の形見だから下げてるだけだ」

「疾風でその首飾りを下げられるのは王族だけと決まっております」

強い調子で言い返す雲海を、六陽は憮然として睨むように見る。その様子を見ながら、六陽の扱いがうまい…と父に感心したばかりだが、実は似た者同士というやつなのかもしれないと薫風は思い、内心で溜め息を吐く。喧嘩になりそうな気配を感じて、「まあまあ」と割って入った。

「先にスープを飲んでしまいましょう。折角の温かいものが冷めますよ」

注意された二人は、はっとして食事を再開する。木皿に注がれたスープを飲む六陽を横目に見つつ、父が言わなかったもう一つの話を薫風は思い浮かべた。

六陽は疾風において、その外見以外にも特別な扱いを受ける理由がある。疾風では長く続いたしきたりを揺るがすような事態が起きており、今後の成り行き次第では、六陽自身の意志など無視される可能性がある。万に一つだとしても、その時の為に、六陽には立派に育って貰わなくてはならない。また、そう育てるのが、自分の役目でもあるのだからと思い、薫風は気を引き締めた。


連なる山々を越え、疾風の国へ。当初、六陽が十分に飛べなかった場合は、二人で援助して疾風へ連れて来ようと話し合われていた。その為にも薫風は雲海の供として出かけて来た。しかし、六陽は子供ながら、薫風たちを凌ぐ能力を備えており、予定よりもずっと早くに疾風の国へ到着した。

　最後の難所、ユーチャリス山さえ苦もなく越え、疾風の国を目指して滑空する。次第に見えて来た国を指し、あれがそうだと薫風が教えると、六陽は目を丸くして驚いた。

「大きい…。あれが全部…疾風の国か？」

「ええ。ずっと…向こうまで繋がっております。その向こうはトクサ砂漠。ご存知ですか？」

「知らない。砂漠…か」

　その言葉自体を聞くのが初めてらしく、六陽は繰り返す。砂漠があるという方向を眺めていると、前方から何かが飛んで来る。それが同じ、風の者だと分かった時には、目の前まで来ていた。

「雲海さま、薫風さま。お帰りなさいませ！　……こちらが…」

　速度を落とした三人の傍まで来た男は、雲海と薫風に挨拶してから、六陽を見て目を丸くした。奇異の目で見られると、雲海にはっきりと断言されていた六陽は不快に思うよりも慣れると決め、真っ直ぐに相手を見る。

「六陽だ」

「…失礼致しました。六陽さま…、長旅、お疲れさまでございました。薫風さま。仲鐘さまがお待ちでございます」

「辛殿だな。荷物を頼む」

　分かったと頷き、薫風は背負っていた荷物を出迎えに来た相手に渡した。身軽になると、父と六陽を連れ、宮殿へと向かう。帝が暮らし、政が行われている黒曜宮は険しいビデンス山脈を背にして立っているから、山を越えて来た六陽たちはすぐに宮殿へ着いた。

「六陽さま。原則、宮殿内は飛んではいけないことになっております。ご面倒に思われても、廊下や階段をお使い下さい」

「そうなのか」

「特に…あちらの奥は後宮となり、その上を飛ぶことは固く禁じられておりますから」

「後宮？」

「お后方が暮らされている宮です」

　六陽にとっては初めて聞く言葉だらけで、どんどん難しげな顔になっていく。首を傾げる六陽を連れた薫風と雲海は、疾風の国の左大臣として、政務を司っている仲鐘の部屋へと向かった。

　黒曜宮には帝の暮らす乙殿や、謁見の場である庚殿、政務の行われる辛殿など、多くの建物が崖の上に連なって建っている。石造りの堅牢な宮殿は、それぞれの建物が多くの階段と長い廊下で結ばれている。それを行く間にも、通りすがる者たちは銀色の髪と琥珀色の瞳を持つ六陽を見て、一様に驚いた表情となった。しかし、六陽の方は気にしている様子も見せず、毅然とした態度でいる。その凛々しさは雲海と薫風に安心感を与えた。

　仲鐘の部屋へ着くと、見張りがすぐに奥へと報せに走った。薫風たちの到着を待ち構えていた仲鐘は、自ら出迎えにやって来て、労いの言葉をかける。

「無事に着かれて何よりです。雲海さま。お世話をおかけしました」

　薫風は左大臣である仲鐘の下で働いているが、雲海は前大臣の補佐を務めており、今は引退した身の上だ。年上でもあり、目上の立場にある雲海に対し、仲鐘はまず、感謝の意を告げた。

「思っていたよりずっと速く飛ばれるので、早く着くことが出来た。…ちょっと座らせて貰ってもいいか」

「どうぞどうぞ。…六陽さまもおかけ下さい」

　腰を押さえながら窓際に置かれた椅子に座る雲海の隣に、六陽も神妙に腰を下ろす。キュルマエの村しか知らない六陽にとっては、見るもの全てが目新しく、部屋の中の調度品一つにでも目を奪われた。

視線をあちこちに向けている六陽を見ながら、仲鐘は確認するように雲海に聞いた。

「…では、能力は十分ということですね？」

「ああ。昔を思い出した。俺は十五の時にはあの方に抜かれていたんだが、六陽さまにはもう抜かれている。…まあ…俺も歳を取ったということかもしれんが…」

「気温の影響は？」

「さあ…。ここまで来る間に変化は見られなかった。トクサまで行けば…どうか分からんが…」

六陽を疾風に迎えるに当たり、心配事が幾つかあった。氷の民の血を引く六陽は、寒さには強いだろうが、暑さには弱いかもしれないという懸念も、その一つだ。疾風の国は取り立てて気温が高いわけではないが、氷の国に比べれば、ずっと「暑い」だろう。六陽自身にも変化はないかと聞いたが、変調は感じていないようだった。

「おいおい、注意深く見ていくしかないだろうな」

「分かりました。…では、星花殿の方で」

「ああ。母上が待ち構えているだろう」

ちょっと顔を顰めて言う雲海に苦笑し、仲鐘は改めて六陽を見る。

「六陽さま。お初にお目にかかります。左大臣を務めております、仲鐘と申します」

「……六陽だ」

左大臣というのがどういうものなのか分からなかったが、周囲の様子から高い地位なのだというのは推測出来た。少し緊張して答える六陽に対し、仲鐘は彼の母の死を悼んだ。

「お母上におかれては、大変残念なこととなり、お悔やみ申し上げます。疾風は六陽さまのお父上の国。どうぞ遠慮なく、お過ごし下さい」

「…感謝する」

「落ち着かれたら帝にもご挨拶下さい。帝は六陽さまにとっては伯父に当たられます。六陽さまのお越しを楽しみにしていると仰ってましたよ」

「……」

帝が伯父と聞いてもぴんと来ず、六陽は取り敢えず頷いた。居心地が悪いと正直に書かれた顔には疲れも浮かんでいたので、先に後宮へ案内することになった。

雲海がその役を買って出て、薫風は報告の為、その場に残る。二人が部屋を出て行くと、薫風は六陽についての情報を告げた。

「六陽さまはカレンジュラの…キュルマエという村から一度も出たことがなかったそうです。キュルマエの周辺を飛び回っていたようですが、遠出はしたことはなく、他の町も訪ねたことがないと仰ってました」

「カレンジュラでも異邦人であられたのでしょう。母君も育てるのに苦労されたのではないでしょうか。氷の民にしては肌の色が濃いし、何より、体格が違います。十三であれだけの身体をお持ちというのは…明らかに、王族の血を引いておいでだ」

「はい。その点につきましては、間違いなく、お父上の血を受け継いでおいでかと。私でさえも置いて行かれてしまいそうな速度で飛ぶことが出来ますし、ユーチャリス山の高さにも物怖じなど一切、なさいませんでした」

「頼もしいこと」

「ただ…北の果てでお育ちということもあり、物をご存知なく…。教養に関しては…」

「それはこれから幾らでも培えます。花飛さまもご健在だ。問題は王族としての資質」

きっぱり言い切る仲鐘の顔は真剣なものだった。その表情に切迫した空気を感じ取り、薫風はさっと眉を顰めた。

「…帝の具合は…よくないのですか？」

「芳しくあられません」

溜め息混じりで答えた仲鐘は、力なく首を振る。疾風の国は現在、帝が病に倒れ、明日をも知れぬ状態にあるという危機に瀕している。万が一、現帝である修禊帝が亡くなるようなことがあれば…。

「小満さまの周辺では帝が崩御された後の準備に入られているという話も聞こえて来ています」

「……竜潜さまの方は…？」

「あちらは……さすがに無理だと分かっていらっしゃるのでしょう」

微かな笑みを浮かべ、仲鐘は再度首を横に振る。ふう…と吐く溜め息は深いものだった。

「こんなことを言っても仕方がありませんが、竜潜さまがもう少し丈夫でいらして下さったら…。このような問題も起きなかったでしょうに」

「仲鐘さま…」

「今はまだ、小満さまという希望がありますが、その次となると…。六陽さまには確かに大きな問題がありますが、資質は十分に備えておいでのようです。…やはり…帝には相応しい能力が必要なのです」

低い声で断言する仲鐘に頷き、薫風は深く頭を下げた。だが、心の中では口に出来ない気掛かりもあった。仲鐘の考えはもっともだが、幾ら優れた能力を持っているとしても、六陽には他の民の血が混じっている。難しい局面にある疾風の国に、何も知らされないまま、その渦中に放り込まれてしまった六陽には、今はまだ伝えられない現実だと思った。


雲海に連れられ、六陽は後宮へと向かった。仲鐘の部屋がある辛殿を出て、幾つもの階段を上がり、長い廊下を進む。この先が後宮だ…と言ったところで、雲海は立ち止まって周囲を窺うように見回した。

「…誰もいないな。六陽さま。ついて来て下さい」

人気がないのを確認し、雲海は渡り廊下からひゅうと舞い上がる。薫風から宮殿内は飛んではいけないと教えられたばかりの六陽は驚きながらも、慌てて雲海を追いかけた。

「薫風がさっき、駄目だって…」

「あいつは頭が固いんですよ。後宮なんて、歩いて通るもんじゃありません。女だらけで…何処から誰が見ているのか知れないような魔窟(まくつ)です」

「まくつ…」

一体、どういう意味か。頭を悩ませつつ、雲海に連れられた六陽は、後宮の中でも最奥にある建物へ降り立った。庭にふわりと舞い降りると同時に、「雲海！」と怒鳴る老婆の声が聞こえる。

「何をしてるのです！　後宮の上を飛ぶことは禁じられていると何度言えば…。……！」

雲海を叱りつけた老婆は、その背後にいる六陽を見て息を呑んだ。余りに驚いたせいか、すーっと倒れていきそうになるのを、老婆の後から駆けつけて来た侍女たちが支える。

「花飛さま！」

「花飛さま、大丈夫ですか!?」

「…へ…平気です…っ…。…なんと…！　そっくりであられる…。まるで生き写しのようです」

侍女たちの手に縋(すが)りながら、何とか体勢を立て直した老婆…花飛は、六陽をじっと見つめて深い皺が刻まれた目元に涙を滲(にじ)ませる。感動に震えた声で言うのを聞き、雲海は呆れたように肩を竦めた。

「母上、ぼけたんですか？　これだけ違うのに、そっくりって…」

「ぼけてなどおらぬ！　髪や目の色がなんだと言うのです。顔立ちも、身体つきも、あの方が子供の頃にそっくりです」

しみじみと花飛が言うのを聞き、六陽は怪訝そうに雲海を見た。雲海は花飛が自分の母親で、薫風の祖母であると説明し、重要な事実をつけ加える。

「母上は六陽さまのお父上の乳母(うば)だったんです」

「乳母…」

それがどういうものなのか、六陽にはやはり分からず、不思議そうに繰り返す。雲海は肩を竦め、帝位継承権を持つ王族の子は、実の母親ではなく、乳母に育てられるものなのだと教えた。

「じゃ、母親と離れて暮らすのか？」

「いえ。一緒ですが、六陽さまのお父上の場合、お母上…六陽さまにはお祖母さまに当たられる方ですね…が早くに亡くなられましたから、殆ど乳母に育てられました。ここはお父上が育ったところで、お祖母さまの方の名を頂き、星花殿といいます」

雲海の説明を聞きながら興味深げに周囲を眺める六陽の許へ、花飛が近づく。老いても尚、しゃんとした姿勢で歩み寄った花飛は、引き連れた侍女たちと共に恭しく頭を下げた。

「六陽さま。失礼致しました。花飛でございます。これから星花殿において、これらの侍女たちと共に六陽さまのお世話をさせて頂きます」

「…六陽だ。よろしく…頼む」

雲海や薫風には憮然とした態度を取ったりした六陽も、花飛には直感で逆らえないと感じたのか、神妙な顔つきで頭を下げた。三つの時に亡くなった父のことを六陽は朧気にしか覚えていない。それでも、父が育った場所だと聞いただけで、なんとなく安心出来るように感じられた。父が守ってくれているのか。母もきっと…疾風に無事着いたのを喜んでくれているだろう。そう信じ、もう一度星花殿を見回した六陽は、大きく息を吐き出した。

疾風での暮らしは六陽にとって驚きの連続だった。住むところも、食べる物も、着る物も、何もかもが違う。薫風の言った通り、氷に閉ざされたカレンジュラよりも豊かで、不自由は全くなかったのだが、閉口させられることが一つあった。

「六陽さま。本日は歴史と算術のお勉強がございます。間もなく、師範がおいでですから、ご用意下さいませ」

「……」

朝食後、部屋で寛いでいたところへ、侍女がその日の予定を報せに来た。勉強と聞いただけでうんざりして、つい、不満を漏らしてしまう。

「昨日も勉強だったじゃないか…」

「昨日は国語と天文でしたよ。今日は歴史と算術です」

「……」

さらりと言う糸遊は花飛によって六陽につけられた、勉学専門の侍女である。王族としての教養を身につけなくてはならないと言い、花飛は六陽が疾風に来た翌日から、毎日勉強をさせ始めた。

「剣術なら毎日でもいいのに…」

「剣術の師範は明日、おいでです」

「じゃ、勉強はなしか？」

「いえ。明日は…算術と国語をやりまして、その後で剣術です」

「……」

聞くんじゃなかった…と思い、六陽は大きな溜め息を吐いて項垂れる。キュルマエの村では勉強などしたことはなかった。文字の綴りや、簡単な計算などは生活の中で覚えたし、難しい勉強など必要のない生活だった。毎日、空を飛び、釣りをしたり、狩りに加わったり。つまらないと感じることなどない日々だった。

けれど、今は。キュルマエにいた頃よりもずっと恵まれた生活を送っているのかもしれないけれど、つまらなさは桁違いだ。せめて、勉強がなければと思うが、それが自分の務めであると花飛に厳しく言われているから、耐えるしかない。

憂鬱な気分で諾々と勉強の用意をしようとした六陽は、何処からか聞こえて来た笑い声にはっとして顔を向ける。見れば、廊下から薫風が可笑しそうな顔で覗いていた。

「薫風」

「六陽さま、勉強が嫌いなんですね」

「……」

笑みを浮かべた薫風は、バカにしているような雰囲気さえある。むっとして眉を顰め、「別に」と強がりを言ってみたのだが、事情をよく知る糸遊に認められてしまった。

「そうなのです。これでも六陽さまに合わせて、勉強の時間を控えてはいるのですが…」

「何処が？　毎日じゃないか」

「大抵（たいてい）の王族の皆さまは、六陽さまくらいのお年頃には朝から夕方まで勉強なさいますよ」

「だから！　俺は王族なんかじゃない」

「六陽さま」

　薫風相手だとつい、言い返してしまう。糸遊に窘められた六陽は憮然とした顔つきで押し黙る。花飛相手にはとても言えない台詞だが…長い説教が待っていると、既に経験済みだ…薫風は自分に対し、甘いのを分かっていた。

「でも、六陽さま。今、勉強しておけば、後々、自分の得になりますよ」

「得になんかなるもんか。キュルマエでは勉強なんかしなくたって、十分に暮らしていけた」

「まあまあ。…では、今日は六陽さまにとっては助かった日になるのでしょうかねえ」

　どういう意味だ？　と聞き返す六陽に、小さく苦笑し、薫風は糸遊に六陽を連れて行くと告げた。

「どちらへ？」

「帝のお加減がよろしいようで、六陽さまにお会いしたいとのことなのだ」

「そうでございますか…。では…着替えを…」

　帝に謁見する為には身なりを整えなくてはならない。慌てて用意を調（ととの）えに走る糸遊に対し、六陽はまんじりともせずに、座っていた。その顔は緊張しているようでもあり、不満に思っているようでもある。

「帝に会うのも厭だと仰りたいんですか？」

「…違う。緊張してるだけだ」

　それが本当なのかどうかは分からなかったが、逃げ出すつもりはないようだった。勉強だって、不満を漏らしながらも真面目に取り組んでいると聞いている。それに非常に優秀だとも。

　六陽が疾風に着いてから、一月（ひとつき）以上が経つが、決して長くはないその間に、ぐんと成長した。賢さの表れた凛々しい顔立ちに、風の民から遠く離れた特徴が混じっていても、資質に恵まれているのは明らかだ。

この六陽を見て、帝はどう思われるのか。そして、六陽は帝とどう対峙するのか。薫風は不安に思いながらも、同時に期待も抱いていた。

帝に謁見するという報せを受けた花飛によって、正装を纏(まと)わされた六陽は、ひどい仏頂面になっていた。厳しく注意され、多少は直したものの、今すぐに脱ぎたいと顔に書いてある。

「お似合いですよ？」

「窮屈(きゅうくつ)だ。苦しい。死にそうだ」

「お元気そうですね」

ぶつぶつと文句を呟く六陽を連れ、薫風は星花殿を後にし、後宮を通って帝の待つ庚殿へと向かった。

後宮には帝の正室や側室が暮らす建物が幾つかあり、それを繋ぐようにして宮殿へと続く廊下が連なっている。

六陽は疾風の国に着いて以来、ずっと星花殿の中で暮らしており、外へ出るのは初めてだった。星花殿の侍女たちは六陽を物珍しげに見たりはしないが、別の場所で働く侍女たちは別だ。

薫風と並び歩いているだけで、遠巻きに見られているのが分かる。不躾な視線を送られることを気にしないと決めてはいたが、女の視線やひそひそと囁(ささや)く声というのは独特のものだ。

「…まくつだ」

「魔窟？」

「雲海が言ってた」

疾風に来た初日、雲海は後宮を歩いて通るのは億劫だと言い、「飛んで」六陽を案内した。その際、後宮は魔窟だからと言っていた意味が、なんとなく納得出来る。

　そんな説明を聞いた薫風は呆れた顔になった後、父の傍若無人さを嘆いた。

「全く…父上は…。後宮の上は飛んではいけないという決まりがあるのに…」

「花飛にも叱られていたぞ」

「父上は何度叱られても懲りない方なのです。お祖母さまは死ぬまで父上を叱っているでしょうね。六陽さまは決して、父上の真似など、なさらないように」

「……」

　薫風よりも雲海の考えの方が性に合っている。返事をせずに、何気なく顔を背けた六陽は庭を挟んだ向こうの廊下に立っている人影に目を留めた。侍女かと思ったが、よく見れば自分と同じような年頃の少年だった。

　色が白く、とても痩せている。賢そうな顔立ちをしていて、六陽と目が合うと少年はにっこり笑った。後宮は基本、女しかいない。あれは…誰なのだろう。

「…薫風。あれは…」

　薫風の方を向き、誰だ？　と聞きながら、再度振り返って見ると、人影は消えていた。「なんですか？」と聞く薫風に、少年がいたのだと伝える。

「少年…？　侍女と見間違えたのではないですか？」

「…いや」

　確かに、あれは男だった。着物も女の物とは違っていた。けれど、一瞬であったし、見間違いと言われてしまっては答えようがない。薫風に急かされ、そのまま、通り過ぎることになり、正体を確かめることは出来なかった。


　帝に会うという話は、疾風に着いた初日に出ていたが、ずっとお呼びはかからなかった。帝が病に伏せっているという話は、星花殿の侍女たちから聞いており、それが理由だろうと思っていた。実の伯父であると聞かされても、しっくり来ていなかった六陽は、さして会いたいわけではなかったものの、向こうから望まれては拒めない。相手は帝だ。それが国一番の権力者であり、カレンジュラの部族長とは違った存在であるのを、六陽も悟っていた。

帝への謁見に使われる庚殿に入った辺りで、薫風は声を潜めて六陽に注意を促した。

「六陽さま。今日は帝のお加減がよろしいということでお招き下さったのですが、病床にあられるのに代わりはありません。恐らく、床につかれたままだと思いますので、ご了承下さい」

「分かった」

「それと……帝にお会いになられた際は、何があっても動じませんよう」

「……」

微かに目を眇めて薫風を見ると、真剣な顔つきで見返される。六陽は覚悟して、重々しく頷いた。自分には関係ないと思いつつも、特殊な立場にあるのを、肌で感じつつあった。

謁見室へ通じる扉の前では仲鐘が待っていた。薫風は六陽を連れて近づき、待たせたのを詫びる。

「お待たせして申し訳ありません。支度に手間取りまして」

「いや、ちょうどよかった。今し方、小満さまがお見舞いに来られて、帰られたところだ。…六陽さま。短い時間しか謁見は許されないと思いますが、ご容赦下さい」

頷く六陽を見て、仲鐘は薫風と顔を見合わせてから、傍にいた従者に六陽の到着を告げるように命じる。謁見室へ入って行った従者はすぐに戻って来て、三人を中へ招き入れた。薫風は一番手前の部屋で留まり、六陽は仲鐘と二人で奥へと向かう。

「左大臣、仲鐘さまと、六陽さまがおいでてございます」

重厚な趣のある装飾が施された部屋を幾つか通り抜け、突き当たりの扉に向かって従者が話しかけると、内側から開かれる。観音開きの厚い扉の向こうは薄暗く、中央に寝台が置かれているのは分かったが、何処に誰がいるのか、すぐには把握出来なかった。

「帝。仲鐘でございます。六陽さまをお連れ致しました。お加減は如何でございますか。六陽さまにはお傍まで来て頂きたいと、仰っています」

「…六陽さまにはお傍まで来て頂きたいと、仰っています」


部屋に入ってすぐのところで立ち止まり、挨拶した仲鐘に応えたのは女性の声だった。花飛と同じような枯れた声から、高齢なのだと分かる。仲鐘に促されて、一人で寝台へ近づいた六陽は、その脇に椅子があり、痩せた老女が座っているのに気づいた。その背後には老女よりも多少若いであろう侍女が二名、付き添うようにして立っている。


戸惑いを覚えて足を止めた六陽には何も言わず、老女はゆっくり椅子から立ち上がった。腰を屈めて寝台の端に手をかけ、横たわっている帝を覗き込む。

「帝。六陽さまです」

「……」


老女の声に対し、帝は返事をしたようだったが、近くにいても聞き取れないほどの小さな声だった。これほど弱っているとは考えていなかった六陽は困惑したが、薫風の言葉を思い出し、姿勢を正す。何があっても動じませんよう。あの注意はこの為にあったのだ。

「六陽さま。お顔をお見せ下さい」


老女の求めに従い、六陽は更に足を進めて寝台のすぐ横まで近づくと、帝を覗（のぞ）き込むようにして顔を見せた。帝はとても痩せており、顔色が非常に悪かった。土気色に見えるのは、部屋が薄暗いせいだけではないだろう。小さく息を吸い、花飛から教えられた挨拶を口にする。

「…お初にお目にかかります。六陽です」

「……」


六陽の声を聞いた帝は微かに微笑み、何かを言った。か細い声を聞き取ることは出来なかったが、傍にいた老女が教えてくれる。

「お父上に似ていると仰っています」

　それを聞いて、改めて、目の前の病床にある帝が伯父であるのを思い出す。自分にははっきりとした記憶もない父だが、帝には思い出があるのだろう。帝は艶のない顔に微かな笑みを浮かべたまま、また口を動かした。

「……」

　今度も六陽には帝の声は聞き取れなかった。老女が代わって伝えてくれるのを待つが、しばし間が開いた。帝の言葉を聞いた老女は堪えるような表情で、小さな息を吐いた後、六陽を見て告げる。

「…帝は…六陽さまに疾風の為に…なってくれるよう、望んでおいでです」

「……」

「疾風を…導く手伝いをして欲しいと…」

　仰っています…と言い、老女は辛そうに目を閉じた。涙が滲んだ目元を押さえてから、帝に顔を寄せ「よろしいですか？」と確認する。帝は頷き、六陽は老女から下がるように求められた。

「…あの、お大事に…。早く…よくなって下さい」

　どう言って去るのが相応しいのか分からず、自分なりの言葉を選んで口にする。優しく笑ってくれる帝に安心し、六陽は深々と頭を下げてから、その場を辞した。寝台の向こうには仲鐘が待っており、一緒に暗い部屋を出る。外に出ると、直接日を浴びているわけでもないのに、ひどく眩しく感じられた。

「…あの…傍にいたのは？」

「帝のお母上であられる、桃緑さまです」

「……」

　だから…と納得し、すぐに閉められてしまった厚い扉を振り返る。六陽自身、母が病に倒れてから、看病している間、毎日苦しかった。子供が病に伏すというのは、親にとっては格段の辛さがあるに違いない。疲れた様子だったのを思い出し、微かに眉を顰めると、仲鐘の声が聞こえる。

「帝のお言葉、努々お忘れなきよう」

「……」

扉から仲鐘へ視線を移すと、真剣な眼差しで見られているのが分かり、六陽は困惑した。疾風の為になれ…疾風を導く手伝いをしろと言われたのを仲鐘は聞いていたのだろうが…。

しかし、自分にはとても遠い言葉に感じられる。

返事が出来ないでいると、手前の部屋で待っていた薫風が近づいて来て「仲鐘さま」と呼んだ。所用があるとのことで、六陽は近くの部屋でしばらく待っているように求められた。

「一人で帰れるぞ」

「飛んで帰るおつもりでしょう？」

「……」

どうして分かるのかと思う心が顔に出てしまう。薫風は厳しい顔つきになって、重ねて待っているように言って、部屋を出て行った。

しかし、後宮から庚殿までは結構な距離があり、長い間歩かなくてはいけなかった。飛べばすぐに戻れるのに。一人、待っているのをつまらなく思った六陽は、そっと窓辺に近寄った。

薫風は怒るだろうが、花飛ほどは怖くない。それに歩いて戻ったと言い張れば済むことだ。ままよ…と思い、窓枠に手をかけて舞い上がる。すうっと庚殿の上へ一気に上がり、中で休んでいる帝の回復を願ってから、後宮を目指した。


だが、後宮へ差しかかった辺りで、六陽ははたと思いついた。待っているのもつまらないからと先に帰って来たが、このまま星花殿へ戻れば、勉強させられるのではないか。今日は逃れられそうだと思った勉強を、早く帰って来たのをこれ幸いに、糸遊が嬉々として押しつけて来そうである。

それは…勘弁して欲しい。どうしたものかと悩み、速度を緩めてふわふわと浮かんでいた六陽は、眼下で何かが動いているのに気づいた。ふと見れば、誰かが庭から手を振っている。

「……」

あれは…。庚殿に向かう途中、目にした少年だ。やはり見間違いなどではなかった。手招きしているところを見ると、降りて来いと言っているのか。物珍しい容姿の自分に興味を惹かれているのだろう。六陽自身、相手に興味があったので、すーっと降下していった。

星花殿には花飛以下、侍女しかおらず、六陽と同じ年頃の者はいない。風の民の少年と話せる機会はなく、昂揚する気持ちを抑えて、庭へ降り立った。

六陽を目の前にした少年もまた、昂奮している様子で目を輝かせていた。とても嬉しそうに「ありがとう」と礼を言う。

「……？」

どうして礼を言われるのか、心当たりがなくて不思議に思う六陽に、少年は「降りて来てくれて」とつけ加える。そんなことに礼を言われるとは思っていなくて、戸惑った気分で「いや」と首を振った。

「俺は……六陽だ」

「私は竜潜。よろしく」

自己紹介した六陽に対し、相手もにこやかに答えた。竜潜と名乗った少年は近くで見ると、尚のこと、賢そうで物言いもしっかりしていた。ただ、体格は六陽の方がずっと立派だった。竜潜は痩せているだけでなく、身体そのものが細作りである。肌の色も風の民とは思えないほど、白い。

色白というだけでなく、何処か悪いのではないか。そんなことを想像させるような白さだった。竜潜は六陽に会えてとても嬉しいらしく、何から話したらいいか迷っているというように、言葉を探す。

「ええと……こんな風に近くで話せると思っていなかったから…困ったな。色々話したいと思っていたのに」

「…俺のことを知ってるのか？」

最初に目が合った時から、何となくそうではないかと感じていた。庭の向こうから自分を見ていた竜潜は、物珍しい容姿にびっくりして好奇心を抱いているというよりも、今と同じく、会えて嬉しいと言いたげな様子だった。

尋ねた六陽に竜潜が答えようとした時、何処からか「竜潜さま」と呼ぶ侍女の声が聞こえて来た。降り立ったそこが何処かは分からなかったが、星花殿以外を訪ねてはならないと花飛から禁じられている六陽は慌てた。見つかれば騒ぎになって叱られるのは間違いない。竜潜もまた、同じようで慌てている。二人で隠れ場所を探したが、屋敷へ入れば逆効果だろうし、庭には身を潜められそうなところは見当たらない。

仕方なく、六陽は竜潜の腕を掴んだ。「飛べるか？」と聞く六陽に、竜潜は目を丸くして首を横に振る。竜潜さま…と呼ぶ声が更に近づき、迷っている暇はなくなった六陽は、竜潜を引き寄せて勢いよく地面を蹴った。

「っ…」

竜潜が腕の中で息を呑む音が聞こえる。竜潜を連れたまま六陽はふわりと舞い上がり、屋敷の屋根へと降り立った。そっと腰を下ろすと、侍女の声が下から聞こえて来る。

「竜潜さま？　…あら…おかしいわ。どちらにいらっしゃるのかしら」

庭を覗き、誰もいないのを確認した侍女は不思議そうな口振りで呟き、何処かへ去って行ったようだ。侍女の気配がなくなると、息を詰めていた二人はほっとして緊張を緩める。

「…よかった…。見つかったらどうしようかと思った」

「…びっくりした…。六陽さまは…誰かを連れて飛ぶことが出来るのか？」

「六陽でいい。…余り大きな大人とかは辛いが…。風の民なら誰でも出来るんじゃないのか？」

「いや。飛ぶことを得手としている者でも、誰かを連れて飛ぶのはかなり大変だと聞く。…六陽さまは…」

「六陽でいいって言ってるだろ。…それに…たぶん、あなたの方が年上だ」

　屋根瓦の上に並んで座り、きまりが悪そうな顔で言う六陽に、竜潜は幾つなのかと尋ねる。十三だと聞いた竜潜はまたしても目を丸くした。

「十三。…でも……確かに、そう聞いた覚えが…」

「そっちは？」

「十七。身体が小さいから、見えないかもしれないが」

　微かに苦笑して言う竜潜に悪いと思い、六陽は意識して驚きを外へ出さなかった。顔立ちや話し方から年上だとは思っていたが、四つも上とは。しかし、先ほど、竜潜に飛べるかと聞いた時、彼は首を横に振った。十七で飛べないというのは…。竜潜が特別なのか、そういうものなのか。誰かを連れて飛べるのを驚かれたばかりだったから、何を基準にして考えればいいか分からず、黙る六陽に、竜潜は苦笑したまま自分の事情を説明した。

「私は生まれつき身体が弱くて…成長も遅いし、飛ぶことはとても出来そうにないんだ」

「そう…なのか…」

「風の民ならば…特に男子であれば、十七にはトクサまで行けなくてはならないのだが…」

　苦笑いが次第に寂しそうな表情に変わっていくのを見て、六陽は心の中で溜め息を吐いた。風の民には飛べないことが重荷となるのか。氷の国で、「飛べる」自分は異端の存在だった。竜潜が気に病むのが分かるような気がして、「大丈夫だ」と励ました。

「今は身体が弱くても次第に丈夫になって…飛べるようになる。子供の頃は病弱でも、大人になったら元気になるもんだって、オネルヴァがよく言ってた」

「オネルヴァ？」

「俺の祖母だ」

変わった名前だな…と言ってから、竜潜ははっとした顔になって、「すまない」と詫びる。謝られる意味が分からず、六陽は竜潜を怪訝そうに見た。

「変わってるなんて言って…」

「いや。変わってるだろう。氷の民の名前は風の民の名前とは全然違う」

風の民である父からその名をつけられた六陽は、逆に「変わってる」と言われ続けていた。国や民が違うだけで、色んな基準が変わるものだ。そこに暮らす者たちに大差はないというのに。

けれど、氷の民と聞いて疑問を投げかけて来ない竜潜は、やはり自分のことを知っていたのだと分かる。六陽は、庭にいた時聞こうとしていたことを、改めて問いかけた。

「…俺を知ってたのか？」

「ああ。星花殿にいると聞いて…一度、会ってみたいと思っていたんだが、許可なく他を訪ねることは許されていないので、諦めていた」

「俺もそうだ。だから…ここに降りたことがばれたら大目玉を食らう。内緒にしてくれ」

「私の方こそ」

「…ところで、ここは？」

「蘭秋殿だ」

ふうん…と相槌を打ち、眼下に広がる景色を眺める。後宮の中でも星花殿は一番奥手にあるが、蘭秋殿は宮殿へと続く辛殿に近い場所にあり、その規模も大きいように見える。その蘭秋殿で暮らす竜潜は…どういう素性の者であるのか。どう聞けばいいか分からず、言葉に悩んでいると、再び「竜潜さま」と呼ぶ声が聞こえて来た。

「そろそろ出て行かないとまずいかな。騒ぎになっても困る」

「そうだな」

神妙な顔で頷き合い、庭に人影がなくなったら降りようと決めた。竜潜はもっとゆっくり話したかったのに…と残念そうに呟く。

「氷の国の話とか…色々聞きたかったんだ」

「じゃ、また来よう」

「本当か？」

「ああ。…夜なら…誰にも見つからずに会えるかな」

六陽の提案に竜潜は目を輝かせて頷いた。皆が寝静まった頃を見計らい、寝室を抜け出して庭で落ち合えば…と真剣に計画する竜潜に、六陽は笑って自分もそうすると告げた。まずは明日、やってみようと約束し、庭に侍女の姿がないのを確認してから、六陽は竜潜を連れて屋根から降りた。

「…ありがとう」

「じゃ、また明日な」

「……六陽」

「なんだ？」

飛び立とうとした六陽は、ふいに呼び止められて、不思議そうに竜潜を見る。竜潜は慌てたように首を振り、「なんでもない」と言ってから、にっこりと笑った。

「ありがとう」

そして、礼を繰り返す竜潜を、六陽は微かに眉を顰めて見返し、笑みを浮かべる。変な奴…とちょっとだけ思ったのを心へ仕舞い、地面を蹴って舞い上がる。高く上がってから下を見れば、庭に立つ竜潜がじっと自分を見上げている姿があった。

嬉しそうに…そして、羨ましそうに笑って手を振っている。竜潜も飛べたらいいのに。そんなことを思ってから、星花殿へ戻った。


竜潜のところへ寄り道したのは僅かな間だと思っていたけれど、意外に時間が経っていた。薫風の所用はあれからすぐに終わったようで、先に戻って来てしまっていたから大変だ。

「六陽さま」

「…!!」

侍女たちに見つからないよう、様子を窺い、人気

がないのを確認して庭に降り立ったのに、何処から
か薫風の声が聞こえて肝を冷やす。恐る恐る振り返
れば、外廊下に腹立ちを露わにした薫風が立ってい
た。
「私の忠告をお聞きでなかったのですか？」
「……」
「それに…今まで一体何処をふらふらと…」
「ちょっと…その辺を一周…」
「後宮のみならず、宮殿の上も飛ぶことは禁じられ
ているると申し上げたでしょう。もうお忘れに…」
「着替えて来る」
薫風の説教を聞く気はなくて、その横を通り抜け
て自分の部屋へ向かう。薫風は六陽の後をついて歩
き、くどくどと二度と後宮の上を飛んだりしないよ
うにと諭しながら、部屋へも入って来た。
「着替えるんだぞ」
「どうぞ。男同士です。私がいてまずいことはない
でしょう」
「……」
確かにそうなのだが見張られているようで息が詰
まる。うんざりした気持ちを顔に出し、六陽は堅苦
しい正装を脱いだ。糸遊が整えておいてくれた普段
着に着替えると、ようやく一息吐ける。緊張が解け
たせいか、空腹を感じて薫風に訴えた。
「腹が減った」
「食事の用意はしてあります。ですが、その前に」
まだ続けるつもりかと、顔を顰める六陽に、薫風
は小さく溜め息を吐いた。説教ではないと前置きし、
帝と会った時のことを尋ねる。
「如何でしたか？」
「…仲鐘に聞かなかったのか？」
「仲鐘さまは帝は六陽さまを気に入られた様子だと、
仰っておいででした」
「……」
そうなのだろうか。弱々しく微笑む帝の顔を思い
出しながら、六陽は小さく息を吐く。その場に腰を

下ろしてあぐらをかくと、困惑した面持ちで、立っている薫風を見上げた。

「…俺が…疾風の為になれるとは思えない」

「六陽さまはまだ子供です。今すぐ何かしろと求められているわけではありません。ただ、そういう意識を持ってお暮らしになって頂きたいと申し上げたいのです」

「無理だ」

「…まだ疾風にいらして間もない六陽さまが戸惑われるのはもっともです。しかし、六陽さまは疾風にとって非常に重要な存在であると、しかと自覚して下さい」

「……」

　そんなことを言われたって。憮然とした顔で言い返したかったのだが、声すら満足に出せないほど、弱り切った帝の姿を思い出すと、何も言えなくなる。同時に…自分が疾風へ迎えられたのには父の国であるというだけでなく、他にも理由がある気がして、六陽は重い気分で薫風に尋ねた。

「…帝の病は……治らないのか？」

「医師は難しいだろうと」

　帝に直接会った後だけに、薫風の言葉に真実味を感じた。帝の血を引いていたとは言え、父は死ぬまで国に戻らなかったし、自分は他の民との間にもうけられた子供である。そんな自分に対しても、分け隔てなく接してくれた帝は、恐らく立派な人物なのだろう。

　その帝が亡くなれば……疾風はどうなってしまうのだろうと、ぼんやり考えていると、薫風が「さ」と仕切り直すように明るい声を出した。

「先に食事に参りましょう。まだ早い。勉強する時間もあります」

「……腹が膨れたら、勉強どころじゃなくなる」

「六陽さまの場合、空腹でも勉強どころじゃないのでしょう？」

　小さな鼻息と共に言い返され、六陽は仏頂面で立ち上がった。薫風が開けてくれた襖から外へ出ると、外廊下の向こうに庭が見える。ふと、竜潜との約束を思い出して、薫風を振り返った。

「…何か？」

「……」

　竜潜を知っているかと聞いてみたかったのだが、逆に問い詰められる可能性は高い。蘭秋殿へ寄り道したことは明日の約束を考えても、絶対に漏らしてはならない秘密だ。六陽は遠回しに、後宮には幾つ、建物があるのかと聞いた。

「どうして今頃そんなことを聞くんです？」

「……いや。さっき、帝のところまで歩いて行った時、似たような建物が廊下で繋がれていたから…ちょっと気になっただけだ。ここは一番奥手にあるようだが…」

「そうですね。星花殿は後宮でも行き止まりの場所にあります。あとは…今あるのは…蘭秋殿、美景殿、淡雪殿、月正殿…です」

「その名前は…たとえば、ここの星花殿というのは父上の母…お祖母さまの名前をつけてあると言ってただろう。どういう意味があるんだ？」

「つまり、帝の正室、側室方のお名前なんですよ。星花さまは前帝、極陽帝の側室であられましたから」

　短く説明し、薫風は「行きましょう」と六陽を促す。先を歩き始める薫風に、更に聞きたかったが、余計な疑いをかけられても困る。おとなしく諦め、六陽は食事の用意がなされている部屋へ向かった。

　ということは、蘭秋殿は蘭秋という名の帝の正室、ないしは側室が暮らす建物である。なれば、竜潜は自分と似たような立場…つまり、帝の血を引く者である可能性が高い。

　翌日の夜。星花殿の誰もが寝静まった頃、六陽は寝床を抜け出した。辺りを窺い、庭から空へと舞い上がる。幸い、丸い月が宮殿を照らしていたから、飛ぶのにも不自由ない明るさが得られた。

見つからないように気をつけながら蘭秋殿へ向かい、竜潜と約束した庭へ辿り着く。竜潜は既に外へ出て来ており、六陽を見つけると大きく手を振った。

六陽は静かに庭へ降りると、竜潜を連れて昨日と同じ屋根へ上がった。

「ここの方が落ち着いて話せる」

「すごいな。六陽は夜でも飛べるのか？」

通常、風の民が夜に飛ぶことはない。視力が落ちる為、危険を伴うのだ。驚いた顔で尋ねる竜潜に、六陽はにやりと笑って説明する。

「一度飛んだことがある場所だし、危険がないって分かってるから平気だ。それに今日は満月だし。満月でなくても、疾風は夜でも明るい」

キュルマエの村は夜になると、本当に真っ暗になった。暮らす者たちが少なく、資源も乏しい為、用がなければ夜に明かりを点すことなどしない。後宮ではそこかしこに常夜灯が点されているから、キュルマエの夜に比べたらずっと明るく感じられた。

六陽の話を、竜潜は目を輝かせて聞き、感慨深げに氷の国はどんなところなのだろうと呟いた。

「俺は生まれ育ったところだから余り感じないが、寒いらしいぞ。薫風はずっと苦い顔だった。それに…疾風に来てみたら、豊かさに驚いた。当たり前だと思って暮らしていたから分からなかったが、氷に閉ざされているから豊かな暮らしはどうしても望めないんだ。こんな風に…夜に屋根に上がって話なんて、絶対出来ない」

「凍りつく？」

「かちんこちんだ」

その言い方がおかしいというように、竜潜は声を上げて笑う。その反応が楽しくて、六陽はカレンジュラの話をたくさんした。竜潜はどんな些細な話でも興味深げに聞く。書物でしか読んだことのない異国の話を、こうして直に聞ける機会など、滅多にないのだと言って、頰を紅潮させていた。

「風の民は色んなところを旅するって聞いたぞ。書状などを運ぶ仕事もしていると」

「ああ。でも、そういう方々は後宮へはやって来ないから。用がない限り、私が後宮を出ることはないし」

「そうだな。俺も疾風へ来てからずっと星花殿にいる。一度、街へ出かけてみたいと思ってるんだが、花飛に駄目だと言われてて…」

「花飛さまは怖そうだよな」

「知ってるのか？　怖いなんてもんじゃないぞ。まるで雷だ。あれを無視出来る雲海はすごいと思うんだが…。雲海は慣れだと言うけど、俺にはまだ無理だ」

唇を尖らせ、肩を竦める六陽を見て、竜潜はまた笑う。六陽と一緒にいると、笑ってばかりでお腹が痛い…と言う竜潜を、更に笑わせてやろうと、六陽がとっておきの話を持ち出そうとした時。

「竜潜さまっ…何をなさってるんです!?」

「…!!」

侍女の高い声が聞こえ、二人は揃って飛び上がった。振り返れば、血相を変えた侍女が宙に浮いていた。二人の話し声に気づいた侍女が、意を決して屋根を覗きに来たのだった。後宮に務める侍女も当然ながら風の民であるから、空を飛べる。あたふたと報告に戻って行く侍女を引き留めることも出来ず、六陽と竜潜は強張った顔で互いを見合った。

竜潜は六陽に戻るように言ったのだけれど、六陽は動かなかった。戻ったところで侍女に見られてしまったのだから、星花殿へ通告されるのは間違いない。銀髪に琥珀色の瞳など、疾風中を探しても自分しかいないから、身元はばればれだ。

「すまない…六陽…」

「誘ったのは俺だ。一緒に謝ろう」

竜潜が再度「すまない」と詫びると、先ほどの侍女が別の者を連れて姿を見せた。貫禄漂うその者は、自分の乳母の暮律だと、竜潜が隣からそっと教えてくれる。

「竜潜さまの乳母を務めております暮律でございます。…星花殿の六陽さまでございますね？」

「ああ」

「一体…どのようにしてここへ竜潜さまをお連れになったのですか？　竜潜さまはお飛びにはなれない筈」

「俺が抱えて飛んだんだ」

「まさか……」

「降りて話そう。ここは危ない」

暮律も先の侍女も自分も飛べるけれど、竜潜にその能力はない。有り得ないというように顔を顰める暮律の前で、六陽はさっと竜潜を抱えて庭へと舞い降りた。庭には蘭秋殿中の侍女が集まっており、竜潜を連れて降りて来た六陽を見て、驚きの声が上がる。

「りゅ…竜潜さまっ…」

「抱えて…飛んでらしたわ？」

どう見たって大騒ぎになっているのは間違いない。庭に外廊下、その向こうの室内からも大勢の侍女が様子を窺っている。六陽は溜め息を吐いて竜潜を下ろすと、降りて来た暮律に向かって「すまない」と頭を下げた。

「俺が…誘ったんだ」

「違う。六陽が悪いんじゃない。私が…」

「お二人とも、お待ち下さい。とにかく、六陽さまがどうしてここにいらっしゃるのか、最初から説明して貰わなければなりません。一度、中へお入り下さい」

庭で立ったまま謝っただけでは許しては貰えないらしい。竜潜の乳母だという暮律も、花飛に負けず劣らず、厳しそうな雰囲気を漂わせていた。逆らわない方がいいと判断し、六陽は神妙な顔つきで竜潜と共に暮律の後に従った。

庭に面した部屋へ通された六陽は、竜潜と並んで正座した。それに対面するように暮律が座り、説明を求められる。昨日、星花殿へ戻る途中、竜潜を見かけて蘭秋殿へ降りたと言う六陽に対し、暮律は眉間に皺を刻んだ。

「後宮の上を…いえ、後宮だけではありません。宮殿の上を飛ぶことが禁じられているのをご存知なかったのですか」

「…知ってた」

「知ってて尚、飛ばれた理由をお聞かせ願えますか」

「歩くより…早いから」

頭ごなしにがみがみ叱りつけるのではなく、暮律はねっちりと問い詰めて来る傾向があった。悪事を悪事と認めさせて、反省を求めるやり方は、六陽の性には合わず、次第に気が遠くなって来た。

これなら花飛の雷を我慢していた方がいい。そんなことを思いながら頭を掻くと、それまで黙っていた竜潜が口を開いた。

「暮律。六陽…さまをお招きしたのは私だ。六陽さまは悪くない。…いや、確かに、後宮の上を飛んだのは悪いことかもしれないが、悪気があってのことではないのだ」

「悪気がなかったからと言って許されることではありません。六陽さまは決まりを破られたのです」

「でも…雲海も飛んでるぞ？」

つい、口に出してしまうのはいけない癖だと、星花殿で暮らすようになってよく分かったのに、習性というのは抜けないものだ。きっとした目つきの暮律に睨まれ、しまったと思っても遅い。

「雲海さまの真似をしてもよいと、花飛さまが仰ったのですか」

「……いや…」

とんでもない、反対だ。薫風共々、絶対に真似するなと言われている。神妙な顔を俯かせ、六陽が首を横に振ると、「暮律さま」と呼ぶ声がし、襖が開いた。暮律に用が出来れば、説教から解放される。そう思って、六陽はちらりと顔を上げたのだけど。

「星花殿より花飛さまがお見えです」

「！」

しまったと思うのと、花飛の姿が見えるのとが、同時だった。血相を変えて飛んで来た花飛の頭からは湯気（ゆげ）が出ている。錯覚と分かっていたが、六陽は間違いないと確信した。そして、花飛の斜め後ろには糸遊が控えており、こちらもまた、険しい表情だ。逃げ場はないな…と遠い気分で六陽は天井を見上げる。

六陽と竜潜が暮律と相対している部屋へ入って来た花飛は六陽の横まで来ると、立ち止まり膝をついた。暮律に対し深々と頭を下げ、手をついて非礼を詫びる。

「暮律さま。この度は大変なご迷惑をおかけし、誠に申し訳ありませんでした」

星花殿において一番の権力者である花飛が頭を下げているところなど、六陽は見た覚えがなかった。それが床にひれ伏すようにして謝る姿を見て、改めて自分のしでかしてしまった大事に気づかされる。

花飛の姿を見て困惑したのは六陽だけではなかった。花飛は星花殿だけでなく、後宮で一番の年長者であり、誰もが認める人格者でもある。入って来るなり、額を床につけてまで詫びる花飛に、暮律は困惑した表情で、どうぞ頭をお上げ下さいと求めた。

「花飛さまにそこまでされては…」

「いいえ。全ては私の教育が足りなかったのです。お恥ずかしい」

「花飛さま…」

床に伏せたまま自省する花飛に対し、言い淀む暮律を助ける声が響く。「花飛さま」と離れたところから呼ぶ声を聞き、花飛ははっとした表情で顔を上げた。

花飛と共に六陽も声が聞こえた暮律の背後へ目を

やった。侍女に囲まれ、姿を見せたのは、優しい面立ちの女性だった。侍女たちとは明らかに様子が違っており、事情の分からない六陽にもそれが誰なのか、見当がつく。

　そして、予想を裏付けるように、隣に座る竜潜が「母上」と呼んだ。竜潜の母…蘭秋殿の主でもある蘭秋は、暮律の隣へ腰を下ろすと、穏やかな笑みを浮かべて花飛に話しかけた。

「どうぞ姿勢をお直し下さい。此度のことは六陽さまだけでなく、竜潜も悪いのでございます。躾が行き届いていなかったのは、こちらも同じこと。私や暮律からも花飛さまにお詫び申し上げます」

　そう言って頭を下げようとする蘭秋に、花飛は「滅相もない」と言って、首を横に振った。それから六陽を厳しい目で一瞥して、二度とこのような真似はさせませんと誓う。

「再度、後宮の決まりをお教えし、従って頂くように致します」

　花飛の口振りでは、当分厳しく見張られるのは間違いない。憂鬱な気分になって頭を掻く六陽に、後ろから糸遊が「六陽さま」と声をかけ、挨拶するように求める。六陽は小さく息を吐き、蘭秋と暮律に向かって「すみませんでした」と詫びて頭を下げた。

　それで話は終わったように見えたのだが、追い立てられるようにして立ち上がる六陽の横から、竜潜が「花飛さま」と呼びかける。

「どうか六陽さまを叱らないで下さい。私が呼び止めなければ…このような騒ぎにはならなかったのです」

「いいえ、竜潜さま。まず第一に、禁じられていると知っているのに後宮の上を飛んだことが悪いのです」

「でも、私は六陽さまのお陰で初めて空を飛べました」

　真っ直ぐに花飛を見据えて言う竜潜は、その物言いに賢さが如実に表れており、穏やかながらも毅然とした響きのある言葉は、つい誰もが耳を傾けてしまうものだった。話の内容が変わったことに、花飛が微かに眉を顰めるのも構わず、竜潜は微笑みを浮かべて続ける。

「花飛さまもご存知でしょうが、私は飛ぶことが出来ません。六陽さまがいなかったら、飛ぶという感覚を一生味わえずにいたかもしれません」

「…竜潜さまを…連れて飛んだのですか？」

　立ち上がったところで竜潜が話し始めたので、どうしたものかと困り顔で立ち尽くしている六陽に、花飛が眉を顰めて尋ねる。六陽が「ああ」と低い声で答えると、また怒りを覚えたのか、眉間の皺が深くなった。

「そんな危ない真似を…！」

「花飛さま、違います。少しも危なくなどなかったし、私は有り難かったのです。それに…氷の国の話もたくさんしてくれました。私は六陽と話が出来て、本当に楽しく、心から感謝しているのです」

「…けれど、竜潜さま。決まりは守らなくてはいけないのですよ。お分かりですね？」

「はい。でも、古くから続いているというだけで、明確な理由のない決まりは変えればいいと思います」

「竜潜さま」

　悪びれた風もなく、堂々と自分の意見を口にする竜潜を、暮律が慌てて窘める。花飛はしばし目を見張った後、小さく息を吐いた。難しい顔で「それでも」と竜潜に自分の立場を伝える。

「決まりは守るもの、とお教えするのが私の役目でございます。…蘭秋さま、暮律さま。このお詫びはまた改めまして…」

「こちらこそ」

　貫禄たっぷりに話を切ると、花飛は侍女の助けを借りて立ち上がる。神妙な顔の六陽に「行きますよ」と声をかけて、歩き始めた。その後に従いながら、六陽がちらりと振り返ると、竜潜が見ているのが分かる。笑って手を振ってくれる竜潜に小さく振り返しただけで、糸遊から「六陽さま」と叱責され、うんざりした。

星花殿に戻った途端(とたん)、花飛の雷が落ちた。蘭秋殿では相当、怒りを堪(こら)えていたらしく、屋敷中に響く怒鳴り声はとてつもない大きさで、覚悟していた六陽も思わず耳を塞(ふさ)いだ。

「あれほど、後宮や宮殿の上を飛んではいけないと申し上げたというのに…！　しかも、飛んでいるところを見つかるだけならまだしも、よりによって蘭秋殿へ降りて竜潜さまを危険な目に遭(あ)わせるとは…！」

「悪かったって言ってるだろ。…それより、あの蘭秋さまというのも帝の側室なのか？」

つまり、竜潜は自分の父と同じ立場にあるのだろうか。薫風に聞いてみたかったが、怪しまれると思い、口に出来なかった問いを花飛に向ける。もう全てばれてしまったのだし、こうなったら一怒(いちど)られるのも、二怒(に)られるのも同じだ。開き直って問いかける六陽に、花飛は一瞬口を閉じた。

微かに迷うような素振(そぶ)りを見せた後、「違います」と否定する。

「蘭秋さまは前帝、極陽帝の正室です」

「……」

正室と聞き、六陽は不思議そうに首を傾げた。では…帝に謁見した際、一緒にいた桃緑というのは…？　正室というのは一人だけだと習っていた六陽が問いかけようとすると、花飛が詳しい事情をつけ加える。

「極陽帝がお隠れになられた際、竜潜さまは産まれたばかりだった上、身体が弱く、代わって修禊さまが帝位に就かれたのです」

「じゃ…修禊帝の母上は…」

「極陽帝の側室であられました」

そうなんだ…と頷き、六陽は腕組みをして考える。

ということは…竜潜も修禊帝と同じく、自分にとっては叔父に当たるのか。四歳しか違わないのに、叔父というのもおかしな感じがする。そんなことを思っていると、花飛が難しい顔で続けた。

「疾風では長い間、正室のお産みになられた男子を跡取りとしてきました。極陽帝は立派な帝であられたのですが、残念ながら春宮（とうぐう）に恵まれなかったのです。最初の正室、若水（わかみず）さまの産まれた春宮はすぐに亡くなり、若水さまの死後、お迎えになった蘭秋さまも長く子供に恵まれず、ようやく産まれた竜潜さまも身体が弱かったのです。それで…側室のお子さまである修禊帝が跡を継がれたのですが…」

「…帝も…危ないって聞いたぞ」

「残念ながら、それは事実でしょう」

「修禊帝に子供は？」

「いらっしゃいますが、女子が一人なのです。疾風では女が帝位につくことは有り得ません。帝は賢く、体格が立派で、誰よりも飛ぶことに長（た）けていることを求められます。女は男よりも飛ぶ能力に劣ります」

「……」

だとしたら…十七になっても飛べないという竜潜も、帝になる資格はないと見なされるのだろう。複雑な気持ちになるのと同時に、重大な事実にはっと気づく。

「…そしたら…もしも、修禊帝が亡くなられたら…誰が帝になるんだ？」

声を潜めて尋ねる六陽に、花飛は小さく息を吐いてから答えを返した。

「恐らく、極陽帝の側室であられた美景さまのお子さま、小満さまが帝位につかれるかと。他に…相応しい方がいらっしゃらないのが現状です」

「竜潜は…正室の子でも、身体が弱くて飛べないから、か？」

重々しく頷く花飛に何も言えず、六陽は難しい顔で腕組みをした。説教を受けている為、正座している足が痺れてくる。足を崩したいが、花飛は許してくれるだろうか。ちらりと目線を上げると、気持ちが通じたらしく、花飛は溜め息を吐いて言った。

「本当に…六陽さまはご自分の立場をもっと弁え下さい」

「…分かった。おとなしくする」

何かを言えば、説教は長引くばかりだ。足を崩したくて素直に返事した六陽に、花飛は「違います」と首を横に振った。

「決まりを守り、節度ある生活を送るのはもちろんですが、ご自分が重要な立場にあることを、自覚下さいと言ってるのです」

「重要な立場…？」

一応、自分も帝の血を引いている。恐らく、そのことを言っているのだろうと思い、六陽は小さく溜め息を吐いて肩を竦める。

「……俺には関係のない話だろう？」

「そうも言っていられなくなるかもしれないのですよ」

「…？」

花飛の表情がいつも以上に厳しくなるのを見て、深刻さに気づいた六陽は厭な予感を覚えた。父がどうであれ、氷の民の血が混じる自分が後継者となるわけがない。そう、高を括っていたのだが。

「極陽帝の血を引く後継者は、小満さまと竜潜さまのみ。そして、小満さまにも女子のお子さましかいらっしゃいません。つまり、帝の血を継ぐ男子のお子さまは…六陽さまだけなのですよ」

「……」

まさか…と思う気持ちが顔に出て、つい険しい表情になる。一笑に付したくても、花飛の顔が真剣すぎて、笑えなかった。

「…な…に言ってるんだ。俺は純粋な風の民じゃない。それは飛べないのと同じくらい、帝には相応しくないんじゃないのか」

「けれど、六陽さまは資質には恵まれておいでです」

「……」

「勉強嫌いなのが難ではありますが、師範から成績はよいと報告を受けております。体格は申し分なく、飛ぶ能力にも優れておいでです。…六陽さまのお父上も非常に長けていらっしゃいましたが、十三の時に誰かを連れて飛ぶことは出来ませんでしたよ。氷の民の血が混じり、風の民としての能力が落ちるかと思っていたのですが、逆に強まったのでしょう」

「でも…」

「確かに、六陽さまの仰るように、氷の民の血を引くことに反発を唱える者もいましょう。ですが、それでも六陽さまに期待する者もいるということを、お忘れなく」

「……」

真っ直ぐに自分を見て、忘れるなと花飛が口にするのを聞き、仲鐘にも似たようなことを言われたのを思い出す。本気なのだろうかと疑いたくなるが、二人とも至って真剣であるのに困惑させられる。

自分が…帝位継承者として見られているとは。何かの冗談じゃないかと思いたくても、真面目な顔で否定され、その上。

「ですから！　そのような方が決まりを破ることは有り得ないと、お分かり頂けますね？」

「……」

話が戻ってしまい、暗澹（あんたん）たる気分になる。足を崩すことも許されず、花飛の説教にひたすら耐えている内に、夜も明けて来る。ようやく解放されたのは、朝食の用意が出来たという声が聞こえてからで、自らの行いを厭でも反省した六陽だった。

ちょっと抜け出して話をしただけだったのに、後宮中を巻き込むような大騒ぎになってしまったのは、六陽を少しは慎（つつし）ませた。自分の行いのせいで、深々と頭を下げた花飛の姿もきいていた。キュルマエにいた頃、問題を起こす度に、母が頭を下げて謝っていた姿を思い出してしまったからだ。

本当は竜潜ともっと話がしたかったが、諦めるしかないだろう。飛んではいけないという決まりと共に、他の屋敷を理由なく訪ねてはいけないという決まりもあるのだと、こんこんと諭された。

竜潜と話したい、というのは理由にはならないらしい。騒ぎを起こすような余力を奪う為にか、糸遊が勉強の予定を以前よりも多く入れて来るのに閉口しながら、六陽は渋々おとなしくしていた。

だが、夜中の大騒動から、五日ほど経った頃、星花殿に蘭秋殿より使いが寄越された。蘭秋からの使いは文を携え、花飛と六陽に面会を願い出た。

「蘭秋さまよりこれを預かって参りました」

差し出された文をその場で読んだ花飛は、微かに眉を顰めて六陽を見た。何が書かれているかは六陽には見えなかったが、蘭秋からの文というだけで、ざわめきを覚える。そんな六陽から使いへと視線を移し、「本当なのですか」と確認する。

「はい。蘭秋さまより、花飛さまと六陽さまからお返事を頂いて来るよう、申しつかっております」

使いの返事に頷き、花飛は再度六陽を見た。厳しい表情の花飛から発せられたのは、思いがけない話だった。

「六陽さま。竜潜さまが体調を崩され、伏せっておられるそうなのです」

「本当か？　大丈夫なのか？」

「そこで…蘭秋さまが、六陽さまにお見舞いに来て下さらないかと…仰っておいでです。六陽さまに会えば元気になるのではないかと…」

「行って来る」

「六陽さま！」

話を皆まで聞かず、さっと立ち上がろうとする六陽を花飛は厳しく窘める。そういう落ち着きのなさはよくないことだと、一頻り注意した後、使いに改めて返事をした。

「六陽さまはお会いになりたいそうです。ですが…ご迷惑にはならないのでしょうか？」

「とんでもない。蘭秋さまからもよいお返事を頂いて来るようにと念を押されて来ておりますので、私も助かります。では、いつ頃…」

「今から行く」

「…今からで…よろしいのでございますか」

用意を調（ととの）えてから…というのではなく、すぐに行くと言う六陽に、使いは戸惑った顔で花飛に尋ねる。

花飛は溜め息混じりに、「ええ」と頷いた。

「ご迷惑でなければこのままお連れ下さい。でないと、また飛んで行かれるやもしれません」

「は…はい」

花飛の言葉は大袈裟（おおげさ）なものではないと使いも承知している。立ち上がった六陽と共に慌ただしく星花殿を後にした。


蘭秋殿へ入ると同時に、暮律が出迎えに現れた。

先日とは打って変わって、よくお越し下さいました…と迎えてくれる暮律に、竜潜の様子を聞く。

「伏せってるって、大丈夫なのか？」

「竜潜さまは幼い頃からお弱く…些細なことで体調を崩されるのです。…こんなことを申し上げるのは心苦しいのですが、先日、六陽さまと夜に屋根の上で話されておりましたでしょう」

「…ああ」

「ああいう真似も竜潜さまの身体には堪えるのです。夜は空気も冷えますから、普段から夜の外出も控えているのです」

「そうなのか…」

全く、考えが及ばなかった六陽は、素直に「すまなかった」と暮律に詫びた。知らなかったんだ…と神妙な顔で言う六陽に、暮律は苦笑を浮かべた。

「カレンジュラからいらした六陽さまには考えもつかないでしょう」

「ああ。疾風は夜でも暖かいと…恵まれた地だと思っていた」

「大抵の者にはそうなのですが…竜潜さまは特別なのです。…どうぞこちらへ」

残念そうに言い、暮律は六陽を竜潜の寝室へと案内する。先日、初めて竜潜と会った庭に面した部屋は、戸が閉められており、その前に膝をついた暮律が中へ呼びかける。

「竜潜さま。六陽さまが来て下さいました」

部屋の中央には寝台が置かれており、竜潜はそこに横たわっていた。控えていた世話役の侍女が立ち上がり、暮律と六陽に対し頭を下げる。六陽を見つけた竜潜はにっこり嬉しそうな笑みを浮かべた。

「六陽…」

「大丈夫か？」

ああ…と答える声は掠れており、顔色も心なしか、先日より青白く感じられる。暮律に勧められた椅子に腰かけ、六陽は竜潜に詫びた。

「すまない。身体が弱いと知らなくて…無理をさせてしまった」

「暮律が余計なことを言ったのか？」

「ご存知頂いた方がよろしいです」

「……六陽と二人で話させてくれ」

竜潜の求めに応じ、暮律はお茶を入れて来ますと言い、部屋にいた侍女を連れて出て行った。それらの足音が遠くなったのを確認し、竜潜は自ら身体を起こす。

「起きてもいいのか？」

「実は…もう、大分いいんだ」

「……」

声を小さくして告白する竜潜を、六陽は目を丸くして見る。横たわっていた時は弱々しく感じられたけれど、悪戯げな表情を浮かべている竜潜は、確かに元気そうだ。

「六陽に会いたかったから、治らないふりをしてみた。暮律も母上も、私の体調を過剰に心配するのだ。六陽に会って話をすれば元気になるかも…と言ったら、すぐに使いを出してくれた」

「そうだったのか…！」

自分にはとても考えつかない、驚くような方法を聞き、六陽は膝を打つ。内緒にしてくれと頼む竜潜に、六陽は大きく頷いた。

「でも…体調を崩したのは事実なんだろう」

「ああ。六陽には考えられないだろう。夜気に当たっただけで熱を出すなんて」

「仕方ない。無理はするな」

「ありがとう」

体調を気遣う六陽に礼を言い、竜潜は枕の下から一冊の本を取り出した。六陽に会いたかったのは、話をしたいだけでなく、これを見せたかったのだと言いながら、本を開く。

「これを…読んだことはあるか？」

「…いや。疾風の文字はまだ勉強中なんだ」

竜潜に見せられた本の最初には、見開きで地図が載せられていた。それらにつけられた説明は疾風の文字で書かれており、勉強を始めたばかりの六陽には読めないところも多かったが、地図を見ることは出来る。疾風の国はここかと、指を差して尋ねる六陽に、竜潜は目を輝かせて「ああ」と返事した。

「こっちが…六陽の暮らしていたカレンジュラだ」

「この本は？」

「アルモドバルという人の書いた本だ。もう亡くなっているが、世界中を旅して…様々な国や民の許を訪ね歩いて、この本を書き残したんだ。これは疾風の言葉に訳されたものだが、カレンジュラにもなかったか？　有名な書物だ」

「…いや。ヴィンテルへ行けばあるのかもしれないが、キュルマエには本そのものが少なくて…。俺が住んでいたのはカレンジュラの中でも最北にある村だったんだ。この地図だと……この辺りかな」

六陽が指したのは、地図の中でも一番てっぺんの辺りで、竜潜は感心したように大きく頷く。六陽が示した辺りから、自分の指でビデンス山脈を通る疾風への道筋を辿る。じっと地図を見つめる竜潜の横顔には、憧れが強く浮かんでいた。

「六陽は…ここを越えて来たのだよな」

「ああ。夜になると野宿をして…天幕というのを張って休むんだが、楽しかった」

「食事はどうするのだ？」

「焚き火をして、スープを作ったり、干し肉やパンを食べたり。あ、釣りもしたぞ。雲海と川で魚を釣った」

「それを…焼いて食べるのか？」

「うまかった」

にやりと笑って言う六陽を見て、竜潜も嬉しそうに笑う。興味津々に話を聞く竜潜は、何処かへ出かけてみたいのだろうなと思ったが、口にはしなかった。竜潜の身体は夜に外へ出ただけで体調を崩してしまうような状態だ。無理な話をしても可哀想だ。

その現実は本人の口からも語られた。

「…私は幼い頃から、この本が大好きなのだ。読んでいるだけで、その場所へ行ったような気分になれる。…六陽のように、実際、国の外を知っている者に会えて…本当に嬉しい」

「……」

「恐らく、私は生涯、疾風の国から出られることはないだろうから、話を聞けるだけでもしあわせなのだ」

「…竜潜……さま…」

どう呼べばいいか、年上だけに迷うところがあって、中途半端な感じで呼びかけた六陽に、竜潜は苦笑する。「竜潜でいい」と言ってくれるのに甘え、改めて、「竜潜」と呼びかけた。

「今は……弱いかもしれないが、大人になれば分からないから…」

「慰めはいい」

「……」

「分かっている」

短く、自分に言い聞かせるように呟き、竜潜は地図へ目を落とす。疾風をなぞり、それから、今度は下の方へ指先を動かしていった。

「…トクサ砂漠を越えると…不毛の地、ザイラルディアだ。六陽はザイラルディアを知ってるか？」

「いや」

「ザイラルディアには風が吹かないんだそうだ。だから、風の民でも飛べず、歩いて渡らなくてはならない。この辺りは湿地で、そこに住むトト族というのはちょっと変わった様相をしているらしい」

「どんな？」

問いかける六陽に、竜潜はザイラルディアについて書かれた頁を開いて見せる。そこにあったトト族の絵を見て、二人で首を傾げた。

「…本当にこんな風なんだろうか」

「氷の民も載っているぞ」

そう言って、竜潜はカレンジュラの頁を開く。氷の民を描いたという絵は、特徴を大袈裟に描いているせいか、現実とはかけ離れている。難しい顔で六陽は首を捻った。

「確かに…男はこんな感じの者が多いが…女は…こういう者ばかりじゃない。俺の母上は全然違った。とても美しかった」

書物では氷の民は、寒いところで暮らしている為、肉厚で、逞しい身体つきをしていると説明してあった。男も女も、どっしりとした体格で描かれている絵を見て、反論する。

「細くて…たおやかで、真っ白な透き通るような肌をしていて、髪は銀色で…。瞳は氷の民の中でも珍しい、菫色だった。俺は母上よりも美しい者を見たことはない」

「そうなのか…」

感心したような相槌を打ち、竜潜は頁を捲る。風の民が描かれた絵を見て、その可笑しさに、二人が吹き出した時だ。

「…！」

竜潜がさっと表情を変え、本を仕舞う。六陽に静かにするよう合図し、自分は急いで布団へ潜った。

間もなくして、竜潜が突然横になった理由が知れる。

「入りますよ」と言う声がし、侍女と共に寝室へ姿を見せたのは竜潜の母、蘭秋だった。

「六陽さま。突然のお願いにも関わらず、お訪ね下さいまして、ありがとうございます」

「い…いや…」

疚しいところがあるせいもあり、受け答えする声が裏返ってしまう。竜潜はうまいもので、すっかり病人の顔に戻っている。心の中で感心しながら、竜潜の体調を崩させてしまったことを詫びた方がいいのだろうかと考えていると、蘭秋が隣に置いた椅子に座った。

「楽しそうな笑い声が聞こえましたが、お二人で本を読まれていたのですか」

　静かな口調で聞く蘭秋が見ている先には、竜潜が隠したつもりでも枕元からはみ出ている本があった。六陽と竜潜は神妙な表情になって顔を見合わせる。そんな二人の様子を笑い、蘭秋は侍女に入れさせたお茶を六陽に勧めた。

「六陽さまがいらして下さって、竜潜も早速元気になったようです。感謝致します」

「…俺は何も…」

「竜潜は幼い頃から、殆ど外へ出ておりませんから、六陽さまのような同じ年頃の方と話すのは初めてで、嬉しくて仕方がないのです。それに…六陽さまは異国から来られたとのことで、尚更、興味を持っているのでしょう」

　蘭秋の口振りでは、竜潜の仮病はすっかりばれているのではないかと思われた。けれど、認めるわけにもいかず、竜潜はおとなしく横たわり、六陽もまた、静かに蘭秋の話を聞いた。疾風での暮らしは慣れたかとか、勉強はしているのかとか。他愛のない質問に答えている内に時間が過ぎる。

「…さ、そろそろ六陽さまを星花殿へお戻ししなくては。花飛さまもご心配されておいででしょう」

「……」

蘭秋の登場により、竜潜との話は途中になってしまった。残念だったが、体調を崩して伏せっていることになっている相手のところに、長居したいと申し出るわけにもいかない。仕方なく、竜潜に別れを告げ、六陽は蘭秋と共に寝室を出た。

　見送りについて来た蘭秋は、建物を出るというところで、「六陽さま」と呼びかけた。侍女たちを遠ざけ、声を潜めて「よろしければ」と切り出す。

「また竜潜のところへ話をしに来てやってはくれませんか」

「……いいのか？」

「本来であれば…禁じられていることではありますが…。竜潜は春宮と言えど、とても帝位にはつけません。このまま、何とか健やかに育ってくれさえすればと思っているのです。花飛さまには私からお話し申し上げますから、竜潜と仲良くしてやって下さい」

「そうしてもいいのなら……俺も嬉しい」

　大きく頷く六陽に、ほっとした笑みを浮かべ、蘭秋は頭を下げた。「お願いします」と頼む姿は、亡くなった母を思い出させる。小さな溜め息を呑み込み、六陽は星花殿へと戻った。

　蘭秋からの頼みを受け、花飛は六陽が竜潜の許を訪ねることを許した。元々、それぞれの殿で暮らす帝位継承者同士が訪ね合うのを禁じていたのは、互いに切磋琢磨し、疾風の国を支えていけるような者になれるよう、馴れ合うことを避けた為だ。身体が弱く帝としての資質に欠ける竜潜と、氷の民との混血であるという問題を抱える六陽が、微妙な立場にあるのは明確で、周囲も厳しい目では見なかった。

　竜潜の許へ通う許可を受けた六陽は、毎日、蘭秋殿を訪れた。六陽が訪ねるようになってから、竜潜の体調もよくなり、表情も明るくなったと侍女たちの間では評判だった。そうして、半年ほどが経った頃、病床にあった修禊帝が亡くなった。

　修禊帝亡き後、予想通り、前帝である極陽帝の側室であった美景の子、小満が疾風の帝に即位した。修禊帝にとっては異母弟に当たる小満は、修禊帝に比べれば体格も貧弱で、内向的な性格もあって、誰もが帝と認めるような素質はなかった。しかし、春宮でありながら病弱で、飛ぶことも出来ない竜潜よりは相応しいとして、圧倒的に小満を推す声が多かった。

　そして、同じような理由で六陽が取り立てられることもなかった。六陽はまだ子供だったし、その上、氷の民の血が混じっている。小満の即位により、竜潜と六陽の存在は薄れ、二人はある意味、自由な身の上となれたのだった。

「六陽さま」

　修禊帝の葬儀から間もなく、星花殿で剣術の稽古（けいこ）をしていた六陽は、空からの声にはっとして上を見た。見上げた先には雲海がおり、にやりと笑って降りて来る。星花殿で暮らし始めてから、世話係である薫風とはいつも会っているが、雲海と顔を合わせる機会は少なかった。呆れた気分で、「叱られるぞ」と言うと、笑ったまま、「内密に」と頼んで来る。

「雲海はいいトシなんだから、もう少し弁えた方がいいぞ」

「薫風の悪い影響を受けておられませんか」

「悪いのか？」

「楽しいですか？」

　そう聞かれると、答えられない。楽しくない、というのが本音だからだ。憮然とした表情で押し黙る六陽に、雲海は「ちょっと出かけませんか」と誘った。

「何処へ？」

行き先を聞いても答えず、雲海は軽く地面を蹴って舞い上がる。真似をしたら…叱られる。だが、雲海のせいにしてしまえばいいと開き直り、六陽も後に続いた。

竜潜の一件から、後宮の上を飛んではいけないと厳しく言い渡されている為、飛ぶのは久しぶりだった。雲海は高く舞い上がり、星花殿の背後…黒曜宮の向こうに連なるビデンス山脈へ向かう。ユーチャリス山に続く峰の一端に降り立った雲海は、ここから疾風の国が一望出来るのだと教えた。

「どうですか？」

「…広いな。あの向こうが…トクサ砂漠に続いているのか？」

「ええ」

「その向こうは…ザイラルディア」

「よくご存知ですね。習ったんですか？」

いや…と首を振り、竜潜と共に本を読んだのだと答える。雲海は「ああ」と低い声で相槌を打ち、本の名を当ててみせた。

「アルモドバル見聞録ですね。俺も子供の頃、読みました」

「そうなのか。…雲海は…色々なところへ行ったことがあると聞いたが」

「ええ。トクサも、ザイラルディアも。不毛の地を越えた、モンステラも。…行ってみたいですか？」

「……」

遠くを見ていた雲海が、突然、自分の方を見て聞いて来たのに、六陽はすぐに答えられなかった。行ってみたい…とは思うけれど、叶わぬ願いだと思っていた。星花殿から出ることも…蘭秋殿を訪ねることを除き…許されていない身の上だ。大人になれば違うのかもしれないが、まだ子供の自分には遠い話だ。そう思っていたのに。

「六陽さまがお望みであらば、お連れしようと思い、誘いに来たんですよ」

「…誘いにって…」

「これから所用でモンステラへ行くんです。一緒にどうかと思って」

「……」

雲海の物言いは余りに気軽なもので、その内容とはかけ離れているように思えた。モンステラと言えば、ザイラルディアの向こうにある西の大国だ。まさか…そんなところまで、子供の自分を連れて行ってくれるのか。そう考えて、六陽は小さく息を吐く。

「…しかし…花飛がきっと、駄目だと言う」

「内緒で行くんですよ」

「内緒で!?」

当然のことのように雲海がさらりと言うものだから、思わず高い声が上がる。雲海は肩を竦め、駄目だと言われるに決まっていることは、聞かないという手もあるのだと教えた。

「どうも六陽さまは真面目な性分のようですからね。ここらで息を抜かないと、辛くなるんじゃないかと思いまして」

「……」

「六陽さまのお父上もそうだったんですよ。あの方も事情があって、星花殿に七十年ばかり閉じ込められてましてね。…まあ、あの方は六陽さまよりは頭が柔らかかったので、しょっちゅう抜け出したりしてましたが…。それでも、一応は真面目にやっててて…でも、結局、一度国を出たら、戻らなかった。複雑な事情があったにせよ、今、考えてみると、それというのも国にいる時、我慢しすぎていたせいなんじゃないかと思いましてね」

「そうなのか…」

父は過去について話したがらなかったと母から聞いていた。その為、母も六陽も、疾風の国の帝位継承者であったという父が、どういう経緯で氷の地で暮らすようになったのかを知らない。カレンジュラからの旅の途中、雲海に聞いてみたが、はっきりとした答えは返って来なかったし、疾風に着いてからも、花飛や侍女たちの反応から、その話は禁句となっているのだと感じていた。

だから、僅(わず)かでも父の話が聞けるのは、嬉しかった。小さく感嘆する六陽に、雲海は改めて問いかける。

「で、どうします？　行きますか？」

「……行きたい」

たとえ、花飛や薫風にものすごく叱られたとしても、モンステラをこの目で見てみたいと思った。竜潜と共に読んだ本には、イオノプシス平原に国を構えるモンステラは西一番の大国で、国土も広く、様様な民が暮らし、文明も発達しているとあった。それに、モンステラまでの旅路も魅惑的だ。砂漠というのはどんなものだろう。風が吹かないザイラルディアとは。そこに暮らすトト族は、本当にあんな姿なのだろうか。

本心を口にし、じっと見る六陽に、雲海は皺が刻まれた顔を綻ばせて「分かりました」と応える。では…と早速、段取りを説明しようとする雲海の前で、六陽は小さな気掛かりを思い出して、「あ」と声を上げた。

「どうかしましたか？」

「……モンステラへ行って…帰って来るのは…長くかかるのだよな？」

「そうですね。ザイラルディアが厄介でして。あそこは飛べないので、歩いて渡るしかないんですよ。渡るのに二月、戻るのに二月。…疾風へ帰る迄には半年くらいでしょうか」

「半年も」

そうか…と頷きながらも、竜潜の顔が頭に浮かんでいた。半年も留守にしたら、竜潜は寂しく思うだろう。しかし…。迷う六陽の気持ちは、口に出さずとも、雲海に伝わっていた。

「竜潜さまが気掛かりですか」

「……」

無言で頷き、六陽は視界の手前に建ち並ぶ黒曜宮を見つめる。竜潜は国を出るどころか、宮殿を出ることもままならないだろう。

「竜潜さまは賢いお方。我が儘は仰いませんよ」

「そうだろうけど…」

「六陽さまが外へ出られて、見聞きしたことをお教えすれば、竜潜さまもお喜びになると思いますしね。物は考えようです」

雲海の言うことは納得出来て、六陽は頷いた。さすが、花飛の説教も何処吹く風で無視出来るわけだと納得もする。明日の夜、誰にも秘密で出かける約束をしてから、六陽は竜潜にだけは話をしていこうと決めていた。


疾風を出るその日。蘭秋殿の竜潜を訪ねた六陽は、不安を抱えながらも、思い切って雲海とモンステラへ行って来ると告白した。

「モンステラって……あのモンステラ!?」

「しっ。声が大きい」

内緒で出かけるのだと、真剣な顔つきで六陽が言うのを聞き、竜潜は慌てて口元を抑える。庭で話していたこともあり、周囲を窺うように見てから、声を潜めて確認した。

「本当に…モンステラまで行くのか?」

「ああ。雲海が所用で出かけるから連れて行ってくれるって。でも、花飛や薫風に知れたら反対されるに決まっているから、黙って行くことにした。……戻って来るまでに半年くらい…かかるみたいなんだ。だから…」

その間、竜潜は一人になってしまい、寂しく思うだろう。残念そうな表情で、それでも、仕方ないと言って送り出してくれるかと思っていたが、竜潜の見せた反応は六陽の予想を裏切るものだった。

「だったら、トクサ砂漠も…ザイラルディアも通るのか?」

「…ああ。そうなると思う」

「じゃ、トト族にも会えるんだな？」

たぶん…と頷く六陽を見る竜潜は、目をきらきらと輝かせている。寂しく思うよりも先ず、六陽の旅路を想像することの方が楽しいといった様子だ。竜潜はモンステラまでの道程で見られるであろうことを、色々と思い浮かべ並べ立てた。

「そうか……。トト族は本当に…ああいう姿なんだと思うか？　どうなんだろうな。六陽、帰って来たら、色々教えてくれ。ちゃんと見て来てくれよ。砂漠がどんな風だとか……ザイラルディアとか……モンステラの建物とか、…あと、海や、船も見られるんだろうか」

「そこまで行くかどうかは…分からない」

「素晴らしいな。…羨ましいけど、私には無理なことだ。せめて、六陽から話を聞けるだけでも、しあわせだ。六陽が見て…聞いて…それを聞かせてくれるのを、心から楽しみにしている。どうか、無事に帰って来てくれ」

「……ああ」

雲海から、自分が外へ出ることを竜潜も喜ぶだろう…と言われたのに納得しながらも、都合のいい考えではないかという思いも捨て切れなかった。けれど、目の前でわくわくした表情を浮かべ、昂奮した口調で話す竜潜は、心から自分が旅に出るのを喜んでくれているようだった。

だが、やはり一方で竜潜が無理をしているのではないか、賢い竜潜なりの気遣いなのではないかという考えも捨てきれなかった。それでも、竜潜の気遣いを有り難く受け取って、楽しい話を聞かせようという気持ちに切り替える。

「たくさんの土産話を持って帰って来る。待っててくれ」

「六陽と雲海さまのご無事を願っている」

気をつけて…と送ってくれる竜潜に心から感謝し、六陽は蘭秋殿を後にした。そして、その晩。雲海と共に星花殿を抜けだし、モンステラへと旅立ったのだった。

　スキミア渓谷に位置する疾風の国は、トクサ砂漠までをその領土としている。カレンジュラで生まれ育った六陽は生まれて初めて砂漠を目にした。氷の民の血を引く六陽は、予想されていた通り、暑さには弱かったが、旅に影響を及ぼすほどではなかった。砂漠を抜ける風に乗り、不毛の地、ザイラルディア草原へ。見聞きすること全てが新鮮で、六陽は日一日と成長していった。

　当初、モンステラまでの往復で、半年ほどかかるだろうと見られていた旅は、あちこちへ足を伸ばしたこともあり、あっという間に一年余りが過ぎていた。その間、六陽は竜潜へ何度も文を書いた。返事を受け取ることは出来ないが、きっと、竜潜は楽しみに待ってくれているに違いないと信じ、他愛のないことでも書き連ねて、機会があるごとに手紙を出した。

　そして、一年半の後、六陽は雲海と共に疾風の国へと戻った。

　出立の際、雲海と一緒とは言え、夜中に誰にも無断で星花殿を抜け出した。ザイラルディアに着いた頃、朽葉鷲（くちばわし）が追いかけるようにして、花飛からの文を届けに来た。怒りに満ちた文にはすぐに帰って来るよう、書かれていたのだが、無視してしまった。

　だから、疾風に戻った六陽は、花飛の雷も、薫風の説教も、覚悟していたのだが。

「…六陽さま……ですか…？」

　星花殿へと降り立った六陽は、まず花飛に謝ろうと思い、侍女たちにその居場所を聞いた。その際、侍女たちにもひどく驚かれたが、訪ねた花飛にも目を丸くして見られる。

「勝手な真似をして、すまなかった」

「なんと……立派に……」

長々と叱られるのは億劫であるが、悪いのは自分だという自覚があったので、先に謝った。しかし、花飛は予想していたように雷を落として来ず、驚愕した顔つきで六陽を見つめたまま呟く。

花飛や侍女たちが驚いたのも無理はなかった。疾風で暮らした半年ほどの間にも六陽はむくむく大きくなっていたが、旅に出ていた一年半の間に、見間違えるほどの成長を遂げていた。子供の面影は消え、すっかり青年の仲間入りをした六陽を、言葉を失くして見つめる花飛の反応を逆手に取り、六陽は「じゃ」と切り出した。

「ちょっと、竜潜に挨拶してくる」

「…っ……お、お待ち下さいっ。六陽さまっ、話が山ほどありますよ⁉」

「後で聞く」

どうせ叱られるのだからと、開き直って舞い上がる。後宮の上を飛び、蘭秋殿へ降り立つと、ここでも侍女たちに驚愕の目で見られた。竜潜の居場所を聞くと、部屋にいると言うので、逸る気持ちを抑えて足を速める。

「竜潜」

「六陽！」

挨拶もせずに襖を開けると、竜潜は一人で本を読んでいた。竜潜に文を出したのは、モンステラからが最後で、帰る時期を告げられなかった。一言、名前を呼んだきり、息を詰めていた竜潜は、はあっと大きく呼吸をしてから、笑みに変わる。

「びっくりした…！　お帰り…って、随分、大きくなったね？」

「ああ。星花殿でも皆に驚かれた。自分では余り分からないんだが…変わったか？」

目を丸くしたまま大きく頷き、竜潜は椅子から立ち上がって近づいて来る。並んでみると変化は顕著で、旅立つ前は、さほど変わらなかった背丈が大きく違っている。

「ほら。もう見上げなくてはいけなくなった」

「雲海も抜かしたんだ」

「本当に……立派になった」

嬉しそうに笑い、竜潜は改めて「お帰り」と言ってくれる。六陽は半年と言っていたのに、三倍余りの時間がかかってしまったのを詫びた。

「折角だからと、モンステラのあちこちを回っていたら、あっという間に日が経っていた」

「いや。私も六陽からの手紙を楽しみにしている内に…あっという間だった」

手紙では書ききれなかったことを伝えたくて、何から話そうかと考えている内に、星花殿から「追っ手」が来てしまう。花飛の命を受けた侍女たちが、すぐに戻って下さいと頼んで来るのを無下に出来ず、六陽は先に叱られて来ると渋い表情で竜潜に告げた。

「花飛さまが終わったら、薫風さまも待ち構えてると思うぞ」

「…そっちは…まあ、適当に…」

肩を竦め、送ってくれる竜潜と共に歩いていたら、その身体つきが変わっているのに気づいた。自分ほど顕著ではないが、竜潜も成長したのだ。それに、顔色も以前よりよくなっている。

「…元気そうでよかった」

「ああ。六陽のようにはなれないだろうけれど、せめて疾風の国だけでも見て回れるようになりたくて…頑張っている」

「そうか」

竜潜に文は出せても、移動してばかりだったから、返事を受け取ることは出来なかった。だから、もしや、体調を崩して寝込んでいるのでは…と心配することもあった。だが、竜潜も前向きな日々を送れていたのだと知ると、安心出来る。

説教が終わったら、また来る。笑いながら見送ってくれる竜潜に手を振り、六陽は星花殿へと戻った。

花飛と薫風が一緒になって説教してくるのを何とか耐えて聞き、二度と勝手な真似はしないと約束させられた。けれど、約束しながらも、それを自分が守らないであろうことは、なんとなく分かっていた。

諸国を旅して回る楽しさは、六陽を虜にしていた。様々な地域や国で出会う者たちが、自分を物珍しげに見ないのも気に入った。疾風ではどうしたって、素性や血筋を知られていることもあり、好奇心を持って見られる。だが、旅先では良くも悪くも、平等に扱われる。広い世界をもっと知りたい。そんな願いは、再び旅に出たいという六陽の欲望を駆り立てた。

そして、モンステラから帰って来て、一月ほどした頃。六陽は再び、旅に出る決心をして、蘭秋殿の竜潜を訪ねた。疾風に戻ってから、毎日、竜潜と会って話をしていた。その中で、竜潜は六陽の気持ちに気づいており、訪ねて来た六陽の顔を見ただけで、苦笑を浮かべて「行くのか」と聞いた。

「…なんで分かるんだ？」

「分かるよ」

驚く六陽に対し、竜潜は苦笑を深めて肩を竦める。何処へ行くのかと聞く竜潜に、六陽は「アゲラタムだ」と答えた。トクサ砂漠の西方にあるアゲラタムには、火の民が暮らしている。

「また雲海さまと？」

「ああ。アゲラタムに行ってみたいと言ったら、俺には氷の民の血が入っているから、一人では行かせられないと言われた。かなり暑い国なんだそうだ」

「やっぱり、六陽は暑いのが苦手か？」

「雲海によれば、考えていたより平気そうらしいが…力が落ちるのは確かだな」

そうか…と頷き、竜潜は心配そうな顔つきで「気をつけて」と言う。

「無理はするなよ」

「分かってる」

「火の国か…」

　小さく呟き、書物で読んだアゲラタムについての話を幾つも並べる竜潜は、空を見上げていた。羨ましそうな横顔は、自分も空を飛べたらと考えているのだろうか。風の民でありながら、飛べない竜潜のもどかしさを思うと切なくなったが、旅立ちたいという気持ちを抑えることは出来なかった。

「また…たくさん土産話を持って帰って来る」

「楽しみにしてる」

「今度は…長い手紙は出せないかもしれないんだ。モンステラのような大国ではなく、カレンジュラのような部族ごとに暮らす国らしい」

「六陽が無事に旅をして、帰って来てくれるならそれでいい。私も…六陽が留守の間、自分を磨(みが)くように努力する」

　モンステラを旅している間に、竜潜は前よりも健康になっていたし、同時に、更に勉学に励み、賢さを増していた。その知識の深さは、既にどの師範をも超えたと聞いている。

　お互いが、お互いに出来ることを。そう笑い合って、六陽は再び、旅に出た。

　そんなことを繰り返す内に、六陽が旅に出るのは当たり前のようになっていった。雲海を伴わず、一人で出かけることも次第に増えていった。

　それでも、帰る先は疾風の国で、国にいる間は竜潜の許へ通い、話をするのが常であった。そうして、三十年ほどが過ぎた頃、高齢であった花飛がこの世を去った。

　風の民は短い文であれば、様々な鳥を使って、どんな遠い場所であってもやりとりすることが出来る。六陽が凶報を受け取ったのも、ザイラルディア草原の東方にある水の国、サンデリアナにいた時だった。

ザイラルディアを迂回し、ビデンス山脈に連なる山々を飛び越え、急いで疾風の国へ戻った。六陽が旅立った時、花飛はいつもと変わらない様子だった。しかし、六陽が疾風に引き取られた当時には既に高齢であったし、年々、弱っているのは感じていた。

ようやく、疾風の国へ着いた頃には、既に花飛は埋葬されていた。スキミア渓谷の奥深くにある墓地を訪ね、死に目に会えなかったのを詫びた。

「六陽さま」

花飛の墓に向かって祈っていると、薫風の声が聞こえて振り返る。星花殿に寄って、花飛の墓の場所を聞いたのだが、それが薫風に伝わったようだ。

「…薫風。すまなかった。花飛は…」

「詫びることはありません。私も父上も、死に目には会えなかったんです。前の晩までぴんしゃんしてたんですけどね。朝、侍女が起こしに行ったら、息を引き取っていたという…大往生というやつです」

「…そうか。では…苦しんだりはせずに…」

「ええ。寝込むこともなかったですねえ。自分が亡くなったことも分かってないかもしれないですよ。ほら。六陽さまを叱る声が聞こえて来ませんか？」

「ああ…」

気を遣わせない為にか、軽い調子で言ってくれる薫風に感謝し、六陽は苦笑して頷いた。旅に出ることが当たり前になっても、戻って来ると必ず、花飛に叱られた。花飛が誰よりも自分を心配していて、その愛情が説教という形になって表れていると分かっていたので、いつもおとなしく叱られていた。

「…寂しくなるな。花飛に雷を落とされないと思うと」

「その分、私の話をちゃんと聞いて下さい。お祖母さまもそれをお望みだと思います」

「……」

いや、それはどうだろうか。六陽は首を傾げて、薫風から目を逸らす。悪びれた様子もない六陽の横顔を、溜め息混じりに見て、薫風は諭すように「六陽さま」と呼びかけた。

「いつまで旅を続けられるおつもりですか？」

「……」

「六陽さまは机上で学ぶよりも、実際に見聞された方が知識になるという父上の意見も納得出来るところがあったので、口出しするのは控えて参りましたが…。そろそろ、王族の一員として、疾風の為になるような役割を担って頂かなくてはなりません」

「小満帝の統治に問題はないと思うが？」

「そういうことを言ってるのではなく…」

「それに、竜潜がいる。俺なんかよりも竜潜の方がずっと、疾風の為になることが出来るだろう」

真面目な顔で返す六陽に、薫風は小さく息を吐いた。子供の頃のように病弱で、外に出ただけで倒れてしまうということはなくなったものの、竜潜の身体が弱いのに変わりはない。飛べないことも合わせ、竜潜に王族としての役割を求める声はなかった。

「竜潜さまが如何に賢くても、飛べない方に重要な役回りを任せられないでしょう」

「その考えが間違ってるんじゃないのか。確かに、竜潜は身体が弱く、飛べない。だが、それを補って余りある、知識や教養、心の広さがある。穏やかで賢い者は何処でも必要とされるぞ」

「それは…そうでしょうが…。…六陽さま。ご自分がお厭だからと言って、そのようなことを仰っているのではないでしょうね？」

「まさか」

笑い顔で肩を竦める六陽を、薫風は眉を顰めて見る。花飛が亡くなり、六陽を説教する者は自分しかいなくなってしまったという責任感があり、薫風はくどくどと続けようとするのだけれど…。

「お祖母さまも六陽さまに落ち着いて欲しいと……六陽さまっ…!?」

飽き飽きしたという顔で、六陽は薫風を置いてさっさと舞い上がる。花飛の墓を空から見下ろすと、墓の下から雷が飛んで来るような気がして、首を竦めて黒曜宮へと向かった。

蘭秋殿へ降り立つと、竜潜が待ち構えていたようにすぐ顔を出した。花飛が亡くなり、六陽に文が出されたという話を聞いていたから、そろそろ戻って来るだろうと待っていたと言う。

「花飛さまは残念なことをした。墓には参ったか？」

「ああ。薫風に会ったら、大往生だと言ってた」

「みたいだな。私もお元気な姿しか見ていなかったから、まさかと驚いたのだ。しかし、年齢が年齢であったから、仕方のない話かもしれない」

「ああ。俺も花飛は死なないのかと思っていた」

笑みを浮かべて冗談めかして言ったものの、寂しく思う気持ちはごまかせなかったようで、竜潜に「大丈夫か？」と尋ねられた。苦笑して、頷き、癖のように体調はどうかと聞く。

「問題ない。そう言えば、新しい書物を手に入れたのだ」

見て欲しい…と言い、部屋に戻って行った竜潜が持ち出して来たのは、モンステラから届いたという紀行文だった。世界を囲む海について書かれた本は、外海を船で旅した者が書き記したのだという。

「六陽も外海に出たことはないのだろう」

「さすがに、無理だ。俺は泳げないし…大地の端から見ただけでも、外海は恐ろしく荒れている。その上に吹く風は方向の定まらない強風で、何処へ飛ばされるかも分からないんだ。それに船に乗って海へ出ようとするのは、海の民か…命知らずだけだと言うぞ」

「そのようだな。これを書いたのは海の民で…泳ぐのは得手らしいが、船から落ちたらとても生き残れないとある。…ただ、一つ、気になる箇所があるのだ」

そう言って、竜潜が開いて見せた頁には、外海を含んだ地図があった。荒れ狂う外海を船で渡るのは、死の危険と隣り合わせであるものの、遠い国まで早く着けるし、荷物もたくさん運べる。

　西の大国モンステラと、東の大国神亀の間でも、船は多く行き交っている。それらの交易船が、物資の補給や、船員たちに休養を取らせる為に立ち寄る国があると書かれている。

「…このように…外海から岩で守られており、穏やかで美しい湾があるらしい。瑠璃国というようだが、聞いたことはあるか？」

「瑠璃国……。…さあ」

　首を傾げて、六陽は竜潜が開いている書物に目を落とす。船でしか行けないと書かれており、陸地からはどう行けば辿り着けるのかは、記されていない。

「小国だが、とても豊かで……海が空のように青く、とてつもなく美しいとある。大抵の書物には、海は恐ろしいとある。灰色で…波が高くうねって……六陽も恐ろしいと言うから、そういうものだと思っていたんだが…。美しい海など、あるのだろうか」

「……」

　青く、美しい海。それがどういうものかは想像出来ず、六陽は首を傾げただけで、何も言えなかった。書物にはそれが何処にあるのか、はっきり書かれていなかったし、作り話である可能性もある。実際、書物を信じて行ってみたが、全然違ったということもままあるのを、六陽は体験していた。

　けれど、異国に思いを馳せる竜潜の期待を削ぐことはないと思い、その話を聞く。いつか…何処かで、その国の話を聞いたら訪ねてみよう。そう約束する六陽に、竜潜は嬉しそうな笑みを浮かべた。


　そして、二人の運命は思わぬ凶事により、大きく動き始めることになった。

花飛が亡くなり、十年ほど後。六陽は考えもしなかった報せにより、疾風の国へ緊急に呼び戻された。小満帝が事故で亡くなったという、まさかと疑いたくなるような凶報だった。

偶々、旅先からトクサ砂漠まで戻って来ていた六陽は、急ぎ疾風を目指し、何とか小満帝の葬儀に間に合うことが出来た。小満帝とは即位の際、挨拶した程度で、殆ど関わりはなかったが、実の叔父である。葬儀に参列したいという気持ちはあって、早々に戻ったものの、自分を待ち構えていた騒動に閉口させられた。

それは、かねてから、懸念されていた問題であった。

「六陽さま。よく、お戻り下さいました」

葬儀に出席する為、星花殿で支度を調えていた六陽の許を、薫風が仲鐘を連れて訪れた。薫風だけならともかく、仲鐘が星花殿まで顔を出すことは滅多にない。六陽が知る限り、恐らく初めてで、一体何事かと驚いていたのだが、その口から出て来たのは、旅にばかり出ている六陽がすっかり忘れていた、重大な事実であった。

「これから葬儀だという時に、このようなことを申し上げるのは失礼かもしれませんが、六陽さまには先に承知しておいて頂きたく、お話に参りました」

「…なんだ？」

「次の帝についてでございます」

葬儀の時間が迫っている為、着替えながらの話となり、六陽は立ったまま話を聞いた。厭な予感を覚え、微かに眉を顰めて、仲鐘の後ろに控えている薫風を見る。厳しい視線を返して来る薫風は真剣な顔つきで、仲鐘共々、軽くいなせるような雰囲気ではない。仕方なく、黙って聞いていると、予想通りの話をされる。

「六陽さまもご存知かと思いますが、小満さまのお子さまは全て女子。疾風の国の帝にはなれません。…よって、帝となる資格をお持ちの方は六陽さまのみとなります」

「……」

先に亡くなった修禊帝の子も、女子であり、小満帝も女子にしか恵まれていないのは、旅歩いている六陽の耳にも入っていた。疾風の決まりでは、女子は帝になれない。となると、帝の血を引く男子として、自分に白羽の矢が立つかもしれないという恐れを、まさかと思いながらも、心の底には抱いていた。

だが、自分には氷の民の血が入っている。改めて、六陽はその事実を口にする。

「…幾ら父上が帝の血を引いていたと言えど、俺は氷の民との間に生まれた子。国を治める者としては相応しくない」

「そういう向きもございましょう。しかし、帝となれるのは六陽さましかおられないのは、事実」

「竜潜がいる」

きっぱりと返した六陽に、仲鐘は怪訝そうに顔を顰めた。その表情を見ただけで、仲鐘がどういう答えを返して来るか分かったが、六陽にとって竜潜は帝として相応しくない存在ではなかった。

「…竜潜さまは…飛べません。風の民を治める者が飛べないというのは…」

「竜潜に足りないのはそれだけだろう？」

「六陽さま…」

「竜潜は賢く、穏やかな気性で、人付き合いもうまい。俺なんかより、ずっと帝に相応しい」

仲鐘がすっと口元を引き締め、何か言おうとする前に、支度の終わった六陽はさっさと部屋を出た。後をついて来る仲鐘に呼び止められても聞かず、外廊下から飛び立った。

六陽が後宮へ引き取られてから、四十年という月日が経ち、その奔放さに慣れきった周囲から叱られることも殆どなくなった。星花殿から蘭秋殿へ。一飛びで着いた六陽は、竜潜の部屋の窓から中を覗く。

自分と同じ正装に着替えた竜潜が一人でいるのを好都合と思い、声をかけた。

「竜潜」

「…っ…びっくりした。六陽、帰って来たのか」

「ああ。偶々トクサ砂漠まで戻って来てたんだ」

「間に合ってよかった」

小満帝は六陽にとっては伯父だが、竜潜にとっては従兄弟に当たる。お互い、葬儀には参列しなくてはならない。それに…。今回は修禊帝の時とは違い、自分たちに注目が注がれるのも分かっていた。ほっとした表情で笑う竜潜が窓際まで来ると、六陽は無言でその手を取った。

自分よりも小さな竜潜を軽々と窓から連れ出し、舞い上がる。突然のことと、これから葬儀に向かわなくてはならない状況を考え、竜潜は高い声を上げて六陽を制した。

「り…六陽！　何をするんだ…葬儀が…」

「分かってる」

低い声で答え、六陽は竜潜を屋根の上へ下ろした。まだ日は高く、広い宮殿の中でも高所にある後宮に建つ蘭秋殿の屋根からは、黒曜宮全体が見渡せる。恐る恐る、腰を下ろした竜潜の隣に座り、六陽は「覚えているか？」と聞いた。

「初めて、ここに上がって…話をした時のこと」

「…覚えてるさ。一緒に怒られたじゃないか」

苦笑して答える竜潜に、六陽も同じように苦笑する。深夜、お互い部屋を抜け出して落ち合い、屋根の上で話をした。今よりもずっと身体の弱かった竜潜は、それだけで熱を出し、体調を崩してしまった。それを思い出し、「大丈夫か？」と尋ねる六陽を、竜潜は笑い飛ばす。

「心配はもう無用だ。これでも六陽が留守の間に国の中ではあるが、あちこち、出かけているのだぞ。…そうだ。新しい馬を貰ったのだ。葬儀が終わったら見に行こう」

飛べない代わりに、竜潜は馬術を習い、馬を足代わりに使っていた。飛べなくても、竜潜はその欠点を凌駕（りょうが）する、別の資質に恵まれている。常に、真摯に努力する姿勢は、きっと民の為にも生かされる筈だ。

「竜潜」

「ん？」

「俺は竜潜が疾風の帝になるべきだと思っている」

「……」

眩しそうに空を眺めていた竜潜は、驚いた表情になって、隣に座る六陽を見た。一瞬、見開いた目に困惑を浮かべ、「待て」と低い声で言う。

「その話は…私もしなくてはいけないと思っていたが…。次の帝は、六陽だ。私には帝になる資格はない」

「資格ならば、俺もない」

「氷の民の血が入っていようとも、六陽ほど、飛ぶのに長けている者は、疾風中を探してもいない。誰よりも帝に相応しい。よしんば、母上が風の民でないことを挙げて、反対する者がいたとしても、私は六陽を…」

「俺は竜潜を推（お）す」

先に台詞（せりふ）を奪われた竜潜は、眉を顰めて六陽を見た。どういうつもりで言っているのか、窺うように見つめて来る竜潜に、六陽は真剣な表情で自分の考えを告げる。

「竜潜は誰よりも賢くて、疾風の国の為になることを考えられる。飛べないからなんだって言うんだ。他の国の王や帝は、皆飛べないぞ」

「それは…風の民ではないからだ。ここは風の民の国なのだぞ。飛べない者が帝についたことなど、一度もない」

「なら、竜潜が初めてになればいい」

「六陽」

小さな溜め息を吐いて呼びかけて来る竜潜を真っ直ぐに見据え、六陽は自分の為にも、疾風の帝になってくれるように頼んだ。

「俺は帝なんて柄じゃない。旅ばかりで、勉強もしなかった。どうやって国を治めたらいいのかなんて、全然分からないんだ。そんな奴が帝になったたって、疾風の為になるとは思えない」

「それは…これから勉強すればいいし…、仲鐘さまだって薫風さまだって、六陽を支えてくれる方々は大勢いる。不安に思わなくてもいい」

「じゃ、俺じゃなくてもいいってことだ」

へりくつで片付けようとする六陽を、竜潜が再度、諭そうとして口を開きかけると同時に、侍女が呼ぶ声が聞こえて来た。葬儀の時間が迫っているのは、二人とも分かっている。六陽は竜潜を抱えて庭へ降りた。

「六陽…」

まだ何か言おうとする竜潜を置いて、六陽は再び舞い上がる。空へ高く上がると、竜潜の戸惑い顔はあっという間に見えなくなった。


小満帝の葬儀はつつがなく終わったが、その後、次期帝を選ぶ為に開かれた会合は紛糾（ふんきゅう）した。帝に相応しい資質を備えた六陽には、氷の民の血が混じっている。本来、帝となるべき春宮である竜潜は、空を飛べない。しかし、二人以外に帝の血を引くのは女子ばかりで、六陽と竜潜のどちらかを帝にするしかなかった。

そして、その会合の中で、意見を求められた当人たちが、それぞれお互いを推したのも、揉める原因となった。竜潜は誰よりも飛べる六陽が相応しいと言い、六陽は飛べなくとも正当な血筋であり、賢く穏やかな竜潜が相応しいと言う。

結局、その場では決まらず、結論は持ち越されることとなった。そして、その夜。


深夜。そっと部屋を抜け出した六陽は、星花殿から飛び立ったところで、前方に待ち構えている相手に気づき、息を呑んだ。大抵の風の民は、視力の落ちる夜は飛ばない。六陽自身、控えたいところだけど、事情がある場合は仕方ない。

　事情…つまり、「逃げ出す」時には、昼間よりも夜の方がいいのだ。だから、皆が寝静まったのを見計らって、出て来たのだが。

「薫風が激怒しますよ？」

「…雲海…」

　自分の行動を読んでいたというように、行く手を遮（さえぎ）る雲海に、六陽は渋い表情で呼びかける。次期帝を決める会合には雲海も出席していた。逃げ出すだろうと読まれていたのか。小さく溜め息を吐く六陽に、雲海は顎（あご）でついてくるように示し、先を飛んで行く。黒曜宮の上を通り、宮殿の下に広がる街を通過し、トクサ砂漠の手前で地上へ降り立った。

「…雲海。俺は……帝になんか、なれやしない」

　正直な気持ちを告げて分かって貰おうとし、六陽は降り立つと同時に話し始めた。雲海はそれを制し、座らないかと勧める。近くにあった岩の上に腰を下ろし、少し離れたところに座った雲海を見ると、夜空を見上げていた。

　空には丸い月が出ており、遠くに見えるトクサ砂漠の砂山が白く見えた。ふう…と、離れていても聞こえるくらいの溜め息を吐いた雲海が、顔を顰めているのも月明かりのお陰で分かる。

「六陽さまの気持ちも、考えもよく分かるんで、何も言わないでおこうかと思ったんですが、一つだけ、言っておきたくてですね」

「……」

　何を…と考える六陽の方を見て、雲海は「竜潜さまは…」と切り出す。

「確かに、六陽さまの言う通り、帝に相応しい方でしょう。教養に長け、思慮深く、民を思う心も豊かであられます。…ですが、子供の頃よりは健康になられたとはいえ、いまだ、竜潜さまのお身体が弱いのに代わりはないんですよ」

「…飛べないことを言ってるのなら…」

「俺が言ってるのは、飛べる、飛べないってことじゃないんです。帝の職務というのはとても多忙だ。竜潜さまが帝になられることで、体調を崩される可能性は高いですよって話です」

「……」

雲海の指摘は、頭の何処かにはあっても無視していたもので、六陽はどきりとさせられた。微かに眉を顰める六陽に、雲海は静かに続ける。

「…万が一、竜潜さまにもしものことがあった場合、次はどうあっても六陽さまに帝となって頂かなくてはなりません。その時は…覚悟なさって下さい」

「……」

「それと…竜潜さまの調子や、時期を見て、疾風へ落ち着く時期をお考え下さい。竜潜さまには六陽さまの助けが必要だと思いますよ」

頭ごなしではなく、言い聞かせるような口調が、六陽の胸に強く響いた。分かった…と返事する声は掠れ、握り締めた拳は汗を掻いている。本当に自分は「分かった」のだろうか。覚悟をつけられる日が来るのだろうか。竜潜を帝に推したのは、自分が逃げ出したいが故の、利己主義的な思いなのではないか。

様々な考えが去来したが、そのまま留まる気にはなれなかった。自分が疾風にいれば、無用な争いが起きかねない。そういう六陽の考えは、雲海も同意出来るものらしく、今は旅に出るのを勧めると言った。

「後は俺が。仲鐘殿と薫風をなんとか説き伏せておきますよ」

「…すまない」

「本当に……あなたたち親子には迷惑をかけられ通しで……あいたたた」

不安定な岩の上に座っていたせいで、腰が痛いと嘆く雲海に苦笑し、六陽は立ち上がった。後は頼んだ…と言い残し、夜空に舞い上がる。丸い月を背中にトクサ砂漠を目指し、しばらく飛んでから、疾風の国を振り返った。闇に浮かぶ明かりは、大勢の民が暮らす証だ。竜潜はきっと疾風の国をよりよく治めるだろう。そう信じ、六陽は一人旅に出た。

旅先にいても、薫風から使いに出された鳥たちが、戻って来るようにという文を届けに来た。敢えて無視しながら、旅を続ける内に、竜潜が帝に即位したという報せが届いた。

周囲の心配をよそに、帝となった竜潜は体調を崩すこともなく、疾風の国をよりよくする為に、苦労を厭わず粉骨砕身した。賢帝だという評判は、諸国を旅する六陽にも届き、自分の判断は間違いでなかったのだとほっとした。

竜潜が即位し、二年が経った頃、六陽はようやく疾風へと戻った。帝となった竜潜は後宮を出ており、その住まいは乙殿にある。薫風や仲鐘に出会せば、厄介ごとに巻き込まれるのは間違いない。身を潜め、そっと乙殿を訪れた六陽は、運良くすぐに竜潜を見つけることが出来た。

「…竜潜」

当事者でありながら、何も言わずに姿を消した自分を、竜潜は怒っているかもしれないと恐れていた。即位したと聞き、詫びと祝いの言葉を連ねた手紙は送ったが、帝となった相手に届いているかどうかは分からなかった。窓の外から声を潜めて呼びかけると、聞き慣れた声のせいか、見張りよりも先に気づいてくれる。

そして、仕方なさそうに笑う様子を見て、竜潜が怒っていないのを知り、ほっと胸を撫で下ろした。六陽が覗いているのに気がついた見張りたちがざわめき始めるのを制し、竜潜は立ち上がって窓へ近づいて来る。

「六陽。屋根へ上がろう」

「……」

　見張りたちに聞こえないようにか、そっと耳打ちしてくる竜潜ににやりと笑い、六陽はその身体をひょいと連れ出す。慌てた見張りたちが、窓から一斉（いっせい）に顔を出すのを笑って見ながら、竜潜は六陽と共に宮殿の屋根へと腰を下ろした。

「いいのか？」

「偶には息抜きもしないと」

「…大変か？」

「ああ。誰かが押しつけていったせいで」

　竜潜の顔には苦笑が浮かんでいるけれど、言葉には刺（とげ）がある。六陽が素直に「すまない」と詫びるのを聞き、「冗談だ」と笑った。

「なかなか追いつかない部分も多いが、私なりに、出来る範囲でやっている」

「何を言う。賢帝だという評判が伝わっているぞ」

「そうだとしたら…有り難い話だ」

　竜潜の穏やかな微笑みは、以前よりも尚、周囲に安心を与えるようなものになっているようだった。

　手紙は届いたかと尋ねると、竜潜は頷く。

「ああ。あの時ばかりは返事を出せないのが悔しかった。色々と文句を伝えたかったのに…。もう、月日が経ち過ぎて、気が削がれてしまった」

「作戦なんだ」

「やはりそうか」

　ほとぼりが冷めた頃にしか戻って来ないだろうと思っていた…と呟き、竜潜は眼下に広がる風景を眺める。遠くまで広がる疾風の国は、争いもなく、誰もが平穏な日々を送れている。それを守る仕事は大変でも、やりがいがあると、六陽に告げた。

「六陽が帰って来たら会いたいと、かねてから母上と暮律が望んでいるのだ。礼が言いたいらしい」

「礼？」

「二人とも、諦めながらも、心の底では私に帝となって欲しかったようだ。私が帝になれたのは六陽のお陰だ」

「それは違う。俺は…押しつけたんだ」

竜潜が口にした言葉を繰り返し、六陽は肩を竦める。竜潜の母、蘭秋や暮律に会うつもりはなく、よろしく伝えてくれと頼んだ。

「すぐにまた行くのか？」

「ああ。雲海には会って行こうと思っているが……薫風や仲鐘に捕まりたくないんだ。厄介なことしか言われない」

「そうか。…次は何処へ？」

静かに笑みを湛えて聞く竜潜に、六陽は以前見せてくれた本を覚えているかと尋ね返した。

「海の民が書いたという本で…そこに美しい海があるという国が出て来ただろう」

「…ああ。確か、青い海が見られるという？　しかし、船でしか行けないとあったぞ。船に乗る気なのか？」

「いや。陸地からの行き方が分かったんだ。でも、…それが本当なのかどうか分からないんだが…」

一度、行ってみるつもりだと言う六陽に、竜潜は気をつけてと励ます。

「また…帰って来たら話を聞かせてくれ」

「ああ。…竜潜。身体には気をつけて。無理はするな」

「分かってる」

「……」

自分が必要であれば言ってくれ…と、言いたい気持ちはあったが、口に出せなかった。まだ、疾風に留まる覚悟がついていない気がする。いつになったら？　我が儘が許されなくなった時が来たら？

自分が甘えているのを痛感しながらも、六陽は竜潜に別れを告げ、疾風の国を後にした。イオノプシス平原を渡り、果ての地へ。その向こうにあるという瑠璃国はどんな国なのだろう。本当に青く、美しい海など存在するのだろうか。

あとがき

こんにちは、谷崎泉(たにざきいずみ)です。瑠璃国正伝(るりのくにせいでん)の一巻をお届けします。

今回、初めてのファンタジー連載をやらせて頂き、毎回、どきどきしながら書いております。初めてお読みの方にもお楽しみ頂けたら幸いです。

　挿絵を担当して下さいました澤間蒼子(さわまそうこ)先生に厚くお礼申し上げます。ファンタジーということで、澤間先生にお願いしたのですが、蓋を開けれみればソープドラマ…。その上、本命変わるし…。キャラ多いし…。なのに、本当に素敵な生きたキャラクターを描いて頂き、感謝しております。ありがとうございます。

　毎回ながら、大変世話をかけております担当にも心からの感謝を。本命が出て来たところで終わっている一巻の表紙をどうしましょうか…って相談された時には、考えなしな自分を心から反省しました。いつもいつもいつも本当にすみません…。

　書き下ろしには六陽(りくよう)さまの生い立ちから瑠璃国へ辿り着くまでを書かせて頂きました。いつもながらに書きたいことが多くて、ぎゅうぎゅう詰めなお話ですが、気に入って下さる方がいらっしゃるのを心から願っております。


次巻にてお会い出来ることを。

谷崎泉

初出
瑠璃国正伝 1————————2011年 小説リンクス4・6月号掲載
瑠璃国正伝〜白銀の風〜————書き下ろし

この本を読んでの
ご意見・ご感想を
お寄せ下さい。

〒151-0051
東京都渋谷区千駄ヶ谷4-9-7
(株)幻冬舎コミックス　小説リンクス編集部
「谷崎(たにざき) 泉(いずみ)先生」係／「澤間蒼子(さわまそうこ)先生」係

リンクス ロマンス

瑠璃国正伝 1

2011年9月30日　第1刷発行

著者…………谷崎(たにざき) 泉(いずみ)
発行人…………伊藤嘉彦
発行元…………株式会社　幻冬舎コミックス
〒151-0051　東京都渋谷区千駄ヶ谷4-9-7
TEL 03-5411-6434（編集）
発売元…………株式会社　幻冬舎
〒151-0051　東京都渋谷区千駄ヶ谷4-9-7
TEL 03-5411-6222（営業）
振替00120-8-767643
印刷・製本所…共同印刷株式会社
検印廃止

ISBN978-4-344-82319-8 C0293
Printed in Japan

幻冬舎コミックスホームページ　http://www.gentosha-comics.net